KB164763

어쨌든
밸런타인

어쨌든 밸런타인

강윤화 장편소설

창비

| 차례 |

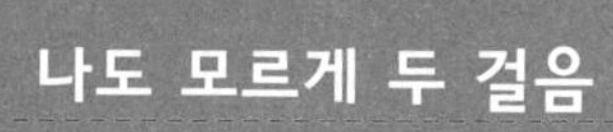

나도 모르게 두 걸음

재운의 이야기

교복 매장은 사람들로 가득했다. 어제저녁에 누나랑 잠깐 앞을 지날 때는 사람이 많았기 때문에 낮에는 널 붐빌 거라 생각했는데 꼭 그렇지도 않은가 보다. 그런 줄도 모르고 낮에는 한산할 거라며 자신만만하게 이모를 끌고 왔다.

"와, 이거. 이거 좀 보세요. 이렇게 작았네요."

이모는 사람 많은 걸 싫어하는데. 이 많은 사람들이 교복을 사러 온 게 꼭 내 탓 같아 쓸데없는 말을 연발했다. 이모는 내가 가리킨 우리의 중학교 시절 교복을 보고 웃음 지었다.

"그랬지, 재운이 넌 지금도 비슷해 보이지만."

"에이, 아니에요! 팔도 이만큼 자랐고 어깨도 이렇게 다른데요?”
중학교 때라고 해도 바로 며칠 전이니까 그리 오래전 일도 아니었다. 그럼에도 이모가 아주 조금이지만 웃었다는 사실이 나를 계속 떠들게 했다.
“아드님이 말도 잘하고, 애교도 많아서 참 좋으시겠어요.”
불쑥 우리 사이로 끼어든 매장 누나의 칭찬. 살짝 올라갔던 이모의 입꼬리가 순식간에 제자리로 돌아갔다.
“네, 좋네요.”
이모는 그 말만 남기고 재빠르게 몸을 돌렸다. 눈이 마주친 매장 누나가 어색하게 웃기에 나도 똑같이 웃었다. 헤헤헤헤. 어떻게든 분위기를 풀어 보려 했지만 싸늘해진 공기는 그대로였다.
이모가 나를 아들이라고 한다 해서 큰일 날 것은 없다. 어릴 때부터 바쁜 엄마 대신 같이 다녀 준 적도 많고, 이모가 우리 엄마가 되어 준다면 유현이랑도 한집에 살 수 있으니까 오히려 환영할 일일지도.
이모는 옆줄로 넘어가서 여학생 재킷과 치마들을 헤집었다. 나도 새 교복들을 얼른 챙겨 들고 그 옆으로 가려는데 매장 누나가 눈치 없이 또 말을 걸었다.
“어머님, 그쪽은 여학생들 옷이에요.”
“네, 우리…….”
나를 스치는 불안정한 이모의 시선. 이미 날 아들이라 해 버렸으니 사실대로 나이가 같은 딸이 있다고는 할 수 없어 고민 중인 것 같았다. 삼 년 전, 중학교 교복을 사러 왔던 날을 떠올렸을지도 모르겠다. 그때는 이모가 뭐라 설명하기도 전에 매장 직원이 우릴 보고 쌍둥이냐고 물었다. 딱 봐도 동갑인 애 둘을 데리고 여자 혼자 왔으니 그렇게 짐작한 듯했다. 이란성이에요, 하나도 안 닮았죠, 친구들도 저희가 남매인 거 아무도 몰라요 등등 처음부터 솔직하게 아니라고 했으면 될 것을 나 혼자 쩔쩔매며 둘러댔다. 내가 한마디씩 매장 직원의 오해를 거들 때마다 유현이는 고개를 숙이고 조용히 웃었다.

"……조카애도 얘랑 같은 학교라서요."

다행히 오늘은 그런 거짓말을 할 필요는 없어 보였다. 한참 후에야 나온 이모의 답에서 유현이는 내 사촌이 되어 있었다. 그런데 매장 누나는 아직도 참견을 쏘기 못 한 모양이었다.

"어머, 정말요? 그럼 어머님, 조카따님도 데리고 오셨음 좋았을 텐데. 여학생들은 남학생들하고 또 달라서 아무래도 직접 입어 보고 사야 좋거든요. 본인 취향이라는 것도 있고."

"걔가 좀 바빠서."

더는 참견 말라는 단호한 말투. 매장 누나는 아까보다도 민망해하며 드디어 물러섰다. 이모는 그 누나의 표정이나 덩달아 우리를 보고 수군거리는 다른 사람들에 대해서는 신경 쓰지 않는 것 같았다. 그저 순간순간 유현이를 떠올리게 하는 표정으로 옷걸이에서 꺼내 온 교복을 내 몸에 갖다 대볼 뿐.

'유현이한테는 이 정도면 될까? 이 사이즈면 팔이 좀 짧지 않을까?' 이모가 그렇게 물어보면 얼마든 답할 수 있는데. 아무것도 묻지 않아서 그냥 가만히 있었다. 그래도 내 마네킹 노릇이 도움이 되기는 한 듯 이모는 이제 다 골랐으니 계산하러 가자고 했다. 이모의 두 팔 가득, 유현이의 새 교복이 들렸다. 한눈에 보아도 중학교 때보다 두 치수는 더 큰 사이즈. 이상하게도 그걸 보고 내가 더 작네, 하는 패배감은 들지 않았다. 그저 지난 삼 년간 무사히 자라 준 유현이에게 고마운 마음뿐이었다. 그리고 이모도 그런 유현이를 대견하게 여겼으면 좋겠다는 생각이 들었다.

"이리 줘."

계산대 앞에 서자마자 이모가 내 교복까지 다 가져갔다. 엄마 카드 가져왔다고 지갑을 꺼내 보였지만 이모는 고개를 가로젓고는 눈 깜짝할 사이에 나와 유현이의 교복을 결제했다. 이럴 때는 그냥 고맙다고 하는 게 제일 좋을 것 같았다.

"감사합니다."

"고맙단 말은 내가 해야지. 나온 김에 뭐라도 먹을래? 엄마는 오늘 몇 시에 퇴근하시니? 간식도 좀 사 갈래?"

계속 쏟아지는 질문과는 대조적으로 나를 기다려 주지 않는 걸음. 이모는 벌써 저 앞의 엘리베이터를 향해 성큼성큼 걸어가고 있었다. 서둘러 따라가다 이모 손에 들린 쇼핑백이 무거워 보여 손을 내밀었다.

"제가 들게요."

이모는 고맙다는 짧은 인사와 함께 쇼핑백을 건네주었다. 왼손에는 내 교복, 오른손에는 유현이 교복. 우리가 앞으로 삼 년 동안 입을 새로운 옷들이 내 걸음을 따라 나란히 흔들린다. 오늘 유현이도 같이 왔다면 좋았을 텐데. 아쉬운 마음에 팔을 크게 움직이며 이모를 따라갔다.

유현이에게서는 여전히 연락이 없다. 졸업식 이후로 쭉 이런 상태니까 보름 정도는 지난 것 같았다.

"어제 산 새 교복 봤어? 입어도 봤어? 중학교 때보다 훨씬 낫지? 이번에는 남색이니까 너처럼 피부가 하얀 사람한테 더 잘 어울릴 거야."

하고 싶은 말들을 빠르게 썼다가 화면이 꽉 차자마자 바로 지워 버렸다. 역시 문자로는 부족했다. 이모는 괜찮다고, 혹시라도 무슨 일 있으면 바로 연락하겠다고 했지만 그런 것과 별개로 유현이의 목소리가 듣고 싶었다. 그렇다고 바로 전화를 걸지도 못하면서. 통화 버튼 위에서 망설이고 있는 내 손가락은 오늘도 바보 같다.

어릴 때는 이렇게 망설이고 고민하지 않았다. 유현이가 방에 틀어박혀 있어도, 문을 꽁꽁 잠그고 있어도 그 앞에서 몇 시간이고 기다릴 수 있었다. 누나 몰래 가져간 인형들로 혼자 소꿉놀이를 하거나 문 너머로 책을 읽어 주며 유현이가 나오기를 기다렸다. 초등학교에 들어가서도 마찬가지였다. 수업을 마치면 항상 유현이네 집으로 바로 달려갔다. 어떤 때는 유현이보다 빨리 현관문 앞에 도착하기도 했다. 그런 날은 유현이더러 방에 들어가지 말고 거실에서 나랑 놀자고 졸랐다. 그럴 때마다 유현이는 나를 무시하고 방에 들어가 버렸지만 그래도 난 한 번도 포기한 적이 없었다. 그리고 유현이가 문 너머에서 내 이야기를 다 들어 주고 있다는 걸 알았기에 실망한 적도 없었다.

그랬는데. 그렇게 열심히 유현이를 따라다니고 기다릴 수 있었는데. 이제는 그럴 수가 없다. 그럴 용기도 나지 않는다.

한숨에 밀려 몸이 뒤로 넘어갔다. 침대에 누워서도 계속 유현이 생각이 났다. 지금 뭐 하고 있을까, 심심하지 않을까, 아프거나 외롭지 않을까. 끝없는 물음을 따라 매트리스가 출렁였다.

"김재운이! 몇 신데 아직도 안 나갔어. 학원은?"

갑자기 방에 들이닥친 엄마 탓에 제자리를 맴돌던 생각이 끊어졌다. 마음이 답답해 눈을 감고 있었을 뿐인데 엄마는 내가 여태 자고 있었다고 생각하는 것 같았다.

"잠 귀신이 붙었나. 허구한 날 잠만 자면서 지겹지도 않나? 그런다고 키도 안 크면서."

"키 얘기가 왜 나와."

"교복은 샀냐?"

"어제 샀다고 했잖아. 이모가 사 준 빵도 다 먹어 놓고 뭐야."

침대 옆에 세워 두었던 쇼핑백을 내밀자 엄마는 당장에 옷을 왜 안 걸어 놨느냐고 잔소리했다. 잘 접혀 있던 옷들을 하나하나 펼쳐서 옷장 속에 넣는 엄마의 작고 통통한 손. 아무리 얼굴을 꾸며도 손을 보면 나이가 드러난다더니 참 초라했다. 그렇다고 얼굴을 잘 꾸미는 것도 아니지만.

"그거 이모랑 같이 산 립스틱 바른 거지? 왜 그렇게 꽃 핑크 같은 걸 샀어? 이모가 바른 건 좋던데."

"사내자식이 화장품에 무슨 관심이야. 근데 요새 교복은 바지통이 왜 이렇게 좁냐. 보기 싫게."

내 바지를 훑어보던 엄마의 눈썹이 일그러졌다. 작년에 백화점 사람들이랑 다 같이 싸게 했다고 좋아하던 눈썹 문신이 비대칭으로 꿈틀댔다. 식품 코너고 아줌마들뿐이라고는 하지만 그 화려한 직장에 다니는 사람이 어쩜 이렇게 꾸미지를 못할까. 가만히 엄마를 보고 있자니 이모가 엄마랑 고등학교 동창이고 오랜 친구라는 게 믿기지 않았다.

결국 엄마한테 거의 떠밀려 집을 나왔지만 학원에 갈 맘은 들지 않았다. 지난 레벨 테스트에서 미끄러진 탓에 60점대반에 배정된 것도 그렇고, 벌써 고등학교 첫 학기 내용을 다 마쳐 버린 진도를 도저히 따라잡을 자신도 없다. 물론 죄 핑계에 불과하지만. 그렇다고 학원 말고 따로 갈 만한 곳도 없었다. 겨울만 아니면 적당히 밖에서 시간을 때울 텐데 바람이 차서 그럴 엄두도 나지 않았다. 일단은 학원에 가는 수밖에 없어 보였다.

셔틀버스는 놓친 지 이미 오래라 그냥 버스를 타고 갔다. 로비가 한산한 게 한창 수업 중인 듯했다. 어차피 지각한 거, 수업 중간에 들어가나 쉬는 시간에 들어가나 그게 그거일 것 같아 비상구 계단에서 삼십 분만 버티기로 했다. 시간도 남아도니 천천히 올라가도 되고. 느긋하게 계단을 오르는데 3층을 지날 때쯤 누군가가 내 이름을 불렀다.

"어어, 재운아."

아무도 없을 거라 생각하고 혼자 중얼거리며 올라가던 중이어서 깜짝 놀라고 말았다. 그런데 몸을 급히 일으키는 걸 보니 가장 위 계단에 앉아 있던 상대도 내 등장에 적잖이 놀란 것 같았다. 목소리의 정체는 사회 선생님이었다. 아무렇지 않은 척 인사하자 선생님은 알 수 없는 말을 늘어놓았다.

"이수가 뭘 좀 물어봐서. 수업 시간에 설명해 주기에는 너무 복잡한 문제라, 그래서 따로 알려 주고 있었지."

대체 무슨 말을 하는 건지 몰라 고개를 갸우뚱거리는데, 계단에 가려서 보이지 않던 여자애가 고개를 내밀었다. 곧바로 박이수라는 이름이 떠올랐다. 레벨 테스트 전에는 같은 반이었던 옆 학교 여자애다.

"재운이랑 이수, 둘이 같은 학교 됐다며. 앞으로 서로 인사도 하고 그래."

"네, 그럴게요."

선생님의 말에 대강 대답하고 다시 아래층으로 내려갔다. 지각에 대해 뭐라고 할 것 같지 않지만 같이 있기엔 영 어색했다. 로비는 좀 전과 똑같이 조용했다. 구석에 놓인 소파에 앉아 습관처럼 휴대폰을 꺼내 들었다. 하지만 이번에도 전화는 걸 수 없었다.

언제부터였을까. 유현이에게 다가가는 게 예전처럼 쉽지 않았다. 등하교를 같이하고 학교에서도 틈날 때마다 붙어 다니는 일상은 그대로였다. 내가 망설이는 부분은 그런 게 아니었다.

유현이는 언제나 죽으려 했다. 조짐은 초등학교 때, 아니 유치원 때부터 있었다. 높은 미끄럼틀에서 말도 없이 뛰어내리려 들거나 수영장에서 물속에 고개를 처박고 나오지 않는다든지. 그런 일들은 추억 속에 비일비재했다. 단지 그때는 내가 너무 어리고 멍청해서 알아차리지 못했을 뿐. 유현이는 항상 죽음을 생각했다. 중학교에 올라가자 유현이의 방법은 조금 더 구체화되었고 그때서야 나도 깨달을 수 있었다. 몇 번이나 보았다. 문 너머에서 들려오던 웃음소리가 끊긴 게 이상해서 창문을 넘어가면, 손목을 피로 적신 채 바닥을 뒹굴고 있는 유현이의 모습을 볼 수 있었다. 어떤 때는 약통을 하나 다 비우고 쓰러져 있었다. 아무것도 먹지도 마시지도 않는 채 정신을 잃어 가던 것도 보았다. 길을 걸을 때면 차도를 향해 달려들었다. 높은 곳에 오르면 아래로 떨어지려는 듯 몸을 난간에 기댔다.

그런 모습을 볼 때마다, 그리고 그걸 말리러 달려갈 때마다 겁이 났다. 전처럼 편하게 다가갈 수 없었다. 함께 있고 싶은 마음보다 불안이 커져서 같이 있을 때도 안심할 수 없었다. 유현이를 생각하면 심장에서 땀이 배어 나오는 듯했다. 괜찮다고 방치한 사이 정말로 죽어 버리면 어쩌지? 이 세상에서 영영 사라져 버리면? 죽는 일만 생각하는 유현이가 무서우면서도, 잠시라도 한눈을 팔면 그사이 죽어 버릴까 봐 그게 더 무서웠다.

결국 방학 내내 공부는 제대로 하지 못했다. 입학식 날을 맞이했지만 내 공부 진도는 아직도 중학생에 머물러 있다. 이대로라면 다음 시험 결과도 뻔하다. 안 그래도 조금이나마 친하던 학교 친구들이나 학원 친구들이 다 다른 학교에 가게 된 바람에 칙칙할 예정이던 내 고등학교 생활은, 예상보다도 어두울 것 같았다.

그런 중에도 희망은 있었다. 유현이였다. 어제저녁에 아무래도 걱정이 되어 이모에게 전화를 했더니, 무슨 일이 있어도 입학식에는 보낼 생각이니 아침에 데리러 와 달라는 말을 들은 것이다. 유현이 목소리를 직접 듣지는 못했지만 그것만으로도 신이 났다.

후우우우, 일부러 소리 내어 뱉어 본 입김이 공기에 닿자마자 하얗게 흩어졌다. 하늘은 흐리다 못해 뿌옜다. 고개를 들다 유현이네 아파트 담에 어깨뼈가 부딪혔다. 꽤 아팠지만 저 멀리 현관문이 열리는 걸 본 순간, 아픔은 다 사라져 버렸다.

"유현."

짧은 부름에 유현이가 손을 흔들었다. 그사이 크게 변한 건 없는 듯했다. 표정도 그리 어둡지 않았고 새 교복은 내 예상대로 잘 어울렸다. 유현이는 여느 때와 다를 것 없는 느린 걸음으로 내 옆에 다가왔다. 한 걸음 내디딜 때마다 눈을 떼지 못하고 바라보았다. 잘 지냈다는 말보다, 괜찮았다는 말보다 그 걸음이 가장 기뻤다. 유현이가 살아 있으니까 다 좋았다. 습관적으로 훌쩍인 코에서 눈물 맛이 났다.

"왔으면 전화를 해."

"재촉하기 싫어서. 그러다 넘어지면 다치잖아."

유현이에게 보폭을 맞추며 버스 정류장으로 향했다. 길가의 하수구에서 구정물 냄새가 올라왔다. 그리고 그 냄새를 밟듯 길 위를 지나는 유현이와 나의 발. 달라진 것은 유현이의 구두뿐, 중학교 때와 완벽하게 똑같은 등굣길이다.

"신발 샀네. 전에 거랑 비슷하고 좋다."

"그건 버렸어."

그렇게 낡지 않은 구두였는데 버렸다는 걸 보니 졸업식 날의 '그 일' 때문인 것 같았다. 재작년 가을부터 매일 보던 그 구두를 이제 볼 수 없는 게 조금 아쉬웠다. 발등 위를 가로지르는 끈 장식이 보폭 좁은 유현이에게 잘 어울렸다.

중학교를 졸업하던 날에도 유현이는 그 구두를 신었다. 그리고 '그 일'은 졸업식 행사가 끝난 후에 벌어졌다. 같이 사진 찍자고 옆을 보며 말을 걸었는데 유현이가 없었다. 엄마 가방에서 카메라를 꺼내 오던 그 잠깐 사이였다. 밖으로 나갔다고는 상상도 하지 못했다. 이모가 달려 나가는 걸 보지 못했더라면 어디에 숨은 거냐고 교실 여기저기를 찾아보고 다녔을 것이다. 엄마와 함께 이모의 뒤를 따라갔다. 평소에는 걸음도 느리면서 어디로 그렇게 빨리 사라져 버린 건지. 운동장으로 나가서야 유현이를 발견할 수 있었다.

유현이는 교문 앞의 도로에 서 있었다. 우리가 다닌 중학교는 간선 도로로 진입하는 길 옆에 있었다. 언제나 차가 많고 하루에 몇 번씩 사고가 나는 날이 있을 정도로 복잡한 곳이었다. 넓게 펼쳐진 8차선 도로 위에는 하얗고 노란 페인트 자국이 늘 새로 칠해졌다. 우리는 유현이의 이름을 부르며 교문으로 나갔다. 하지만 유현이는 한 번도 우리 쪽을 돌아보지 않았다. 그리고 한 번도 멈추지 않고 도로 위를 달려갔다. 저러다 차에 치이는 게 아닐까. 정말 죽으면 어떡하지. 나는 또 그런 생각을 하며 발을 동동 굴렀다. 바닥을 빨갛게 물들인 피와 원래 유현이였는지 알아볼 길이 없을 만큼 으스러진 시체를 떠올리다 헛구역질까지 나왔다.

다행히 유현이는 차에 치이지 않았다. 오히려 태연한 얼굴로 길 건너편 인도에 서서 이쪽을 바라보았다. 보행자 신호가 초록불로 바뀌자마자 이모는 주변 사람들을 모두 밀치며 유현이를 향해 뛰어갔다. 그러자 유현이도 다시 몸을 돌리고 달려갔다. 갑작스러운 소란에 쏟아져 나온 사람들 사이로 유현이의 모습이 사라졌다. 어디로 갔는지 방향조차 놓친 이모는 다시 길을 건너와서는 엄마 품에 안겨 왈칵 울음을 터뜨렸다.

"졸업식 날, 왜 그런 거야?"

내 질문에 그대로 멈춰 선 유현이의 새 구두. 하얀 햇살을 따라 검은 가죽 향이 솔솔 올라왔다. 코를 찌르던 구정물 냄새가 싹 사라졌다. 아직 구김 하나 없는 구두가 비난이라도 하듯 나를 빤히 쳐다보았다. 유현이는 대답 대신 내 손등을 가리켰다.

"넌 왜 이런 건데?"

"뭐가?"

"손, 빨개."

"별거 아냐. 그냥 네가 언제 나올지 몰라서 조금 빨리 왔거든."

솔직하게 6시 반부터 기다렸다는 말은 할 수 없었다. 유현이가 장갑을 벗어 내게 내밀었다. 괜찮다고 밀어냈지만 기어이 내 손에 쥐여 주었다. 조심스레 손가락을 끼워 보았다. 화제를 돌리려고 새로운 학교 얘기를 꺼냈다.

"우리 몇 반 될 거 같아?"

"몇 반까지 있는지도 모르는데."

"나 알아. 우리 누나가 다녔잖아. 누나 때는 17반까지 있었다니까 우리는 15반 정도 아닐까? 중학교 때도 누나보다 우리가 두 반

적었잖아."

"그렇게 많다고?"

유현이가 이를 덜덜 떨며 되물었다. 아까까지만 해도 멀쩡하던 입술이 그새 새파래져 있는 게 눈에 들어와 장갑을 도로 유현이에게 벗어 주었다. 유현이는 살짝 입을 삐죽거리다 얌전히 장갑을 꼈다. 정류장에는 우리 둘밖에 없었다. 버스는 오지 않았다.

"같은 반 되면 좋겠다."

그렇게 말하며 손을 잡았다. 지난 구 년 동안 여섯 번이나 같은 반이었으니까 이번에도 그렇게 되라고 바라면서. 다시 차가워졌던 내 손이 유현이의 손안에서 서서히 녹기 시작했다.

"오늘은 사진 꼭 찍자."

"무슨 사진?"

"졸업식 날에 한 장도 못 찍었잖아. 끝나고 놀러 가자. 사진도 찍고 밥도 먹고."

유현이에게서 대답은 나오지 않았다. 우리는 한동안 아무 말도 하지 않았다. 십 분 정도 그러고 가만히 있자 드디어 도로 끝에 버스가 나타났다. 내가 먼저 놔야 하나 주저하는 새, 유현이가 내 손을 놓고 가방끈을 잡았다. 나도 똑같이 가방끈을 잡으려다 그냥 주머니에 손을 찔러 넣었다.

길이 막혀 조금 늦었지만 입학식은 아직 시작 전이었다. 밖에서 봤을 때보다 넓은 강당은 이미 애들로 바글바글했다. 총 다섯 중학교에서 올라온 거라 아는 얼굴이 별로 없었다. 자유롭게 돌아다니는 틈새에서 어정쩡하게 서 있기도 뭣해서 같은 중학교 애들을 찾아보았다.

"저기 5반 애들이지? 쟤 효정이잖아. 기억 안 나? 2학년 때 같은 반이었던 애. 맞아, 5반은 절반 이상이 같이 올라왔대. 우리 반에선 너랑 나 포함해서 네 명밖에 안 왔는데."

느릿느릿 날 따라오던 유현이의 손을 잡고 그쪽으로 데려가려 했다. 그런데 유현이가 내 손을 밀어냈다.

"왜? 쟤네 싫어?"

"나랑 있으면 좋은 소리 못 듣잖아."

유현이는 내 눈을 똑바로 들여다보며 말했다. 힘차게 앞을 향하려던 내 발이 멈춰 버렸다. 완전히 성지한 유현이의 등 뒤로, 여기저기 바삐 뛰어다니는 애들이 슬로 모션처럼 보였다.

그런 게 무슨 상관이냐고 웃어넘기려 했다. 그리고 쟤들은 나랑 아는 사이니까 너한테 싫은 말도 안 할 거라고 안심시키려 했다. 하지만 유현이는 이미 내게서 등을 돌리고 저 멀리까지 가 있었다. 아까와는 다른 빠른 걸음. 무의식중에 졸업식 날을 떠올리고 덜컥 겁이 났다.

"유현! 정유현!"

주변에 누가 부딪치든 말든 신경 쓰지 않고 유현이를 향해 달려갔다. 내 팔에 맞은 애들이 욕할 때마다 연거푸 사과하면서도 계속 앞으로 나아갔다. 유현이는 강당 벽에 붙어 있는 계단을 오르고 있었다. 계단에는 입학식을 보러 온 어른들로 이미 빈틈이 없는데도 유현이는 그 사이를 용케 뚫고 위로 또 위로 올라갔다.

사람들을 밀며 계단 위로 올라가 보니 계단만큼이나 비좁은 길이 쭉 이어져 있었다. 강당을 내려다볼 수 있도록 벽에 설치해 둔 일종의 관람석이었다. 카메라와 휴대폰을 든 사람들이 아래쪽을 내려다보고 있었다. 그 바람에 길이 막혀 한참을 낑낑댔다. 그러는 동안 유현이를 놓쳐 버렸다. 난간 아래에서는 이제 식이 시작되려는 듯, 아이들이 줄 맞춰 서고 있었다.

"재운이 네가 있어 다행이야."

뜬금없이 이모가 입버릇처럼 하던 말이 생각났다. 유현이가 손목을 그을 때마다, 위세척을 해야 할 정도로 무언가를 들이켤 때마다 이모에게서 그 말을 들었다. 내가 한 일은 구급차를 부르고, 울며 불안해하는 것뿐이었는데. 이모는 늘 내게 고맙다고 했다. 오늘도 그런 일이 생기면 난 어떡해야 할까. 이대로 난간이 무너지면? 누가 유현이를 밀어 버리면? 아니면 유현이가 스스로 뛰어내리면? 바닥에 부딪쳐 산산조각 나는 유현이의 모습이 상상되어 속이 울렁거렸다. 얼굴에서 피가 싹 빠져나가는 것 같다. 그때였다.

"돌려줘."

아주 짧은 한마디였지만 분명 유현이 목소리였다. 어디에서 들려오는지도 모르는데 양쪽 어깨를 짓누르는 사람들을 밀쳐 내며 앞으로 나아갔다.

"싫은데? 내가 왜 그래야 하는데?"

이번에 들려온 건 어떤 남자애의 목소리였다. 다행히 유현이보다는 조금 말이 길어서 소리의 출처를 찾아낼 수 있었다. 두 사람의 목소리는 위에서 내려오고 있었다. 고개를 들자 지금 내가 있는 곳보다도 좁은 복도 같은 공간이 보였다. 난간 사이에 유현이 것으로 보이는 치마가 살짝 튀어나와 있었다.

"내 거니까."

다시 이어진 유현이의 대답을 좌표 삼아 그곳으로 올라갈 방법을 찾았다. 3층으로 이어진 계단은 방금 올라온 계단과는 다른 쪽 벽에 붙어 있었다. 사람들을 헤치고 계단 바로 앞까지 다가가자 유현이가 더 잘 보였다. 유현이는 난간에 기댄 채 손을 앞으로 쭉 내밀고 있었다. 그 앞에는 아까 들린 목소리의 주인공인 듯한 남자애가 서 있었다. 같은 학교에서 온 애는 아니지만 단번에 누군지 알아보았다. 초등학교 때부터 문제아로 유명한 이진석이다. 이진석은 한 손에 유현이의 가방을 들고 있었다.

"오늘도 난리 치고 싶은 거면 참아 보지? 튀는 거, 그날로 충분하지 않아? 앞으로는 조용히 다니는 게 좋을 텐데."

이진석은 졸업식 날 있던 일을 말하는 것 같았다. 유현이가 대체 어쩌다 이진석과 얽히게 된 거지?

"그래, 그럴게."

유현이가 순순히 대답하는 게 들렸다. 이진석은 자기 뜻대로 된 데에 만족한 듯 피식거렸다. 유현이는 이진석에게 다가가서는 그 팔에서 재빠르게 가방을 빼냈다. 그런데 유현이가 잡은 것은 자신의 가방이 아니라 이진석의 가방이었다. 이진석이 눈썹을 잔뜩 찡그리고 소리를 질렀다.

"나 건드리지 마라. 후회한다."

그 말에 유현이가 뭐라 반응하기도 전에 이진석은 팔을 휘둘렀다. 부웅, 유현이의 가방이 허공을 가로지르며 날아갔다. 머리 위로 뭔가가 날고 있다는 걸 전혀 눈치채지 못한 학부모들 위로, 그리고 저 아래 나란히 줄을 서 있는 아이들 위로. 가방은 힘차게 날아갔다.

잠시 후, 쿵 하는 소리가 들리며 강당에 퍼지던 애국가 반주가 끊겼다. 곧바로 여기저기서 비명과 고함 소리가 터져 나왔다. 가방은 1층 정중앙에 떨어졌다. 그리고 그 옆에 한 여자애가 쓰러져 있었다. 빼곡하게 서 있던 아이들은 강당 가장자리를 향해 도망쳤다. 선생님들이 쓰러진 여자애를 향해 달려가는 것이 보였다. 나와 같은 층에 있던 학부모들이 소리를 질러 댔다.

"119 불러요, 119!"

"보건 선생님 없어요? 응급 처치라도 해 봐요."

모두가 그렇게 목청을 높이는 동안 누군가가 들것을 가지고 왔다. 여자애는 정신을 잃은 듯 움직이지 않았다. 선생님들이 그 애를 들고 어디론가 옮겼다. 들것이 난간 바로 아래를 지나갈 때 나는 그 애가 박이수라는 걸 알아보았다.

이제 남은 사람들은 가방이 어디서 떨어진 건지, 누가 고의로 던졌는지 아니면 사고였는지를 알아보려 다 같이 위로 고개를 들었다. 모두가 그렇게 쳐다보고 있는데 이 소동을 만든 장본인은 기세등등하게 유현이를 협박 중이었다.

"이제 알았냐? 다신 내 앞에서 까불지 마라."

"아니, 모르겠는데."

유현이는 아까 이진석이 그랬듯이 팔을 높이 들고 가방을 던졌다. 순식간에 포물선을 그리며 공중으로 날아오른 이진석의 가방은 유현이 가방에서 조금 떨어진 곳에 추락했다. 이번에는 아무도 다치지 않았다. 잠시 가방에 머물렀던 사람들의 시선은 다시 유현이와 이진석에게로 향했다.

사람들과 함께 유현이를 올려다보며 속으로 몇 번이나 물었다. 왜 그랬어? 꼭 그래야만 했던 거야? 하지만 유현이는 내게 눈길 한 번 주지 않았다. 수많은 사람들 틈에서 나는 유현이의 눈에 들 만한 존재가 아니었다. 잡을 수 없다. 구할 수 없다. 내가 지켜 줄 수 없다. 커다란 강당만큼이나 큰 벽이 우리 사이를 가로막고 있는 것 같았다.

그 후로 한 달이 지나 수학여행이 다가왔지만, 유현이와 내 사이에 놓인 벽은 여전하다. 유현이는 입학식 이후로 나와 같이 다니지 않는다. 말을 걸어도 대답하지 않는다. 아침에 기다렸다가 만나도 저 멀리서 이진석과 박이수가 보이면 나를 두고 가 버렸다.

"쟤들은 또 붙어 다녀."

"완전 밀착. 진짜 더럽다, 더러워."

우리 반 여자애들은 아까 기차에서도 버스에서도 계속 유현이 얘기를 하더니 첨성대를 앞에 두고도 그 얘기다. 중간중간 날 돌아보며 웃는 것도 짜증 나서 딴청을 부렸다. 학교에서는 이진석 때문에 가까이 갈 수가 없어서 몇 번 말도 못 걸었는데, 나는 그새 유현이에게 차인 애로 소문이 났다. 물론 난 그리 유명하지 않으니까 우리 반 한정이지만.

"근데 정유현도 좀 웃긴다. 얌전하게 생겨서는 저런 애들이랑 노냐."

"쟤도 소문은 별로던데. 수업도 안 듣잖아. 그리고 3반에 내 친구 있잖아. 걔가 옛날에 정유현이랑 같은 반이었대. 맨날 결석해도 부모가 돈 써서 학생부 고쳐 주고 그랬다고 하더라."

"하긴 입학식 때도 이진석만 깨졌지? 정유현은 하나도 안 혼났다며. 집안 빵빵한가 봐."

"나 같음 그 돈으로 정신 개조부터 하겠다. 끼리끼리 잘 노네."

이런 얘기를 처음 듣는 것도 아니지만 매번 화가 났다. 세세한 내용은 달라도 유현이는 언제나 아이들의 입방아에 오르내렸다. 애들은 자신들과 다른 유현이를 가만히 놔두지 않았다. 어릴 때부터 쭉 그랬다. 유현이를 직접 겪은 아이들은 아직 모르는 애가 있을까 봐 입을 놀렸고, 유현이를 모르는 아이들은 자기가 못 들은 얘기가 있을까 봐 귀를 기울였다.

"박이수도 그래. 지한테 가방 던진 애들하고 어떻게 같이 다니냐?"

"멀쩡한 애는 아니잖아. 솔직히 그날 가방 맞고 별로 다친 거 같지도 않고. 이진석이 사과하니까 싸대기 한 대 때리고 그냥 잊자고 그랬다는 것도 웃기지 않아?"

"그래도 남자애들은 박이수 좋아하더라. 뒤끝 없다고."

"꼬리 치고 다니니까 당연하지. 걔 초등학교 때부터 걸레래."

"알 게 뭐야. 저러다 죽으라지."

알 게 뭐냐고 하면서도 아이들은 유현이나 그 주변에 대한 이야기를 멈추지 않았다. 더 볼 것도 없고 이런 얘기나 듣고 있는 것도 한심하고, 이럴 시간에 버스에서 잠이나 자는 게 나을 것 같았다. 주차장으로 걸음을 돌리는데 저 앞에 유현이도 버스 쪽으로 가고 있는 게 보였다. 자유 시간은 아직 이십 분이나 남아 있다. 유현이와 이야기하려면 지금밖에 기회가 없다는 생각이 뇌리를 스쳤다. 그대로 우리 반 버스를 지나쳐서 유현이네 13반 버스를 향해 달려갔다. 버스 문은 활짝 열려 있었다.

"유현."

안으로 올라가자마자 이름을 불렀다. 내가 보이지 않는 것도 아닐 텐데, 유현이는 내 말을 못 들은 척 박이수하고만 얘기하고 있었다. 한 번 더 이름을 부르자 우리 둘의 눈치를 보던 박이수가 몸을 일으켰다. 유현이가 박이수를 붙잡았다.

"나 이진석이랑 놀다 올게."

박이수가 내 옆을 지나며 어깨를 툭툭 쳤다. 그 손끝에서 진한 향수 냄새 같은 게 풍겼다. 버스에는 이제 유현이와 나뿐이다. 조심스레 유현이 곁으로 다가가 말을 꺼냈다.

"왜 그래? 화났어? 내가 뭐 잘못한 거야? 이상한 애들이랑만 다니고. 왜 그러는 거야?"

"하루라도 나 감시 안 하면 불안해?"

한 달 만에 얻어 낸 유현이의 대답에 당황했다. 감시라니? 갑자기 왜 그 단어가 튀어나오는 건지 영문을 알 수 없었다.

"입학식 때 일. 학교에서 연락하기 전에 네가 엄마한테 먼저 말했지?"

설마 그 일로 화났던 걸까. 사실이긴 하다. 나쁜 말은 하지 않았다. 그냥 입학식 때 이러이러한 일이 있었는데 이진석이라는 애한테 말려들었을 뿐이고 유현이한테는 잘못이 없다고, 그렇게만 말했다.

"우리 엄마가 좋으면 네 얘기를 해. 내 얘기 일러바치면서 환심

사지 말고."

"그런 거 아니야."

진심으로 그렇게 생각하는 건 아니겠지. 변명하려고 했지만 내가 좋아하는 건 너란 말을 입 밖에 내지는 못했다. 당연히 알고 있을 거라 생각했다. 언제나 내 눈에는 유현이밖에 보이지 않는데 이제 와서 모른 척하니 이해가 되지 않았다.

"이제 나가. 이수가 이진석 데려오면 너 맞는다. 그러고 싶어?"

유현이는 전에 없이 차가운 눈으로 날 노려보았다. 머릿속에서 유현이의 가방이 또 한 번 추락했다. 가방은 내 머리를 내려치고 모든 희망을 앗아 갔다. 이게 다 이진석 때문이다. 그때 그 일 때문이다. 순간 화가 나서 여태 한 번도 말한 적 없던 말을 뱉어 버렸다.

"애들이 너보고 뭐라는 줄은 알고 다녀?"

"그러는 넌 알아?"

뭐? 무슨 말이냐고 묻고 싶었지만 유현이는 내게서 등을 돌렸다. 허물어 보려 했던 우리 사이의 벽이 한층 더 단단하게 내 앞을 막아섰다.

숙소로 돌아와서도 유현이에 대한 생각이 머리를 가득 채웠다. 낮까지만 해도 이진석을 향했던 분노는 밤이 되자 고스란히 내게 돌아왔다. 아까 유현이에게 그런 말을 한 나를 용서할 수 없었다. 모두가 나가 버린 방 안 가득 내가 뒤척이는 소리만 울렸다. 늘 애들이 뭐라고 하든 듣지 말라고, 신경도 쓰지 말라고 막곤 했다. 누가 유현이에 대해 나쁜 말을 하면 기억해 뒀다가 그 아이가 유현이 근처에도 못 가게 하느라 바빴다. 그랬던 내가 대체 무슨 말을 한 거지?

유현이와는 태어날 때부터 함께였다. 이대로 가다가는 정말 놓쳐 버릴지도 모른다. 죽는 걸 막지 못하거나 하는 문제가 아니라 내 인생에서 유현이가 사라질 수도 있다. 생각이 거기까지 이르자 더는 누워 있을 수 없었다. 당장 이불을 박차고 뛰쳐나갔다. 숙소 밖으로 나오자마자 주차장에 둘러앉아 술판을 벌이고 있던 우리 반 애들과 마주쳤다. 내가 나온 걸 보고 몇몇 애들이 킬킬거렸다.

“6반 따라가냐? 너 여자 방 가는 거지?”

“호모호모하게 잘 놀다 와라.”

말 같지도 않은 소리들. 그냥 무시하고 숙소 앞 샛길로 들어섰다. 여자 숙소는 우리 숙소에서 조금 떨어진 곳이었다. 중간중간 가로등이 있어도 밤길은 어두웠다. 나보다 앞서 여자 숙소로 향하고 있던 다른 반 애들의 시끄러운 소리가 아니었다면 길을 헤맬 뻔했다. 발목을 할퀴는 풀들을 헤치며 걷고 또 걸었다. 유현이는 어디 있을까. 방에 있을 것 같지는 않은데. 여자 숙소에 도착해서 현관문을 미는 순간, 익숙한 목소리가 내 뒷덜미를 잡았다.

“정말?”

입학식 때도 그랬듯이, 그리고 여태 늘 그랬듯이 나는 한마디만으로도 유현이 목소리를 알아들을 수 있다.

"못 믿으면 말고."

"잠깐만."

또 이진석이랑 같이 있는 건가? 두 사람의 목소리는 숙소 옆 수풀 속에서 들려오고 있었다. 마치 첩보원이라도 된 듯 등을 벽에 붙이고 수풀 쪽을 향해 천천히 발을 옮겼다.

"조금만 고개 숙여 봐."

"이렇게?"

둘이 뭘 하고 있는지 내가 튀어 나가도 되는 상황인지 보려고 고개를 내민 순간, 어둠 속에서 두 그림자가 움직이는 게 보였다. 내 기억 속의 두 사람과 정확하게 일치하는 실루엣. 유현이는 이진석을 벽으로 밀어 놓은 채 턱을 잡고 있었다. 두 얼굴 사이의 거리가 점점 좁아졌다. 눈을 깜빡이며 눈앞에서 벌어지고 있는 광경을 이해해 보려 애썼다. 그때 두 얼굴이 완벽하게 포개졌다.

"말도 안 돼."

들키면 이진석한테 맞아 죽을 거라는 생각보다 어이없다는 생각이 먼저 들었다. 내가 중얼거린 말은 두 사람에게 들리지 않은 모양이었다. 다리에 힘이 풀려 주저앉기 전에 얼른 몸을 돌렸다. 도망간다고 달라지는 건 아무것도 없는데, 부정해 봐야 이미 벌어진 일인데. 내 발은 멈출 줄 모르고 방금 왔던 길을 돌아가고 있었다.

왜 이진석이지? 내가 아닌 것도 억울한데, 어째서 이진석이지?

다른 애는 안 되는 거야? 나는 안 되는 거야? 할 수만 있다면 발을 구르며 떼라도 쓰고 싶다. 그 상황을 보고도 둘 사이로 뛰어들어 갈라놓지 못한 내가 너무 바보 같다. 나는 유현이한테 아무것도 아니니까. 유현이는 내 마음 같은 거 모르니까. 낮에 마주했던 차가운 시선을 떠올렸다.

우리 반 아이들은 아직도 주차장에 있었다. 방에 들어가기도 싫고 저 앞을 지나가며 야유를 받기도 싫어서 샛길 옆에 주차된 버스 뒤로 숨었다. 이런 기분으로는 잠도 안 올 게 뻔했다. 참아 왔던 눈물이 뚝뚝 바닥으로 떨어졌다.

"그러니까 너랑 나랑 사귀는 게 좋을 것 같다고."

"지랄을 한다."

만약 그 대화를 듣지 못했다면 나는 아침까지 계속 버스 사이에 서서 울었을 것이다. 소리가 들리는 곳으로 다가가 보았다. 박이수와 이진석의 말소리가 분명하다. 방금 전까지 유현이랑 있던 이진석을 봐 놓고도, 나보다 빨리 여기에 올 수 없다는 걸 알면서도, 의심할 수 없을 정도로 그 목소리는 이진석의 것이었다.

"뭔 수작인지 몰라도 꿈 깨라. 내가 너 같은 년이랑 왜 사귀냐."

"유현이는 우리가 사귈 거라고 생각하거든."

"정유현 얘기가 왜 나와? 야, 걔 아니면 너랑 놀지도 않았어."

"알아."

"알면 꺼져, 걸레야."

그 말이 대체 뭐라고, 내 몸은 어느새 버스 앞으로 튀어 나가 이진석에게 달려들고 있었다. 이진석은 갑자기 나타난 나를 보고 버럭 소리 질렀지만 다짜고짜 날아간 내 주먹에 바로 넘어졌다. 바로 일어나려 하는 걸 발로도 찼다. 열 번, 스무 번, 서른 번. 셀 수 없을 만큼 발로 차고 밟았다. 이진석이 내 발밑에서 끙끙거렸다.

평생 누군가를 때려 본 적이 없다. 유현이를 괴롭히는 애들을 막아서며 맞을 때도 나는 주먹 한번 휘두르지 못했다. 그런데 지금 내 손과 발은 저절로 이진석을 향해 뻗어 나갔다. 이진석의 마지막 말에 화가 났다. 그런 말을 듣고 다니는 박이수에게도 화가 났다. 이런 애들한테 자리를 뺏긴 나한테도 화가 났다.

당연히 바로 불려 가 죽도록 혼날 거라 생각했다. 그런데 수학여행 동안 그런 일은 벌어지지 않았다. 서울로 돌아온 후에도 교무실에서는 나를 찾지 않았다. 내가 열심히 피해 다니기도 했지만 이진석조차 날 찾지 않았다. 아직도 주먹과 발에 이진석을 때렸던 감각과 멍이 잔뜩 남아 있는데 나는 무사했다.

신기한 것은 그뿐이 아니었다. 수학여행에서 돌아온 지 정확히 일주일이 지난 오늘, 유현이가 나를 찾아오는 기적이 일어난 것이다. 내 눈이 잘못된 건가 몇 번이나 의심해 보았지만 우리 반 앞문에 서서 내 이름을 부르고 있는 사람은 유현이가 맞았다.

"김재운."

우당탕탕. 주변 책상을 마구 넘어뜨리며 앞문으로 달려 나갔다. 이렇게 유현이가 나를 불러 준 건 고등학교에 올라오고 처음 있는 일이다. 뒤에서 반 애들이 놀려 대는 소리가 들렸지만 그런 건 상관없었다.

"할 말이 있어서."

혹시 박이수가 수학여행 때 있었던 일을 유현이한테 얘기한 걸까? 순간적으로 그런 생각이 들었다. 그렇다면 좋은 일일지도 모른다. 유현이도 이제 이진석이 얼마나 쓰레기 같은 놈인지 안다는 거니까. 유현이가 말을 잇기를 기다리는 동안 심장이 두근댔다. 다시 같이 다닐 수 있을까? 수많은 기대들이 내 가슴을 벅차게 했다. 그런데 유현이는 한순간에 내 모든 기대를 와장창 깨 버렸다.

"앞으로 나한테 아는 척하지 마."

"뭐? 왜? 무슨 말이야?"

"나랑 얽혀서 좋을 일 없다는 거, 몇 번 말해야 알아들어?"

나도 모르게 두 걸음 물러서 버렸다. 유현이는 등을 돌리고 내게서 멀어져 갔다. 언제나 봐 왔던 좁은 보폭이 재빠르게 복도 끝으로 사라졌다.

무언가 잘못되었다는 생각을 지울 수 없었다. 사실은 유현이가 자기 친구를 감싸 줘서 고맙다는 인사를 하러 온 거였다고, 예전처럼 같이 다녀도 괜찮다고 말해 주러 온 거였다고 계속 착각하고 싶었다.

나는 유현이가 없는 세상에서 살아 본 적이 없다. 내가 태어났을 때 유현이는 이미 내 옆에서 함께 숨을 쉬고 있었다. 몇 달 늦게 세상에 나온 내가 울음을 터뜨릴 때마다 머리를 꼭 안아 주던 어린 날의 유현이가 보고 싶다. 나 때문에 자기가 먼저 철들 거라며 꼭 자기한테 장가들라 하던 장난스러운 미소가 보고 싶다. 손을 내밀면 잡을 수 있던 그 시절의 유현이가 그리웠다. 돌아가고 싶다.

"유현."

간신히 터져 나온 목소리가 아까부터 부르고 싶던 이름을 힘없이 복도에 뱉어 냈다.

조각조각, 사각사각

홍석의 이야기

왜 출발을 안 하는 걸까. 재촉한다고 기차가 당장 움직일 리 없건만 조바심이 나서 유리창에 이마를 부딪쳐 보았다. 통 하고 울리는 시원한 소리, 그리고 동시에 햇살을 가르고 일어난 먼지들. 여전히 멈춰 있는 바깥 풍경이 답답해서 커튼을 쥐고 흔들었다. 3월부터 내내 기다려 왔던 수학여행이라 그런지 자꾸만 마음이 급해졌다.

"정서 불안이냐고."

옆에서 정진이가 날 비웃었다. 언제부터 보고 있던 거지? 민망해서 고개를 가로젓자 정진이는 다시 도환이와 하던 게임 얘기로 돌아갔다.

기차 안은 처음 탔을 때와 똑같이 시끄러웠다. 아이들은 앉아서도 떠들었고 돌아다니면서도 떠들었다. 모두가 무시해도 가끔씩 조용히 하라고 소리 지르는 최지희를 빼면 아이들을 막는 사람은 아무도 없었다. 담임은 다른 선생님들과 할 말이 있다고 옆 칸에 가서는 돌아오지 않았다.

그래도 명색이 반장이니 떠들지 말자고 한마디 해야 하나? 이대로 놔뒀다가 선생님한테 혼나려나? 여러 고민이 들었지만 혼자 판단할 수 없는 문제였다. 우선 다정이랑 얘기해 봐야 할 것 같아 몸을 일으킨 순간, 기차가 움직였다.

"어? 어어."

갑작스러운 출발에 균형을 잃었다. 한참을 허우적거리다 착지한 곳은 도환이의 무릎 위였다. 그것도 아주 창피하게 어깨를 끌어안고 매달린 자세로. 고개를 들자 도환이는 나보다도 시뻘게진 얼굴로 투덜대고 있었다.

"아, 뭐야. 홍석, 무거워."

"미안, 미안. 너무 흔들려서."

그리 당황할 일도 아닌데 내 목소리는 꼭 큰 잘못을 저지른 사람 같았다. 도환이와 정진이도 그렇게 느꼈는지 날 이상하게 쳐다보았다. 수학여행 날짜가 정해진 후부터 계속 이렇다. 작은 것 하나에도 신이 나고, 또 신경이 쓰였다. 어제 짐을 싸 주던 엄마 아빠 역시 어디 해외여행도 아니고 고작 경주에 가면서 웬 난리냐고 웃었지만 진정이 되지 않았다. 이런 얘기를 도환이나 정진이한테 할 수는 없으니 아무 일도 없었다는 양 자리에 다시 앉았다. 태연한 척 힘주어 웃는데 입술이 땅겼다.

기차는 역사에서 빠져나와 시내를 배경으로 달렸다. 아직 서울도 빠져나가지 못한 것 같았다. 마음이 다시 붕 뜨려 했다.

"잠깐 앉아도 돼?"

다정이의 목소리가 들리지 않았더라면, 그리고 정진이가 내 어깨를 쳐 주지 않았더라면 난 아마 경주에 도착할 때까지 계속 창밖을 보며 끙끙댔을지도 모른다. 도환이를 끌고 자리에서 일어난 정진이가 나와 다정이를 번갈아 보며 놀렸다.

"반장들, 본격 연애질 개시?"

"오, 그런 거야? 둘이 그런 사이였어?"

그런 게 아닌데. 뭐라 해야 할지 몰라 우물쭈물하는 사이 다정이가 두 사람의 등을 가볍게 팡팡 치며 다른 자리로 보내 버렸다. 다정이는 내 맞은편 자리에 앉았다. 좌석 사이에 놓아둔 짐을 치워 주려다 손이 다정이의 무릎에 닿고 말았다.

"미안."

"응? 뭐가?"

다정이는 내 손이 닿은 것도 모르는 듯했다. 기차는 이제 어딘지 모를 산 옆을 달리고 있었다. 산 그림자 사이로 들어오는 햇빛이 얼굴을 달궜다. 창을 가릴까 하다가 커튼 끝이 다정이 옆에 있는 걸 보고 관뒀다. 다정이는 주머니에서 수첩을 꺼내며 얘기를 시작했다.

"아까 기차 타기 전에 애들한테 물어보긴 했는데 직접 확인 못 하고 문자로 받은 애들도 있거든. 걔들은 이따 다시 확인해야 할 거 같아. 자기들끼리 놀려고 그러는 거면 그건 빼야 하니까. 암튼 내가 확인한 건 이래. 맥주 스물한 캔, 소주 스물일곱 팩, 소주 작은 병 다섯, 큰 병 둘."

갑자기 학생회 회의에서 처음 수학여행 날짜를 듣고 좋아하던 다정이의 표정이 생각났다. 수학여행 소식에는 나도 들떴지만 다정이는 나보다 더했다. 그 이유가 술이라는 건 당시에 짐작도 못 했지만. 다정이는 이왕 술을 마실 거면 되도록 많은 애들이 다 같이 얘기하며 놀 수 있게 준비하고 싶다고 했다.

"아, 너도 나한테 안 알려 줬다. 몇 개 갖고 왔어?"

"나? 팩 한 개."

"애개, 그럼 스물여덟 개."

다정이가 수첩에 적었던 숫자를 고쳐 썼다. 별생각 없이 한 말일 텐데 '애개'라는 소리에 괜히 주눅이 들었다. 솔직히 소주 한 팩을 챙기는 것도 내게는 엄청난 용기가 필요한 일이다. 아빠가 술을 안 마시니까 다른 애들처럼 냉장고에서 슬쩍할 수 없었다. 그렇다고 엄마한테 수학여행 때 가져가게 대신 사다 달라고 할 수도 없는 노릇이었다. 정진이가 자기 할아버지네 가게에서 잔뜩 챙겨 왔다며 짐이 많으니 하나만 넣어 달라고 하지 않았더라면 난 정말 빈손이었을 거다.

"안주는 다들 갖고 온 거 같긴 한데 기차에서 먹어 치울 기세야. 나중에 조금씩이라도 돈 걷어서 한 번에 사 오자. 그리고 남자애들 중에 땅콩이랑 오징어 있는 애들은 티 나니까 조심하라고 좀 해 줘. 특히 최정진. 얘는 무슨 슈퍼를 차릴 건가, 뭘 이렇게 많이 갖고 왔어."

다정이는 정진이 가방 위로 튀어나온 오징어를 보고 있었다. 막힘없이 흘러나오는 설명에 학기 초의 일이 떠올랐다. 반장 선거 날이었다. 다정이는 칠판 앞에 서서 지금처럼 당당한 목소리로 모두에게 말했다.

오늘이 생일이다. 아직 서로 잘 모르니 선물을 달라는 소리는 안 하겠다. 하지만 만약 너희가 생일 선물로 학급 회장이라는 책임을 안겨 준다면 열심히 하겠다. 공약 같은 건 미리 만들어 두기보다 앞으로 다 같이 문제를 발견하면서 만들어 나가는 게 좋을 것 같다. 대신 이 자리에서 한 가지 약속할 수 있는 건 반장이 되면 감사의 의미로 피자를 쏘겠다는 거다.

사실 이것보다 훨씬 멋진 말들이었는데 바로 다음에 한 내 유세 연설이 너무 유치했던 탓에 다정이가 했던 얘기들을 잊어버렸다. 투표용지를 받자마자 이름 두 개를 나란히 적었다. 이홍석 배다정. 생일과 피자 얘기가 재미있기도 했고 같이 반장을 해 보고도 싶었다. 언제나 엄마가 시켜서 나가는 반장 선거였는데 그런 마음이 든 건 처음이었다. 다행히 같이 후보에 올라갔던 도환이가 기권한 덕에 내가 바라던 대로 우리 둘은 나란히 반장이 되었다.

"난 여자애들한테 돌릴게. 넌 남자애들 맡아."

다정이는 아이들에게 숙소에 들어갈 때까지 술을 잘 간수하라는 문자를 보내자고 했다. 어차피 선생님도 없는데 그냥 말하고 다녀도 될 것 같았지만, 그러다 나중에 자기는 못 들었다고 따지는 애들이 나올 거라며 반의 일은 무조건 문자로 남기자고 다정이와 약속했던 일이 떠올랐다. 비상 연락망을 펼치고 날 제외한 열여섯 명의 번호를 적은 다음 전체 전송을 했다. 문자비가 아깝지만 이것도 다정이가 누구는 카톡으로 보내고 누구는 문자로 보내면 말이 나온다고 했기 때문이었다. 다정이가 카톡이 안 되기도 하고.

"컵 같은 거는 필요 없나?"

"그건 나중에 경주에서 사자. 타이밍이 중요할 거 같은데 우리 숙소 옆에 슈퍼가 있다니까 입소식 끝나고 가면 될 거야. 필요한 만큼 방별로 사면 되겠지 뭐. 그리고 있잖아, 애들한테는 캔이든 팩이든 두 개씩 꺼내 놓으라고 따로 말해 줄래? 여자애들한텐 말해 놨어."

다정이는 내가 펼쳐 둔 비상 연락망에 대고 몇 명의 이름에 동그라미를 쳤다. 이유를 묻자 또 술술 설명이 나왔다. 표정이 뭘 그런 걸 묻느냐고 되묻는 듯했다.

"어차피 선생님들이 우리한테 시킬 거 아냐. 술 갖고 온 애들 검사해서 걷어 오라고. 그때 우리 반만 하나도 안 나오면 수상하다고 선생님들이 직접 뒤질걸. 아까워도 몇 개는 희생시켜야지."

"아, 그렇겠네. 그렇지."

어설픈 대꾸와 함께 고개를 끄덕였지만 '원래 그런 건가?' 하는 기본적인 의문을 지울 수 없었다. 초등학교 때에도 중학교 때에도 수학여행이나 수련회 같은 데에 가 본 적이 없는 나로서는 이런 이야기들이 모두 낯설기만 했다.

다리 위에 올려 둔 휴대폰은 애들이 보내오는 답장에 계속해서 빛나고 있었다. 화면 가장 위쪽의 문자는 정진이가 보낸 거였다. "회의 핑계로 연애하니까 좋냐."라는 글씨가 보였다. 어차피 다정이는 못 봤을 텐데 화들짝 놀라 휴대폰을 뒤집어 버렸다. 몇 칸 떨어진 자리에서 정진이가 손을 흔들며 웃고 있었다. 다정이가 나와 정진이를 이상하게 쳐다보는 것 같아 얼른 말을 돌렸다.

"아, 근데 애들 너무 시끄럽지 않아? 선생님 오기 전에 조용히 시켜야 하지 않을까."

"그래? 그냥 놔둬도 될 거 같은데. 어차피 다른 반도 똑같을 거야. 애들 방치하고 놀러 간 멍게가 제일 나쁘지."

그렇게 말하더니 다정이는 자기 자리로 돌아가려고 몸을 일으켰다. 의자 사이를 다 차지한 가방 때문에 나가기 좀 불편해하는 것 같았다. 그때 기차가 커브를 돌며 심하게 덜컹거렸다. 다정이가 크게 비틀거리다 내 쪽으로 넘어졌다. 아까 내가 도환이 위로 넘어진 것처럼 다정이도 내 어깨를 잡으려 했다. 워낙 순식간에 벌어진 일이라 내 눈에 보이는 건 다정이 이마뿐이었다. 다행히 다정이는 내게 부딪치기 전에 균형을 잡고 멀쩡하게 몸을 바로 세웠다. 정말 짧은 순간이라 아무도 우릴 보지 못한 것 같았다. 다정이도 창피했는지 얼굴을 붉히고 있었다. 어색한 분위기를 무마하려고 아무 얘기나 나오는 대로 지껄였다.

"기차가 원래 이렇게 흔들리나 봐. 아까 나도 넘어졌거든."

"그러게, 비행기면 이 정도는 아닐 건데."

"응, 비행기는 어지간해선 안 흔들리지."

"아아, 이번에는 비행기 좀 타 보나 했더니. 경주가 뭐야. 멍게 때문에."

"담임 때문에? 왜?"

내 물음에 다정이가 고갤 숙이고 조용히 소곤거렸다. 기차가 덜컹일 때마다 머리카락이 어깨를 스쳐 간지러웠다. 아무래도 아까 커튼을 닫았어야 했다. 햇빛 탓에 여전히 얼굴이 화끈거렸다.

"작년엔 상하이 가는 반이랑 제주도 가는 반으로 나눴대. 근데 멍게가 자기 반 학생 중에 여행사 하는 집이 있으니까 그 집에 다 맡기자고 했나 봐. 사정은 몰라도 암튼 다른 여행사 통해 가는 거보다 돈이 두 배로 들었대. 그리고 예약도 제대로 안 된 바람에 가서 고생도 했대고. 그래서 그 소문 들은 학부모 회장이 올해는 비싼 데 가지 말고 나눠 가지도 말고 국내로 가자고 학교에 제안한 거래. 그 아줌마도 진짜 짜증 나."

다정이는 거기까지 말하다가 자신의 이야기 속에 등장한 학부모 회장이 우리 엄마라는 걸 깨달은 듯 또 한 번 얼굴을 붉혔다. 아무렇지 않은 척 입꼬리를 올려서 웃어 보였다. 수학여행이라는 건 내가 생각했던 것보다 훨씬 어렵고 복잡한 일인 모양이다. 애들이 시시하게 경주가 뭐냐고 투덜거릴 때에도 나는 그저 수학여행에 갈 수 있다는 것만으로도 신 났기 때문에 이런 사정이 있는 줄은 몰랐다.

대전은 지났을까. 다정이가 돌아가자마자 창밖을 내다보았다. 또 조바심이 나기 전에 잠깐이라도 자 두는 게 나을 것 같았다. 도환이와 정진이가 돌아와서 다정이랑 좋았냐고 놀리는 소리가 들렸지만 눈을 꾹 감고 자는 시늉을 했다.

경주에 도착해서부터는 돌아다니느라 정신이 없었다. 하루에 많은 곳을 둘러보려니 꽤 바쁜 일정이었다. 도환이는 여길 봐도 저길 봐도 다 똑같다며 숙소에 가 버리면 안 되느냐 짜증 냈지만 나는 그저 재밌기만 했다. 한 달 동안 날 사로잡고 있던 조바심은 경주에 도착하자마자 사라졌다. 만약 여기가 아니라 엄마 아빠가 원하던 학교에 입학했다면 수학여행은 가지도 못했을 것이다. 그런 생각을 하니 성질만 부리는 도환이도, 정진이도, 그리고 별로 친하지 않은 우리 반 애들까지도 다 좋게 보였다.

"학교 수준도 낮은데 며칠 놀아도 되겠지."

몇 주 전 수학여행 신청서를 보이고 허락해 달라고 졸랐을 때, 엄마 아빠는 그렇게 말하며 사인해 주었다. 듣기 좋은 이야기는 아니었지만 말대꾸하다 수학여행에 못 가게 될까 봐 가만히 있었다. 게다가 초등학교 때부터 구 년 동안 행사도 다 빠져 가며 공부해 놓고 과학고에 못 간 죄인이니 할 말도 없었다.

"아, 수련회가 아니라 다행이다!"

저녁을 먹고 방에 들어오자마자 아이들은 이불 한가운데를 비우고 술을 꺼냈다. 다정이가 시킨 대로 몇 개를 미리 낸 덕인지 아니면 누군가의 말대로 수학여행이라 검사가 느슨한 건지, 가방 속의 술은 모두 가져온 그대로다. 아까 들은 말에 의하면 여자 숙소도 다 성공했다고 하니, 모든 게 다정이 계획대로다.

"8반은 아예 대놓고 마시는데?"

베란다 옆에 있던 정진이가 아래를 내려다보고 한 말에 아이들이 우르르 베란다로 몰려갔다. 혼자 앉아 있기도 그래서 몸을 일으키다가 어지러워서 도로 앉았다. 난생처음 마셔 본 술 탓인 것 같았다. 눈앞에서 세숫대야도 반찬 통도 아닌 애매한 그릇 속에 담긴 술이 출렁였다. 알코올 냄새가 진하게 코를 찔렀다.

"8반 술 많은 것 좀 봐. 대박."

"담임이 쐈대. 멍게 새끼는 뭐 하냐."

"근데 저거 남을 거 같은데. 우리 껴 달라고 하자."

그럼 나는 그냥 잘까. 그때 휴대폰이 울렸다. 다정이 문자다. "너네 술 남은 거 있어?"라는 글자가 어둠 속에서 빛났다. 아직 멀쩡히 남아 있는 건 소주 두 팩이 다였다. 여자애들이 얼마나 마시고 있는지 몰라 불안했지만 일단 옷 속에 쑤셔 넣고 일어섰다.

"홍석, 어디 가?"

정진이가 그새 날 보고 말을 걸었다. 창가에 모여 있던 모두의 시선에 내게로 쏠렸다. 술을 챙겼다는 걸 숨기려고 몸을 웅크리며 화장실에 간다고 했다.

"아, 똥쟁이."

"냄새 남기지 말고 와라."

애들이 웃는 사이 방 밖으로 뛰쳐나왔다. 정문으로 나가면 창가에 서 있는 우리 방 아이들에게 딱 걸릴 거 같아 뒷문으로 나갔다. 여자 숙소는 우리 건물에서 십 분 거리에 있다. 들킬까 봐 숨을 죽였지만 선생님과 마주치는 일은 없었다. 숙소 입구를 막는 사람도 없어서 그대로 우리 반 여자애들이 있는 2층까지 올라갔다. 문 너머로 남자애들 소리가 들렸다. 꽤 시끄러운 걸 보니 우리 옆방 애들은 처음부터 여기 와 있었던 모양이다. 다정이에게 복도로 나오라고 문자를 보내고 기다렸다. 잠시 후 복도로 나온 다정이가 계단 구석에 숨어 있던 날 발견하고 달려왔다.

"왜 여기 있어? 들어와도 되는데. 우리 방 합쳤어. 11호 남자애들도 다 있어."

꽁꽁 숨겨 온 소주 두 팩을 내밀었다. 다행히 이번에는 '애개' 소리가 나오지 않았다.

"이거 내가 줬다고 하면 안 돼."

"왜? 암튼 알았어. 그리고 오늘 압수했던 거는 내일 다 돌려준대. 낮에 그 얘기 좀 하자."

다정이는 빠른 동작으로 술을 챙겨 들고 방으로 돌아갔다. 살짝 열린 문틈으로 두 팩밖에 없지만 옆 반에서 얻어 왔다고 설명하는 다정이의 목소리와 거기에 환호하는 아이들의 소리가 들려왔다. 이제 나도 방으로 돌아가야 했다. 시간이 많이 걸리지도 않았으니 화장실에 다녀왔단 말이 잘 통할 것 같았다. 게다가 지금쯤이면 다들 나가서 8반이랑 놀고 있을지도 모르고.

"진짜 뭐야. 지들끼리 가고. 11호 배신 쩔어."

그런데 내 생각이 틀렸는지 현관 앞에 서자마자 저 앞에서 우리 방 아이들이 달려오는 게 보였다. 우리 방만 빼고 다 모여 있는 상황을 이제야 파악한 듯했다.

"홍석은 어디 갔어?"

"변기에 빠졌나 봐. 전화도 안 받아."

도환이와 정진이가 얘기하는 소리도 들렸다. 그러고 보니 주머니 속의 휴대폰이 아까부터 울리고 있었다. 이대로 저기에 껴서 같이 놀까 생각했지만 친구들이 화장실 간 거 아니었느냐, 언제부터 여기 와 있었느냐 물으면 할 말이 없었다. 졸리기도 하고 그냥 우리 방으로 돌아가는 게 제일 나을 것 같았다. 아까처럼 뒷문으로 여자 숙소를 빠져나왔다. 보이지 않을 거라는 걸 알면서 허리를 푹 숙이고 건물 옆으로 돌았다. 그렇게 발소리를 내지 않으려 조심조심 걸음을 내딛고 있을 때였다.

"뭐 하는 거야?"

귀신인가? 잘못 들은 거라고 넘기기에는 너무도 확실하게 들렸다. 침을 꿀꺽 삼키며 주변을 둘러보자, 아무것도 없는 것 같던 어둠 속에서 어떤 여자애가 모습을 드러냈다.

"아까는 방에서 잘 거랬잖아."

전혀 모르는 얼굴이다. 그런데 여자애는 마치 나를 잘 안다는 듯 말했다. 오히려 얼떨떨해하는 내 반응이 웃긴다는 표정이었다.

"이수랑 못 만났어? 아까 너 보러 간다고 나갔는데."

이수가 뭐지? 아니, 누구지? 얘기를 들어 보면 사람 이름인 것 같기는 한데 여자애가 하는 말은 이해할 수가 없었다. 고개를 갸우뚱거리자 여자애가 한 걸음 더 다가왔다.

"이진석, 왜 그래?"

그 소리에 정신이 번쩍 들었다. 이수. 그래, 박이수. 그런 이름의 여자애가 있다. 학기 초에 진석이를 때렸다고 애들이 수군거리던 걸 들었다. 이제 어떤 상황인지 알 것 같다.

"나 진석이 아니야."

먼저 간단한 사실부터 알려 주었다. 그런데 여자애는 내 말이 웃겼는지 푸하하 웃으며 무슨 말이냐고 되물었다. 내 말을 못 알아들은 듯했다.

"내 이름은 이홍석이야."

"그게 뭔데?"

"이진석의…… 형."

이 세상에서 제일 하기 싫은 말. 여자애는 아직도 못 믿겠는지 내 바로 앞까지 다가와서 얼굴을 빤히 쳐다보았다.

"거짓말."

여자애의 말에 답을 찾을 수 없어 그냥 입을 다물었다. 내가 나라는 걸 증명하려면 뭘 어떡해야 하지. 진석이랑 얼굴도 목소리도 똑같지만 이 애처럼 우리를 구분 못 하는 경우는 처음이다. 우리가 형제인 걸 모르는 사람도 많으니 놀란 건 이해하지만 더는 할 말이 없었다.

"그래서 이수랑은? 알고 있지? 이수가 너 많이 좋아해."

"나 진석이 아니라니까."

내 말은 들어 주지도 않고 자기 얘기만 하는 게 답답해 한숨이 나왔다. 여자애는 다시 한 번 고개를 갸웃거리며 물었다.

"정말?"

"못 믿으면 말고."

여자애는 고개를 가로저으며 내 코앞까지 다가와서는 고개를 숙여 보라고 했다. 아직도 비교해 볼 게 남았나. 시선을 살짝 아래로 내리고 기다리는데 여자애가 내 턱을 붙잡았다. 비틀린 피부가 너무 아팠다. 반사적으로 피하려 했지만 여자애가 나를 벽으로 몰아붙였다. 사실 힘이 센 것도 아니고 밀려면 얼마든 밀 수 있을 것 같았지만 잘 모르는 애를 막 밀칠 수 없어서 가만히 있었다.

뭘 하려는 거냐 물으려는 순간, 여자애의 코가 내 볼에 닿았다. 따뜻한 숨결이 볼에 그대로 내려앉았다. 나도 모르게 눈을 질끈 감았다. 그때 입술에 뭔가가 닿았다. 처음에는 입술인 줄 알았다. 생애 첫 뽀뽀를 이렇게 뺏기는 건가 억울한 맘도 들었다. 그런데 시간이 갈수록 그게 아닌 것 같았다. 내 입술을 건드리고 있는 무언가는 입술과 달리 조금 단단했다. 그걸 깨닫자 겁이 나서 꾹 감고 있던 눈꺼풀이 절로 떠졌다.

"담배 냄새가 안 나."

여자애는 내게서 몇 걸음 떨어진 곳으로 물러나 날 쳐다보았다. 정확히 뭘 한 건지 모르겠지만 내 입술에 닿은 건 손톱인 것 같았다. 너무 한번에 긴장을 했다 풀려서 그런지 식은땀이 다 났다.

"정말 이진석이 아니네."

대답할 기운도 없어서 고개를 겨우 끄덕였다. 여자애는 이제 확신이 생긴 듯 내게 다시 물었다.

"형이라고 했지? 그럼 쌍둥이? 진짜 똑같이 생겼다."

겨우 정신이 들어 뭐라고 말하려 했는데 여자애는 순식간에 사라지고 없었다. 그야말로 뭔가에 홀린 기분이었다. 계속 숨을 크게 몰아쉬어도 놀란 가슴이 진정되지 않아서 한참을 숙소 벽에 기댄 채 가만히 서 있었다.

수학여행에서 돌아온 후로도 한동안 그 밤에 있던 일이 꿈에 나왔다. 한 걸음씩 다가오는 여자애의 그림자도 내 턱을 붙잡고 내리던 손길도 생생하게. 그런데 얼굴은 잘 기억나지 않았다. 그래서 얼굴만은 언제나 다정이로 바뀌어 등장했다. 아마 내가 가장 잘 아는 여자애라 그런 듯했다. 왠지 어둡게 느껴지던 그 애와 달리 다정이는 늘 밝지만.

"옆에다 번호 적어. 출석 번호."

다정이는 어제에 이어 오늘도 아침부터 사진 신청을 받느라 바빠 보였다. 수학여행에서 찍는 단체 사진은 달랑 한 장뿐인데 잘 나오지도 않은 걸 비싸게 판다며 자기가 여러 장 찍어서 인화비만 받고 팔겠다더니 정말 실행에 옮긴 것이다.

"이거 4번 사진 누구누구 있는 거야?"

"19번은 인간적으로 좀 아니잖아. 컴퓨터에서도 지워라, 제발."

아이들은 교탁 위에 놓인 신청지를 잡고 번호를 적거나 견본용으로 작게 출력한 사진을 자세히 보려 실눈을 뜨고 있었다. 다들 열성적으로 사진에 매달려서 비켜 주지 않는 바람에 나는 아직 어떤 사진들이 있는지 훑어보지도 못했다. 생각보다 사진의 인기는 대단했다. 다정이도 꽤 만족하고 있는 모양이었다. 1교시 준비를 하는데 정진이가 뒤에서 쿡 찔렀다.

"홍석, 사진 안 사냐? 22번에 너 크게 나왔잖아."

"내가?"

"어, 버스 타러 가다 찍힌 거 있잖아. 뭐 먹고 있는 거."

어렴풋하게 그때 일이 기억났다. 불국사 구경을 다 하고 주차장으로 돌아가던 길이었다. 애들이 다들 다리가 아프다고 해서 기운 좀 내라고 과자를 나눠 주고 있을 때였다. 다정이가 내 이름을 부르기에 돌아봤다가 사진을 찍혔다. 정진이가 또 놀렸다.

"너 완전 입 째지게 웃고 있더라. 다정이 찍어 주니까 그런 거 아니야?"

아니라고 바로 답하려는데 옆자리의 여자애가 정진이 말을 듣고 큰 소리로 물었다.

"진짜 반장들끼리 사귀는 거야?"

"뭐? 진짜?"

처음에는 내 자리 주변 애들만 장난처럼 말했는데 순식간에 교실 전체로 퍼져 버렸다. 이제는 다정이를 둘러싸고 칠판 앞에 몰려 있던 애들도 날 보며 우우 하고 야유를 보냈다.

"그러고 보니까 이홍석 사진이 좀 많은데?"

"뭐야, 알았으면 둘이 같이 찍어 줬을 텐데. 왜 숨겨."

그때 갑자기 탕 하는 소리가 교실을 울렸다. 처음에는 앞뒤 없이 놀려 대는 애들한테 다정이가 경고한 줄 알았다. 그런데 그게 아니었다. 오히려 다정이도 그 소리에 놀란 듯 눈을 동그랗게 뜨고 교실 뒤를 보고 있었다. 나도 따라서 뒤를 돌아보자 최지희가 눈에 들어왔다.

"시끄럽다고!"

최지희는 자기 책상을 앞으로 엎어 버린 것 같았다. 바닥에 문제집과 펜들이 뒹굴고 있었다. 정진이가 아니꼽다는 듯 한마디 했다.

"책상 엎은 너 님이 젤 시끄러운데요."

"그러니까, 미친."

"아침부터 난리야."

스타트는 정진이가 끊었지만 최지희를 향한 핀잔은 한두 명에 그치지 않았다. 최지희는 애들이 입을 모아 자기를 욕하는데도 계속 화를 냈다.

"다들 닥치라고, 좀!"

"너나 닥치고 할 일 해라, 병신아!"

쩌렁쩌렁. 모두가 작게 투덜대던 걸 한데 모은 양 도환이가 큰 소리로 욕을 하며 교실에 등장했다. 지각할까 봐 마구 뛰어온 듯 가방을 내려놓는 얼굴이 땀범벅이었다. 무슨 상황인지는 알고 욕한 걸까. 다짜고짜 욕부터 지른 도환이가 너무 웃겼다. 다른 애들도 그렇게 생각했는지 여기저기서 피식하고 웃음소리가 새어 나왔다. 최지희가 인상을 쓰며 도환이에게 쏘아붙였다.

"나중에 병신 소리 듣고 살 놈이 누구한테 병신이래."

도환이가 그 소리에 욱해서 최지희에게 달려들려 했다. 저러다 때리기라도 하면 안 되는데. 정진이와 함께 애들을 뚫고 뒤로 달려가서 도환이를 붙들었다.

"미친, 년이, 아침, 부터, 빡치게, 하네."

최지희를 향한 욕이 내 왼쪽 귀로 뜨겁게 쏟아졌다. 힘으로는 도환이를 이길 수 없다. 흥분해서 마구 날뛰는 통에 정진이와 내 발이 질질 끌려갔다.

"아침부터 시끄럽게 군 거 미안해."

소란을 가르고 교실 뒤까지 똑똑히 들려오는 다정이의 목소리. 고개를 돌려 앞을 보니 다정이는 애들 틈에서 나와 최지희에게 걸어가고 있었다. 최지희는 눈썹을 움찔하며 다정이를 째려보았다. 씩씩대던 도환이도 얌전해져서는 그 둘을 구경했다.

"근데 아침부터 애들한테 대뜸 시비 건 너도 잘못한 거 같아."

"욕은 쟤들이 먼저 했거든."

"누가 욕한다고 같이 욕하고, 시끄럽게 군다고 책상 엎고. 그게 옳은 건 아니잖아. 아무튼 시끄럽게 해서 미안해. 사진 신청 마무리할 테니까 조금 참아 줘. 내일부터는 조용히 해 줄 테니까."

다정이는 그렇게 말하고 교탁으로 다시 돌아가려 했다. 최지희도 더는 할 말이 없다는 표정이었다. 그런데 정진이가 손뼉을 치며 소리를 질렀다.

"반장, 말 잘한다!"

"지가 뭔데 공부 타령이야. 어이없어."

"공부를 진짜 잘하면 요란도 안 떨지. 홍석을 봐라."

아까보다 커진 핀잔들이 최지희를 향했다. 이번에는 사이사이 비웃음도 섞여 있었다. 다정이는 애들을 말리려다 그냥 놔두고 교탁에 늘어놓은 사진 신청지를 정리했다. 그 모습을 보고 최지희가 버럭 소리를 질렀다.

"피자로 반장 자리 산 주제에 무슨 반장이야!"

뭐라고? 도환이를 잡고 있던 손을 놓아 버렸다. 머리끝이 곤두서는 기분이었다. 화가 난다는 게, 도환이가 순간순간 욱해서 누군가에게 달려들 때의 기분이 어떤 건지 알 것 같았다. 정신을 차렸을 때에는 앞으로 튀어 나가고 있었다. 정진이와 도환이가 나를 거의 끌어안고 막았다.

"그래서 넌 그 피자 안 먹었냐?"

이런 말을 하려던 게 아닌데. 으르렁거리며 내뱉은 말치고 참 바보같이 들렸다. 얼른 다정이를 쳐다보았다. 잰 또 무슨 소릴 하는 거야,라는 눈으로 보고 있지 않을까. 그런데 다정이는 최지희를 보며 웃을 뿐이었다.

"그러는 넌 피자로도 못 사잖아."

누군가가 또 요란스레 손뼉을 쳤다. 다정이는 사진 신청지들을 한 손에 들고 자리로 돌아갔다. 교실이 조용해지자 정진이와 도환이가 나를 봐주었다. 서로가 서로를 세게 붙잡고 있던 탓에 온몸이 다 얼얼했다.

아침부터 최지희라는 폭풍을 겪은 탓일까. 하루가 지루하게 길었다. 안 그래도 7교시까지 있는 날이고 수업 후에는 학생회 회의도 가야 했기에 정말 피곤해 미칠 지경이었다. 내내 하품을 참지 못하던 걸 본 듯, 회의가 끝나고 교실로 돌아가는 길에 다정이가 날 놀려 댔다.

"오늘은 집에 가서 바로 기절해야겠네."

"응, 그래야지."

학원도 안 가는 날이니까 그럴 수 있었다. 한 시간 만에 돌아온 교실에는 아무도 없었다. 가방을 챙겨 들고 사물함을 열었다. 조느라 제대로 적은 게 없는 회의록을 문제집 사이에 끼워 넣고, 빨 때가 됐으니 꼭 가져오라고 엄마가 며칠째 신신당부하던 체육복을 챙겼다.

"집에 안 가?"

같이 간다 해도 버스 정류장까지였지만 같이 집에 가려고 다정이에게 말을 꺼내 보았다. 그런데 다정이는 자기 자리에 앉아서 뭔가를 하고 있었다.

"사진 정리하게?"

"그것도 있고. 할 일이 좀 있어서."

"도와줄게."

어깨에 멨던 가방을 내려놓고 다정이에게 다가갔다. 그런데 다정이는 손을 흔들며 괜찮다고 했다.

"혼자가 편해. 내일 봐."

어쩐지 방해하지 말라는 말처럼 들려서 더는 고집부리지 못했다. 하긴 환경 미화나 수학여행처럼 반에서 하는 일도 아니고 다정이가 개인적으로 하는 거니까 꼭 도울 필요는 없다. 짧게 인사만 남기고 교실 문을 닫았다.

학교는 조용했다. 1, 2학년은 다 집에 갔고 3학년은 석식을 먹고 있을 테니 당연하다. 내딛는 발끝마다 차가운 시멘트의 기운이 느껴졌다. 창밖의 햇빛을 보니 밖은 더울 듯했다. 괜히 걸음을 늦추고 게으름을 부렸다. 좀만 더 놀다 갈까. 휴대폰을 꺼냈다. 그런데 연락할 곳이 없었다. 금요일이니까 정진이는 과외 중일 것이다. 도환이는 PC방에 있을 텐데 나는 게임을 못하니까 거길 가는 건 좀 애매하다. 다른 아이들도 따로 연락할 정도로 친하지 않다. 당장이라도 문자를 보낼 듯 움직이던 손이 그대로 멈췄다. 결국 들떴던 마음을 오 초 만에 접고 1층 현관으로 내려갔다. 집에 가서 자는 게 제일 나을 것 같았다.

그때 등 뒤에서 요란스러운 소리가 들려왔다. 마치 아침에 최지희가 책상을 엎었을 때처럼, 아니 그보다 큰 소리가 2층에서부터 내려오고 있었다.

"씨발, 단체로 엿이나 먹어라!"

너무나도 익숙한 목소리. 진석이가 교무실에서 내려오는 게 보였다. 얼른 피해야 하는데, 도망가야 하는데. 발이 내 맘대로 움직이지 않았다. 쿵쿵쿵. 진석이가 거친 걸음으로 현관에 등장했다. 고개를 돌리고 싶은데 꼼짝도 할 수 없었다. 진석이는 날 발견하고는 입술을 한쪽으로 비틀며 웃었다.

이렇게 가까이서 얼굴을 보는 건 거의 몇 달 만인 것 같다. 그새 또 사고를 쳤는지 얼굴과 팔에는 긁힌 상처가 가득했다. 그러고 보니 수학여행 때 누구랑 싸웠다는 얘기를 들은 듯도 하다. 한집에 산다 해도, 밥을 같이 먹지도 않고 언제 들어오고 나가는지도 모르니 무슨 일인지 알 길이 없었다. 관심을 갖고 싶지도 않다. 진석이는 날 노려보다 한마디 툭 내뱉었다.

"뭘 봐."

그리고 운동장으로 사라지는 뒷모습. 분명히 빠른 걸음일 텐데 진석이의 모든 행동은 전부 지나치게 느리게 보였다. 갑갑하다. 얼른 눈을 떼고 싶은데, 아무 일도 없던 것처럼 고개를 돌리고 싶은데, 그럴 수가 없었다. 닮지 않았다. 우리는 똑같지 않다. 어쩌다 같이 태어났을 뿐이다. 아주 오래전부터 외워 온 나만의 주문을 중얼거렸다. 나랑 쟤는 다르다. 나는 이진석과 모르는 사이다. 몇 번을 반복했다. 그런데 진석이의 주문도 함께 떠올랐다.

이홍석, 나도 너랑 얽히는 거 싫거든. 너 같은 찌질이 질색이야.

가까이 오지도 마. 같은 얼굴인 거 쪽팔리니까 밥 처먹고 살이나 쪄라. 나 볼 때마다 쫄지 마. 형제인 거 들킬라. 처음 이 말들을 들었던 건 초등학교 1학년 때였던 것 같다. 진석이는 집에서 날 볼 때마다 그런 말을 했다. 잔뜩 비웃으며 그랬다. 그때의 눈빛과 표정은 아직도 내 눈 안에 갇혀 있는 듯 또렷이 기억난다.

결국 도로 교실로 돌아갈 수밖에 없었다. 진석이가 이미 학교 밖으로 나갔다는 걸 알고 집에 갈 리가 없단 걸 알면서도 같은 방향으로는 가고 싶지 않았다. 도망치듯 빠르게 교실로 뛰어들었다. 무서울 일 따위 하나도 없는데 문을 거의 부수듯 닫아 버렸다.

"무슨 일이야? 왜 그래?"

숨을 몰아쉬고 있는데 다정이가 놀란 표정으로 내게 다가왔다. 책상 위에 던져둔 이어폰을 보니 음악을 듣던 중에도 내 소리가 다 들린 모양이다. 미안한 마음에 얼른 호흡을 가다듬었다.

"아무것도 아니야. 그냥 너 도와주려고."

"뭐? 괜찮댔잖아. 졸리다며."

"아냐, 잠도 다 깼고 집에 가서 할 일도 없어."

"그래? 나 어차피 8시까지는 있을 거라 괜찮은데."

말은 그렇게 했지만 다정이는 책상을 붙여 내가 앉을 자리를 마련해 주었다. 더는 밀어내지 않는 느낌이라 나도 안심하고 의자에 앉았다. 다정이가 이어폰 줄을 돌돌 말아 정리했다.

"음악 들어도 돼."

"너 두고 나 혼자?"

"아니, 같이 듣자고."

"아, 어. 근데 나 한국 노래 별로 없어."

다정이가 머뭇거리다 이어폰 한쪽을 내밀었다. 오른쪽 귀에 끼우자마자 잘 모르는 노래가 흘러나왔다. 누구 노래냐 물어보려 했는데, 다정이가 샤프와 사진 신청지를 내밀고 설명을 시작했다.

"그럼 이거 도와줘. 출석순이니까 번호 옆에다 무슨 사진을 신청했는지만 적어 주면 돼. 내가 남자애들 정리하던 중이었으니까 넌 여자애들 거 해."

수학여행 때 같다. 사각사각 종이를 오가는 샤프 소리가 이어폰 속의 드럼 박자와 겹쳐졌다. 여자 1번: 3, 6, 17, 37, 52. 여자 2번: 2, 3, 10, 24, 49, 52. 이제 겨우 두 명인데, 숫자들은 길게 줄을 지으며 종이를 채워 갔다. 여자 4번과 5번은 서른 장 넘게 신청했다.

"이걸 어떻게 혼자 다 하려고 했어?"

"시간 많으니까 괜찮아. 말했잖아. 8시까지 있을 거라고."

"8시는 왜? 학원 가?"

"응, 학원."

"어디 다니는데?"

학원 다니는 건 몰랐는데. 다정이는 내 얼굴을 잠깐 보더니 고개를 숙이고 답했다.

"오늘은 학원 가는 게 아니라 학원 친구들이랑 놀려고. 나는 주말반이고 걔들은 평일반이라 좀 기다려야 하거든."

"서로 다른 반인데 아는 사이야?"

"아, 옛날에 같은 반이어서."

"아하, 엄청 친한가 보다. 난 학원 애들 이름도 잘 모르는데."

이제 여자 6번을 할 차례였다. 악필이라고 해도 좋을 정도로 여자애치고는 좀 심한 글씨. 혹시 잘못 옮겨 적으면 다정이가 내 글씨도 못 알아볼까 봐 힘을 주어 한 자 한 자 똑바로 썼다. 그러다 샤프심을 연달아 부러뜨려 버렸다. 뚝뚝거리는 소리가 민망해서 헛기침을 했다. 다정이가 웃으며 내게 물었다.

"넌 맘에 드는 사진 없었어? 하나도 안 골랐네."

"나 아직 못 봤어."

서둘러 견본용 사진들을 훑어보며 내 얼굴이 찍힌 것들을 찾아보았다. 아침에 애들이 놀린 대로 내 사진이 생각보다 많았다. 하나씩 번호를 불러 주자 다정이가 내 이름 옆에 받아 적었다. 그 속에는 정진이가 놀려 댔던 사진도 있었다.

"아, 22번? 그거 잘 나왔더라."

다정이는 숫자만 듣고도 무슨 사진인지 다 아는 것 같았다. 그 사진을 다시 한 번 들여다보니 정말 환하게 웃고 있는 내 얼굴이 있었다.

"너무 웃었나?"

"왜, 좋잖아. 맨날 네모 입술만 하는 거보다."

"네모 입술이 뭐야?"

"몰라? 너 억지로 웃을 때 입 모양."

다정이가 어색하게 입을 비틀며 내 흉내를 냈다. 언제 그랬느냐고 투덜대다 다시 번호를 옮겨 적는 작업으로 돌아갔다. 다정이는 그새 남자 17번까지 다 끝내고 가방 속에서 노트를 꺼내 들었다. 순간 출렁하고 이어폰 줄이 흔들렸다. 아직 나는 절반도 못 했는데. 손을 서둘러 움직이다 다정이 쪽으로 시선이 향했다.

"아."

다정이는 노트를 펼치다 흠칫 놀라더니 고개를 흔들었다. 그리고 가방을 다시 뒤졌다. 잠시 후 다정이가 방금 전에 꺼냈던 것과 똑같이 생긴 노트를 책상 위에 올려놓았다. 표지에 스티커가 하나 더 붙어 있지 않았더라면 차이를 모를 정도로 두 노트는 똑같았다.

사진 정리를 다 끝낸 김에 공부하려는 건가 했다. 그런데 다정이가 한 장 한 장 페이지를 넘길 때마다 뭔가 재밌는 게 눈에 들어왔다. 페이지의 윗부분에 조금 큰 글씨로 적혀 있는 제목들. '3학년 1반 졸업 여행 계획 및 정산', '3학년 1반 졸업식 계획', '1학년 6반 환경 미화 계획', '1학년 6반 환경 미화 정산', '1학년 6반 수학여행 계획', '1학년 6반 수학여행 정산'……. 3학년 다음이 1학년인 걸 보니 중학교 때부터 쓰던 것 같다. 다정이가 필통에서 펜을 꺼내 새로운 페이지에 제목을 썼다.

'1학년 6반 수학여행 사진'.

시원시원한 글씨가 보기 좋아 나도 모르게 말을 걸었다.

"항상 그렇게 기록하는 거야? 대단하다."

"정리하는 걸 좋아하거든. 나중에 보면 추억이기도 하고 뭘 할 때마다 자료가 되기도 하고."

"계속 반장이나 임원이었어?"

"아니, 몇 번 못 해 봤어. 그래도 같이 뭐 하자고 하면 좋아하는 애들이 있으니까 반장 아닐 때도 어디 놀러 가거나 그런 건 다 내가 계획했어. 벚꽃 축제, 졸업 여행 이런 거."

문득 지금까지 내가 보내 온 학교생활이 떠올랐다. 그야말로 칙칙할 뿐이던 구 년이었다. 다정이 노트처럼 밝고 화려하지 못했다. 매년 반장이었다 해도 반을 이끌고 뭔가를 했던 적은 없다. 그냥 도움이 된다니 반장 선거에 나갔고, 애들도 내가 학생부 때문에 그러는 걸 알고 적당히 뽑아 줬다.

과학고 시험에서 떨어지고 여기로 오게 되었을 때, 엄마 아빠는 정말 세상이 끝난 듯이 어두운 표정만 지었다. 나도 미안한 마음에 며칠간 고개를 들지 못했다. 하지만 지금은 내가 가지 못한 그 학교를 생각할 때마다 그때의 엄마 아빠와 같은 표정을 짓게 된다. 거기에 붙었다면, 네모 입술이 뭔지 정확히 몰라도 계속 그 표정으로 학교에 다녔을 것이다. 이런 말을 하면 엄마 아빠는 목뒤를 잡겠지만 나는 이 학교에 다니고 있는 지금이 좋다.

"우리도 어디 놀러 가면 좋겠다."

"야구 보러 갈까 했는데 기말고사랑 모의고사 때문에 말 못 하고 있었어."

"최지희 같은 애 눈치는 보지 마."

불쑥 튀어나온 내 말에 다정이는 좀 놀란 듯했다. 왜 이런 말을 한 건지 제대로 설명해야 할 텐데 나도 이유를 알 수 없었다. 다정이는 당황한 내 얼굴을 보고 그저 웃었다.

"나 애들 눈치 안 보는데. 특히 최지희 눈치는 안 봐. 그렇게 싫어해도 나한테 뭔가 반응해 주는 건 좋은 일이고. 그리고 어디 놀러 간다고 모두 가야 하는 건 아니니까 괜찮아. 진짜 가고 싶은 애들만 가면 되지. 아, 잠깐만. 배터리 별로 없어서 뺄게."

다정이가 손을 뻗어 내 귀에서 이어폰을 빼냈다. 이제는 흥얼거릴 수 있을 정도로 익숙해진 노래가 귀에서 빠져나갔다. 얼굴 옆을 스친 손이 왠지 부끄러워서 한마디 덧붙였다.

"최지희는 피자 100판을 사도 반장 못 되니까."

"오늘 왜 그렇게 피자에 집착해?"

내 말이 재밌었는지 다정이가 큰 소리로 시원스레 웃었다. 이번에도 그런 말을 한 이유를 설명할 수는 없지만 왠지 기분은 개운했다. 진석이 생각은 더 이상 떠오르지 않았다.

다정이와 정말로 8시까지 학교에 있었다. 야자 중인 3학년 교실에서 내려온 불빛이 운동장을 조금씩 밝히는 가운데, 교문을 향해 걸음을 옮겼다. 메마른 모래들이 운동화 틈새로 들어왔다. 이제는 밤공기도 제법 후끈해져서 낮과 별반 다르지 않았다. 여름이 오고 있다.

“친구들이랑 어디서 놀아?”

“신촌.”

“동네가 아니라?”

“아, 다른 동네 애들이라 학원 근처에서 보려고.”

신촌에 우리가 다닐 만한 입시 학원이 있나? 거기는 주로 대학생들이 다니는 곳밖에 없을 텐데. 나름 학원을 많이 다녀 본 덕에 어느 동네 무슨 학원이라고 듣기만 하면 선생님 이름과 특징이 척척 나오는데 다정이네 학원은 도무지 추론할 수 없었다.

다정이가 어깨를 추켜올리며 보조 가방을 든 손에 힘을 주었다. 아까 보여 준 노트와 문제집들이 들어 있는 가방이다. 들어 주려고 손을 내밀자 다정이가 고개를 가로저었다.

“안 무거워.”

“나 줘. 신촌이면 지하철로 가? 역까지 들어 줄게.”

“데려다 주게? 괜찮은데.”

“밤이잖아.”

“오늘따라 과잉 친절이네. 혹시 아직도 최지희 일 신경 써?”

다정이는 내게 가방을 맡기며 물었다.

“아냐, 그냥.”

매번 말이 막힐 때마다, 대답할 말이 생각나지 않아 쩔쩔맬 때마다 하고 싶던 말을 이제야 찾았다. 그냥. 그냥이다. 지금 내 기분을 정확하게 나타내는 말이다. 사실 학교에서 지하철역까지는 쭉 걷기만 하면 되는 길이었다. 중간에 큰 마트도 있으니까 위험하지 않다는 건 안다. 우리 집과 반대 방향이고 남자 친구도 아니니 다정이를 데려다 줄 이유는 없었다. 그런데도 '그냥' 그러고 싶었다.

이상하게 앞으로 나아갈 때마다 무겁기만 하던 다정이의 가방이 가볍게 느껴졌다. 기분이 좋아 웃음이 절로 흘러나왔다. 다정이는 내가 이유 없이 웃는 게 신기한지 어깨를 툭 쳤다.

"뭐가 그렇게 웃겨?"

"그냥."

"그게 뭐야. 아까부터 다 그냥이래."

누가 만든 말인지 몰라도 그냥이라는 말은 참 좋은 것 같다. 몇 번을 반복해도 입에 착착 달라붙는다. 다정이도 내 웃음에 전염된 듯 웃기 시작했다. 왜 그러는 건지, 뭐가 웃긴 건지도 모르면서 함께 킥킥댔다.

"네 친구들이 보면 또 놀리겠다."

"지금은 아무도 없으니까 괜찮아."

같이 걸었던 몇 번의 밤길이 떠올랐다. 환경 미화와 학생회 기록 정리, 그리고 얼마 전 수학여행 계획을 세우던 날에도 함께 이 길을 걸었다. 앞으로도 그런 날이 자주 올까. 내가 노력만 한다면 가능할지도 모른다. 다정이는 반장이 아니더라도 계속 열심히 무언가를 할 테니까.

아직 쓰이지 않은 1학년 6반 운동회 응원 계획과 축제 계획, 크리스마스 계획 같은 걸 상상해 본다. 그리고 그걸 준비하며 웃고 있을 나와 다정이의 얼굴을 떠올려 본다. 최지희에게 화가 났던 일이나 진석이와 마주친 일은 일어나지도 않았다는 듯이 잊혔다. 기분이 더할 나위 없을 정도로 좋아졌다.

왼발, 오른발. 발까지 맞추며 나란히 걸었다. 습기를 머금은 바람이 저 앞에서부터 불어와 우리의 머리카락에 붙었다. 여름이 조금 늦게 왔으면 좋겠는데. 이러다 금세 1학기가 끝나 버릴 것 같아 아쉬운 마음에 그냥 또 웃었다.

언제나 평행선

유현의 이야기

내 기억은 언제나 방에서 시작된다. 몇 년 전의 기억, 그보다 오래전 일을 되짚어 보아도 가장 먼저 떠오르는 것은 늘 방이었다. 나는 항상 책상 앞이나 방바닥에 앉아서 문을 바라보았다. 내가 자물쇠를 풀기 전에 문이 열리는 일은 없었다. 처음 이 집에 이사 왔을 때부터 조금 벌어져 있던 틈은 지금도 그대로라, 아무리 단단히 닫아도 그 사이로 빛과 소리가 새어 들었다. 엄마가 불을 켜고 끄고, 내 방 앞에 먹을 것을 가져다주고 치우고, 그런 소리까지 전부 알 수 있었다.

학교에 가려고 세수를 하고 돌아오니 문 앞에 춘추복이 걸려 있었다. 엄마가 교복을 다리는 소리는 어젯밤에 방 안에서 들었다.

반듯반듯, 교복은 2월에 새로 샀을 때처럼 깔끔했다.

"엄마."

엄마는 아침부터 작업실에 들어가 있었다. 내 방만큼이나 단단하게 바깥을 차단하고 있는 문. 힘겹게 불러 본 엄마라는 단어에 목청이 기분 나쁘게 떨렸다. 내 입에서 나오는 소리인데 어딘지 모를 먼 곳에서 들려오는 것처럼 낯설었다. 반면에 작업실 안에서 엄마가 숨을 몰아쉬는 소리는 귓가에 대고 속삭이는 것처럼 아주 가깝게 들렸다. 모든 것을 알 수 있다. 엄마가 어떤 자세로 앉아 있는지, 책장을 어떻게 넘기고 있는지, 그리고 한숨을 몇 번이나 쉬는지. 엄마가 아무리 감추려 해도 내게는 전부 들렸다.

옷을 갈아입고 현관문을 열었다. 며칠 새 차가워진 공기가 긴소매에 부딪쳤다. 오늘까지 하복을 입었다면 감기에 걸렸을지도 모르겠다. 고맙다는 말을 해야 하는데 새삼 그런 말을 하면 모든 게 끝날 것 같다는 이상한 느낌이 들었다. 결국 하지 못한 말들을 고스란히 담아 두고 집을 나섰다. 힘을 주어 누른 엘리베이터 버튼에서 금속 냄새가 옮아왔다. 내 방에 달린 다섯 개의 자물쇠가 떠오르는 냄새.

엘리베이터는 빠른 속도로 올라와 나를 싣고 더 빠르게 내려갔다. 9, 8, 7, 6, 5, 4, 3, 2, 1. 짧은 카운트다운이 끝나고 내 몸은 어느새 우편함과 경비실을 지나쳤다. 작년, 아니 올해 3월까지만 해도 재운이를 만날 수 있던 붉은 벽돌담도 지나쳐 갔다.

거리는 하수구에서 올라온 구린내로 가득했다. 안녕, 오늘도 안녕. 다시 만난 평범한 아침과 방 밖의 세상에게 인사했다.

점심을 먹자마자 교실에 가방을 놓아두고 도서관으로 와 버렸다. 굳이 들여다보지 않아도 출석부에는 오전 오후 수업 다 출석한 걸로 표시되어 있을 것이다. 도서관 형광등은 지난주부터 오락가락했다. 깜빡이는 불빛 탓에 일주일째 잠을 제대로 못 잔 눈이 피곤해졌다. 눈물이라도 나면 좋을 텐데, 눈을 끔뻑여도 찌걱찌걱 메마른 소리만 났다.

불빛을 피해 책장 사이로 몸을 숨기고 눈앞에 보이는 책을 아무거나 꺼내 보았다. 펄럭펄럭. 두꺼운 책으로 잘 고른 덕에 책장을 넘길 때마다 듣기 좋은 소리가 났다. 사서 선생님이 주의를 주러 왔다가 내 얼굴을 보고 그냥 돌아갔다. 고요한 우리 집과 달리 학교는 오늘도 온갖 소음으로 나를 달래 준다.

엄마는 모든 소리를 통제했다. 사계절 내내 두꺼운 양말을 신고 다니며 발소리도 내지 않으려 했고 전화벨이 울리면 일 초 만에 받았다. 시끄럽게 소리가 날 만한 튀김이나 볶음 요리는 절대 하지 않았다. 전자레인지도 거의 쓰지 않았다. 일을 하면 키보드 소리가 날 수밖에 없으니까, 어쩔 수 없는 경우가 아니면 내가 집에 있는 동안은 일도 하지 않았다. 전부 다섯 살 때 병원에서 받은 한 장의 소견서 탓이다.

“청각적 자극에 매우 민감하여 일상생활에 지장을 초래할 수 있음.”

그것 말고도 소견서에는 더 많은 말들이 적혀 있었지만 당시 내가 읽을 수 있는 글씨는 그게 다였다. 그때는 청각이라는 말도, 자극도 민감도 지장도 무슨 뜻인지 몰랐다. 엄마의 어깨 너머에서 슬쩍 본 게 다이기에 문장을 정확하게 기억하고 있는 건지 아닌 건지도 모른다. 그래도 그 한 줄이 우리의 삶을 이렇게 만들었다는 건 알고 있다.

병원에서 돌아오던 길에 동네 놀이터에 들르며 잠시만 앉았다 가자던 엄마의 옆얼굴을 아직도 기억한다. 조금만 더 걸어가면 집이었는데 엄마는 저녁이 될 때까지 움직이지 않았다. 하늘이 까매지고 내가 그네에 앉아 꾸벅꾸벅 졸자 엄마는 날 안고 재운이네 집으로 데려갔다.

“유현아, 엄마 나간 사이에 아무한테나 문 열어 주면 안 돼. 알겠지? 절대로 안 돼.”

엄마는 나를 재운이네 집에 맡겨 놓고 그 길로 우리가 살 집을 찾아다녔다. 고작해야 일주일 정도였지만 재운이는 내가 당분간 같이 지내게 되었단 소식에 엄청 기뻐했다. 원래부터 엄마들끼리 친구고 이미 같은 유치원에 다니고 있던 터라, 나도 재운이네 있는 게 불편하지 않았다. 재운이는 늘 혼자였다. 부모님은 두 분 다 일을 나가셔서 집에 안 계셨고 재경 언니는 학교나 학원 혹은 친구들과 논다고 나가기 바빴다. 우리는 어른들이 돌아오기 전까지 종일 함께였다.

새로운 집은 재운이네 집에서 길만 건너면 바로 나오는 아파트였다. 짐이 별로 없어서 이사는 금방 끝났다. 자잘한 정리를 도와주러 왔던 재운이네 엄마가 돌아가자 엄마는 나를 방에 들여보내고 문에 자물쇠를 달았다. 자물쇠는 문 바깥쪽에 다섯 개, 안쪽에 다섯 개, 총 열 개였다. 엄마는 문 밖에 앉아 자물쇠를 푸는 법을 꼼꼼하게 가르쳐 주었다. 바깥의 자물쇠는 엄마가 열어도 된다고 판단할 때 열어 줄 거니까 안쪽 자물쇠들은 내가 알아서 해도 좋다고. 누가 맘대로 열려 해도 내가 원할 때만 열어야 한다고. 절대 다 풀어 놓으면 안 된다고.

중학교 1학년 1학기 때, 엄마는 바깥쪽의 자물쇠를 모두 떼어 냈다. 내가 처음으로 손목을 그은 날이었다. 내가 죽어 가도 문을 여느라 바로 들어갈 수 없으니까 떼겠다고 했다. 그러면서 나보고도 안쪽의 자물쇠를 떼어 내도 괜찮다고 했다. 죽지 말라고, 엄마가 널 구할 수 있게 해 달라고. 나는 싫다고 답했다. 엄마가 아무리 울고 사정해도 안쪽의 자물쇠를 떼지 않았다.

"정유현."

마지막 페이지까지 다 넘겨 버려서 이번에는 뒤에서부터 거꾸로 책장을 넘기고 있는데 어떤 애가 내 이름을 불렀다. 습관적으로 이름표부터 봤다. 잘은 몰라도 우리 반 애인 것 같았다.

"담임이 너 찾아. 교무실로 오래."

그 애는 할 말만 하고 휙 돌아서 나갔다. 손에 들고 있던 두꺼운 책을 품에 안고 일어서다 다른 작은 책으로 바꿔 들었다. 문 옆으로 걸어가 사서 선생님에게 책을 내밀었다. 이번 달에 열두 번째로 빌리는 책이다. 제목이 뭔지, 내용이 어떤지도 모르지만 방에 있는 동안 읽기에는 적절한 양인 듯했다.

삐이익, 삐이익. 내 학생증과 책의 바코드를 읽어 내는 소리가 귀를 찔렀다. 세상에서 가장 조용해야 할 도서관조차, 책을 빌리는 이 잠깐조차 시끄러울 수 있는 학교는 참 좋은 곳이다.

사실 소리가 있는 게 더 편하다. 소견서가 말한 대로 청각적 자극에 민감한 편이긴 하지만 그렇다고 조용한 걸 좋아하는 건 아니다. 그래서 학교가 좋다. 학교는 늘 시끄러웠다. 아이들이 떠드는 소리만이 아니다. 누군가가 하품을 하는 소리와 다리를 떠는 소리, 책상을 끌고 펜을 떨어뜨리고 그걸 주우려 허리를 굽히는 소리, 요란스레 지우개 가루를 털어 내는 소리 등등. 학교는 나를 자유롭게 해 주는 소리로 가득하다. 많은 소리들 중에서도 가장 매력적인 건 책장 넘기는 소리였다. 내 마음대로 조절할 수 있으니까. 도서관에는 그래서 자주 가는 것일 뿐이다. 종종 오늘 오전 내내 그랬듯이 주차장 뒤에 숨을 때도 있었다. 봄에는 강당 뒤에 갈 때도 많았지만 이제는 가지 않는다. 아무튼 나에게는 소리가 절실했다.

"다 너 때문이야. 네가 잘못한 거야."

소리가 사라지고 고요가 찾아들면 머릿속에서 어떤 목소리가 들려왔다. 언제나 예고도 없이 날 찾아와 목을 조르고 숨을 짓누르다가 "넌 어려서 기억도 못 할 거야."라는 한마디로 끝나는 말들. 그 목소리는 집으로 돌아가 방에 틀어박혀 있으면 매 순간마다 나를 지배한다. 문틈으로 들어오는 작은 소리들에 귀를 기울여도, 종이가 너덜너덜해질 때까지 도서관에서 빌려 온 책을 펄럭여도 벗어날 수 없었다. 그렇다고 방 밖으로 나갈 수도 없었다. 자물쇠를 풀고 싶지 않았다.

교무실 문을 열자마자 담임이 손짓을 하는 게 보여 그리로 갔다. 인사를 하고 가까이 다가가자 선생님은 내 손부터 덥석 잡았다.

"도서관에 있었니? 기분은 어때? 괜찮아? 아프지는 않지?"

"네, 괜찮아요."

"어제 어머님이 전화 주셨어. 요즘 먹는 양이 줄었다며? 걱정 많으시더라. 감기 기운 있는 거 같다고 춘추복 입혀도 되냐 물어보셔서 괜찮다 했는데, 잘 입고 왔네. 급식은 잘 먹고 다녀? 맘에 안 들면 도시락 싸 와도 돼. 교장 선생님도 괜찮다고 하셨어."

안 그래도 튀고 있는데 더 그러고 싶지 않아 고개를 가로저었다. 급식이 입맛에 안 맞아도 그 시간을 참으면 더 많은 것들을 누릴 수 있다. 내 맘대로 수업에 빠진다든지, 아파서 학교에 갈 수 없는 날에도 출석으로 처리해 준다든지, 조용한 게 싫어서 소리를 지르거나 시끄럽게 굴어도 봐준다든지. 나에겐 급식보다 중요한 일들이다.

엄마는 날 학교에도 보내기 싫어했다. 그런데 학교마저 없으면 나는 숨을 쉴 수 없다. 집에서는 방 밖으로 나가지 않지만 평생을 그렇게 갇혀 살고만 싶지는 않았다. 죽는 날까지 엄마가 숨죽이고 생활하는 걸 들으며, 나를 괴롭히는 그 목소리를 견디며 지내고 싶지 않았다. 어디든 좋으니 방 밖으로 나가게 해 줄 무언가가 꼭 필요했다. 지금은 그게 학교이고 그래서 포기할 수 없다.

"볼 때마다 눈이 빨갛네. 안과에는 가 봤니?"

"네."

안과는 근처에도 가 본 적 없으면서 순순히 대답하는 것도, 별 의미 없는 선생님의 걱정을 가만히 듣고 있는 것도 다 그래서다. 학교는 충분히 나를 봐주고 있었다. 무슨 짓을 해도 다 용서해 주고 있었다. 그렇다고 그게 영원할 거라곤 믿지 않는다. 그래서 선생님 눈에 잘못 들지 않으려는 거다.

"아, 선생님이 부른 건 축제 때문에. 이번 주 금요일인데 하루 종일 수업 안 하거든. 그날은 안 와도 되니까 집에서 푹 쉬라고."

그냥 오겠다고 대답하려 했는데 갑자기 머릿속에 커튼이 쳐진 듯 주변의 모든 소리가 일제히 멈췄다. 선생님의 말이 들리지 않는다. 교무실 문이 열리고 닫히는 것도, 누군가의 전화벨이 울리는 것도 들리지 않는다.

"네 탓이야. 네 잘못이야. 너 때문에 생긴 일이야."

또 그 목소리다. 선생님이 쥐고 있는 손을 빼내어 귀를 막았다. 머릿속에서 울리는 소리니까 귀를 막는다고 해결될 리가 없는데 그렇게라도 해야 할 것 같았다. 선생님이 내 얼굴을 걱정스레 들여다보았다. 입 모양을 보니 내 이름을 부르고 있는 것 같았다. 괜찮다고, 아무것도 아니라고 말해야 하는데 순간 시야가 뿌예졌다.

"너만 없어지면 돼. 그럼 아무 문제 없을 거야."

그 목소리가 학교에서까지 들린 건 이번이 두 번째다. 처음은 중학교 졸업식 때였다. 그때처럼 도망갈 수 있으면, 멀리멀리 달아날 수 있으면 좋겠는데. 밖으로 뛰쳐나가려고 몸을 틀다 쓰러졌다. 천장이 무너져 날 누르는 것 같았다.

"유현아? 유현아!"

겨우 깨어난 귀에 선생님의 목소리가 들려왔다. 뭐라고 대답을 하려 했지만 입술은 내 말을 듣지 않았다. 눈에 힘을 주어도 보이는 것은 바닥뿐이었다. 머리를 들 수 없었다. 머릿속의 퓨스가 끊어지는 게 느껴졌다.

"보건실로 옮길게요. 집에 연락하세요."

누군가가 날 들쳐 업은 것 같았다. 흔들흔들. 손과 다리와 머리가 동시에 달랑거렸다. 계단을 내려가는 중일까. 누구 등에 업혀 있는 걸까. 담임 선생님일까. 지금 집에 엄마 없을 텐데. 외할머니한테 갔을 텐데. 생각을 하려고 할수록 눈이 감겼다. 잠에 빠질 때처럼 정신이 아득해졌다.

잠에서 깨어나자마자 가장 먼저 눈에 들어온 것은 노랗게 기운 해였다. 한낮의 하얀빛과는 다른 노르스름한 햇빛이 보건실 구석구석을 물들였다. 몸을 일으키고 침대에서 나와 보았다. 교무실에서 쓰러질 때 그런 건지 무릎에 시퍼런 멍이 들어 있었다. 일주일 동안 제대로 못 잤기 때문인가, 꿈도 꾸지 않고 푹 잤다. 그 덕에 자는 동안에는 아무것도 들리지 않았다. 꿈을 꿨다면 그 목소리가 또 등장했을 것이다.

보건실에는 아무도 없었다. 시간표도 제대로 모르지만 시계는 5시를 가리키고 있었다. 두 시간 정도 잔 건가. 기다리다 보면 보건 선생님이나 엄마가 오겠지만 그때까지 혼자 있을 자신이 없었다. 탕탕탕탕, 발소리를 내며 교실까지 달려가 가방을 챙겨 나왔다.

수업은 다 끝난 것 같았다. 보건실만이 아니라 학교 전체가 조용해서 불안해졌다. 이 층을 가도 저 층을 가도 인기척은 느껴지지 않았다. 당연히 누군가 있겠지 하는 생각에 5층까지 올라가 보았지만 아무도 없기는 3학년 교실도 마찬가지였다. 네가 아무리 노력해 봐야 그 앞에 있는 건 절망뿐이라고 비웃기라도 하듯, 걸음걸음 날 맞이하는 건 끝없는 고요뿐이었다.

그래도 학교에서는 괜찮았는데. 여기서만은 숨 쉴 수 있었는데. 어쩌다 그 목소리가 학교에까지 따라붙은 건지 이해할 수 없었다. 두 번이나 그랬으니 앞으로는 더 자주 듣게 될까? 세 번째, 네 번째로 들게 되는 날도 있는 걸까? 끝없는 고민을 잠시 접어 두고 옥상 문을 열었다. 집에 가기 전에 잠깐이라도 쉬지 않으면 방에 들어가자마자 바로 그 목소리에게 당할 것 같았다. 녹이 잔뜩 슨 옥색 문을 열자 널찍한 옥상과 노란 하늘이 시야 가득 펼쳐졌다.

"어?"

아무도 없는 줄 알았는데 옥상에는 누군가가 있었다. 드디어 사람을 만났다는 기쁨에 서둘러 다가갔는데 상대방이 궁금해하는 눈빛으로 날 보며 물었다.

"무슨 일로 왔어?"

어디서 들은 적 있는 목소리 같았다. 무의식중에 조끼 위의 이름표를 찾아서 소리 내어 읽었다.

"이홍석."

이름을 입에 담자 잠시 잊고 있었던 기억이 되살아났다. 수학여행 때 이진석이라 착각했던 아이. 이홍석은 내가 누군지 모르겠단 얼굴로 멀뚱멀뚱 서 있기만 했다.

"수학여행 때 봤잖아. 밤에."

손가락을 들고 입술에 가져다 대니 이홍석은 그제야 알아들었다. "진석이 친구였지."라고 하며 단번에 표정을 굳혔다.

"이젠 아니야."

내 대답에 이홍석은 잠시 어색하게 웃다 이름을 물었다. 그러고 보니 오늘부터 춘추복을 입을 줄 몰라 이름표를 하복에 달아 둔 채로 나왔다.

"정유현."

반년 만에 알려 준 내 이름. 이홍석은 가만히 내 이름을 따라 부르다가 놀란 눈으로 날 쳐다보았다.

"정유현? 입학식 때 그 가방 정유현? 진짜?"

고개를 끄덕였다. 이홍석은 충격받은 모양이었다. 겁먹은 듯도 했다. 이수나 이진석과 함께 다닐 때 주변 애들에게서 가끔 볼 수 있던 표정이다. 대부분의 아이들은 경멸 가득한 눈빛으로 나를 노려보았다. 아주 짧은 시간이었지만 우리 셋이 다닌 일은 모두의 주목을 끌었다.

이진석도 이수도 애들이 자기를 욕하는 거에 대해 별생각이 없는 것 같았다. 심지어 이진석은 난동을 피워 혼나는 걸 좋아하는 듯이 보일 때도 있었다. 그런 애랑 같이 다니면 선생님들이 안 좋게 생각할까 봐 눈치가 보였지만 참을 수 없었다. 입학식에서 다짜고짜 시비부터 걸어온 애랑 친해진다는 게 얼마나 어이없는 짓인지는 알고 있었다. 하지만 내게는 두 사람이 필요했다. 무슨 말을 들어도 좋았다. 아이들의 수군거림은 나를 숨 쉬게 했다. 셋이 같이 다니면 모든 게 괜찮아질 것 같았다.

게다가 이진석과 같이 있으면 재운이가 내게 쉽사리 다가오지 못했다. 재운이와는 그만 멀어지고 싶었다. 중학교 때의 기억은 재운이가 날 잡고 우는 것밖에 남아 있지 않다. 전부 내 탓이다. 내가 죽으려 할 때마다, 그리고 모두에게서 욕을 들을 때마다 재운이는 힘들어했다. 초등학교 때까지는 그러지 않았다. 내가 아무리 심술을 부려도 재운이는 늘 나에게 웃어 주었다. 문을 닫고 열어 주지 않았지만, 언제나 밖에서는 재운이가 입과 눈을 둥글게 하며 웃고 있다는 걸 알았다. 누가 나에 대해 뭐라고 해도 신경 쓰지 않고 나를 감싸 주었다. 그런데 지금의 재운이는 그렇지 않다.

"앞으로 나한테 아는 척하지 마."

지금보다 더 나를 챙겨 달라는 건 아니었다. 내가 죽으려 할 때마다 아무 일도 없던 척 받아들여 달라 투정을 부린 것도 아니었다. 그런 불가능하고 이상한 일을 요구하고 싶지는 않았다. 그저 재운이가 나 때문에 지쳐 가는 걸 더는 보기 싫었을 뿐이었다. 어차피 난 계속 불행할 예정인데 해결되지 않을 문제에 발을 들여놓지 않았으면 했다. 그렇게 망가지고 스스로를 갉아먹는 사람은 엄마만으로도 충분히 벅차니까 너까지 그러지 말라는 뜻이있다.

이홍석은 슬금슬금 내 눈치를 보고 있었다. 나와 말을 섞기는 싫은데 내가 먼저 사라져 주지 않아서 그런 것 같았다. 하지만 이대로 집에 가고 싶지는 않았다. 계속 버티고 서 있자 이홍석이 고개를 푹 숙이고 물었다.

"왜 그런 애랑 같이 논 거야?"

이진석 얘기를 하는 것 같았다.

"넌 왜 그런 애랑 형제야?"

이홍석이 얼굴을 들고 날 쳐다보았다. 방금 전보다도 겁내는 표정. 딱 봐도 둘의 사이가 좋지 않다는 것 정도는 추측할 수 있었다. 수학여행 둘째 날에 네 형이랑 만났다고 하자 이진석이 성질을 부렸던 것도 그렇고, 한 번도 쌍둥이 형이 있다고 말하지 않았던 것도 그렇고, 서로 싫어하는 형제 같았다.

"그런 동생 원한 적 없어."

이홍석이 내 눈을 피하며 그렇게 대꾸했다. 내가 이홍석 얘기를 꺼냈을 때 이진석도 똑같은 말을 했다. 그런 형 원한 적 없다고. 아는 척하지 말라고. 그리고 우리는 싸웠다. 이홍석 얘기 때문에 싸웠던 건 아니다. 이진석은 그날 이상했다. 전날만 해도 멀쩡하던 얼굴이 엉망이 되었길래 무슨 일 있었느냐고 물었을 때도 화를 냈고, 이수랑은 어떻게 되었느냐 물었을 때도 화를 냈다. 마침 이수가 다가와서 이수에게도 똑같은 걸 물었다. 그리고 이수가 대답하려 하던 때, 이진석은 이수를 때렸다. 장난으로 밀친다든지 툭 하고 치는 정도가 아니었다. 그건 정말 '패다'라는 표현이 어울릴 폭력이었다.

그 후로 두 사람과 다니지 않았다. 이수를 때린 이진석에게 실망했다거나 좋아한다는 이유로 이진석한테 맞기만 했던 이수가 이상해 보여서만은 아니다. 그냥 정신이 들었다. 재운이만이 아니라 누구랑 같이 있든, 나는 모든 걸 엉망으로 만들어 버리는 존재라고 그때 깨달았다.

"그럼 너도 이제 형제 아니라고 대답하면 되잖아."

이홍석은 대꾸도 하지 않았다. 내가 자리를 비켜 주지 않을 거라 판단한 듯 그저 원래 서 있던 곳으로 돌아갔다. 그리고 바닥에서 뭔가를 주워 흔들었다. 달그락달그락. 내 귀를 자극하는 소리. 내려가려던 몸을 돌려 그쪽으로 달려가 보았다. 이홍석은 스프레이 래커를 흔들고 있었다.

"뭐 하고 있어?"

내가 아무렇지 않게 말을 걸었다는 사실에 이홍석은 아까보다 놀란 눈치였다. 쭈뼛쭈뼛 대답이 이어졌다.

"현수막…… 만들어."

"무슨 현수막인데?"

"축제에 쓸 거."

바닥에는 기다란 하얀 천과 글자 모양대로 구멍을 낸 종이 틀이 널려 있었다. 순서 없이 마구 뒤엉켜 있어 정확히 어떤 말을 쓰려는 건지는 알 수 없었다. 이홍석의 가방 곁에 내 가방을 내려놓고 다시 옆으로 다가갔다.

"뭐라고 쓸 건데?"

"106 일일 생과일 카페."

이홍석은 떨떠름해하면서도 꼬박꼬박 내게 답해 주었다. 이제 글자의 위치를 맞추려는 듯 바닥에서 종이 틀을 집어 들기에 나도 따라 들었다. 이홍석이 나를 빤히 쳐다보는 게 느껴졌다.

“그거 내가 뿌릴래.”

글자들을 제자리에 맞춰 놓은 이홍석이 스프레이를 뿌리려고 하는 순간 손을 내밀고 졸라 보았다. 잠시 망설이던 이홍석은 순순히 스프레이를 넘겨주었다.

“한 글자씩 번갈아서 뿌려야 돼. 맨 앞부터 노란색, 주황색, 빨간색 순서로.”

이홍석이 알려 준 대로 색깔을 바꿔 가며 스프레이를 뿌렸다. 치익치익하며 빠르게 분사되는 소리에 조금씩 마음이 가라앉았다. 금세 열 글자를 다 칠했지만 스프레이를 내려놓고 싶지 않아 옥상 벽에 조금씩 뿌렸다.

“하지 마. 안 돼.”

세 번쯤 뿌렸을 때, 현수막 앞에 쭈그리고 앉아 글씨들을 살펴보던 이홍석이 급히 내게 달려와 팔을 잡았다. 내가 뿌리치려 하자 이홍석은 방금 전과는 다른 말투로 나를 말렸다.

“그러지 마. 오늘 현수막 때문에 따로 허락받고 빌려 온 건데 벽을 이렇게 하면 다정이가 혼난단 말이야.”

“소리가 필요해.”

이홍석은 세게 붙들고 있던 내 팔을 잡아끌며 일단 진정하라고 했다. 나를 스프레이가 뿌려지지 않은 반대쪽 벽으로 데려가 억지로 바닥에 앉히더니 내 손에 들려 있던 스프레이를 슬쩍 빼 갔다.

“소리가 필요하면 음악 듣자, 응? 음악.”

스프레이를 저 멀리에 놔두고 돌아온 이홍석은 한쪽 손으로 가방을 뒤지면서도 다른 쪽 손으로는 나를 계속 잡고 있었다. 잠시 후 가방에서 나온 건 CD플레이어였다. 이홍석이 이어폰 한쪽을 내 귀에 억지로 꽂더니 재생 버튼을 눌렀다. 바로 이어진 음악 속 드럼 소리는 나를 사로잡았다.

"소리 나지? 괜찮지?"

애를 달래는 듯한 말투가 우스워서 가만히 있어 보았다. 그사이 음악의 박자가 더 빨라졌다. 엄마는 귀에 나쁘다고 이어폰은커녕 음악도 못 듣게 했다. 귀에 쏙 들어가 있는 이어폰이 낯설어 손으로 만지작거리자 이홍석이 귀가 아프냐고 물어봤다.

"아니, 신기해서."

"아, CD 듣고 다니는 사람 요새 별로 없지. 다들 그 말 해."

이홍석은 내가 얌전해진 것에 안심했는지 이런저런 얘기를 풀어 놓았다. 전에는 CD를 산 적도 없다, 그런데 친구한테서 선물을 받고 들어 보니까 왠지 CD로 노래를 듣는 게 좋아서 플레이어도 사고 그 애가 추천해 준 음반도 몇 장 샀다, 주로 외국 노래지만 듣고 있으면 기분이 좋다 등등. 이홍석은 거기까지 말하더니 이번에는 가방 속에서 작은 파일을 꺼내서 건네주었다. 펼쳐 준 페이지에는 지금 듣고 있는 노래의 가사인 듯한 영어 문구가 인쇄되어 있었다. 영어 가사 아래에는 큼직큼직한 글씨로 한글 번역도 적혀 있었다.

"해석도 할 줄 알아?"

"아냐, 내가 한 게 아니라 다정이가 해 준 거야. 아, 아까 말한 CD 줬다는 친구가 다정인데 걔가 음악을 잘 알거든."

이홍석은 다정이라는 이름을 말할 때마다 눈알을 여기저기로 굴렸다. 그러고 보니 아까 스프레이를 못 뿌리게 할 때도 그 이름을 말했다.

"다정이가 누군데?"

"다정이? 우리 반 여자앤데 저번 학기에 같이 반장을 해서 좀 친해졌어. 이번 학기에도 같이 하는 일이 많고. 아, 카페도 다정이가 하자고 해서 하는 거야. 우리 반은 동아리 든 애들이 많아서 반 자체 행사는 아무것도 안 하려 했거든. 근데 다정이가 조촐하게라도 해 보자고 해서 하게 됐어. 그래서 간판으로 쓰려고 이 현수막을 만드는 거야."

이홍석이 손을 들고 우리 앞에 놓인 현수막을 가리켰다. 현수막은 잘 말라 가고 있었다.

"그리고 다정이 덕에 생일 축하도 많이 받았어. 우리 반은 다 같이 축하해 주거든. 하필 나랑 다정이는 3월이 생일이라 그렇게 못 했어. 그랬는데 애들이 한 학기 동안 반장 하느라 수고했으니 뒤늦게라도 생일 파티 하자고 하더라. 방학식 끝나고 애들이랑 놀았는데 친구들한테서 선물 받은 것도 처음이고 학교에서 케이크 먹은 것도 처음이라 재밌었어."

"너 걔 좋아하지?"

다정이 다정이 다정이. 계속 걔 얘기만 해서 물어봤는데 이홍석은 팔을 세차게 흔들며 아니라고 부정했다.

"그런 거 아니야. 난 그냥 학교 다니는 게 재밌으니까, 그리고 그건 다정이 덕이니까. 그래서 고마운 거지 좋아하는 건 아니야."

물끄러미 쳐다보자 이홍석이 민망했는지 고개를 돌렸다. 그러고는 나보고도 얘기를 해 보라 했다.

예전 같았으면 이홍석이 다정이라는 애 얘기를 늘어놓았듯 나 또한 재운이 이름만 계속 떠들었을 것이다. 내 일상을 가장 많이 공유했던 사람이 재운이고, 재운이 말고 나한테 중요한 사람은 없었으니까. 하지만 이제는 내가 재운이 얘기를 해도 되는지, 그리고 재운이 생각을 해도 되는 건지조차 알 수 없다. 재운이는 아직도 학교나 집 앞에서 마주치면 내게 인사한다. 매번 무시하며 우리 사이에 내가 그어 둔 선을 두껍게 해도 소용없었다. 사실은 답하고 싶으면서 항상 고개를 돌리고 마는 내가 싫다.

"난 내가 싫어."

툭 하고 튀어나온 한마디에 이홍석은 눈이 휘둥그레져서 날 바라보았다. 아까부터 별난 짓만 했고 이번에는 희한한 말까지 했으니 저렇게 보는 것도 당연하다. 이홍석은 대답할 말이 없는지 잠시 우물쭈물하다 입을 열었다.

"나도 내가 싫어. 소심한 것도 그렇고 자신감도 별로 없고. 근데 그런 거는, 어…… 그러니까 다들 그렇지 않을까? 자기 자신이 좋아 죽겠다고 외칠 수 있는 사람은 아마 없을 거야."

"그런 거 아니야."

이홍석에게 그렇게 답해 놓고 나는 하고 싶은 말들을 마음속에 떠올려 보았다. 아무에게도, 심지어 재운이에게도 제대로 들려준 적 없는 '내 얘기'들을.

있잖아, 나 말이야. 어릴 때 뭔가 일이 있던 거 같아. 그것도 아주 심각하고 나쁜 일. 아니라고 믿고 싶어. 그냥 평범했다고 우기고 싶어. 내 기억 속에 남아 있는 건 없거든. 그런데 어른들은 만날 때마다 "쯧쯧쯧, 그 큰일을 당했으니. 어린 게 딱하기도 하지." 하곤 해. 그런 말들을 계속 들으니까 뭔가가 있었던 거 같다는 생각이 지워지지 않아. 게다가 엄마도 나한테 엄청 매달리고. 진짜 과잉보호야.

나는 엄마랑만 살아. 우리 엄마는 꼭 나가야 하는 날 말고는 맨날 집에 있어. 집에서도 날 챙겨 줄 때 빼고는 작업실에 틀어박혀 있고. 번역 일을 하거든. 방에 틀어박히는 건 나도 마찬가지야. 집에서는 항상 방에 있지. 내 방에 뭐 특별한 게 있는 건 아니야. 그냥 평범해. 침대 있고 책상 있고 옷장 있고. 남들하고 똑같지. 자물쇠 달아 둔 것만 빼곤 똑같아.

난 다섯 살 때부터 방에서 갇혀 살았어. 아니, 갇힌다고 말하면 안 되겠네. 아무튼 약간 복잡해. 처음에는 엄마가 자물쇠를 달고 잠갔어. 그때는 그게 감옥이라 생각했다? 나가고 싶어도 엄마가 내보내 주지 않으면 못 나가니까. 근데 이제는 아니야. 내가 안 나가기로 한 거거든. 엄마가 보기 싫어서.

엄마를 싫어하는 건 아니야. 좋아해. 엄마 말고는 나 돌봐 줄 사람이 없는데 어떻게 내가 싫어하겠어. 그냥 나는 엄마가 나한테 조금만 관심을 줄였으면 좋겠어. 그렇게 챙겨 주고 신경 써 줘도 난 엄마한테 해 줄 게 하나도 없으니까. 엄마가 아무리 날 도와준다 해도 난 내가 나아지지 않을 거라는 걸 알아. 아마 이렇게 살다 죽겠지. 빨리 죽을 수 있다면 좋을 거 같아. 그래서 죽으려 해 본 적도 많고. 중학교 때부터 계속 시도했어. 살아야 할 이유가 없으니까 남은 일이라곤 죽는 것뿐이더라고. 근데 죽는 게 참 어려워. 아직도 못 죽은 거 보면 할 말 다했지. 유서도 쓰는데, 유서 쓰는 날에는 오히려 죽을 맘이 안 들어. 남기고 싶은 말이 있으면 죽을 때가 아닌 것 같거든.

암튼 유서도 써야 하고 죽을 준비도 해야 하고, 방 안에만 있어도 꽤 바빠. 문 잠그는 것도 일이고……. 아니다. 사실은 할 게 없어. 그래서 적당히 아무거나 하면서 시간을 때워. 꿈꾸는 게 싫어서 잠도 제대로 못 자니까 하루가 길어.

학교에서는 수업에 안 들어가. 중학교 때부터 그랬어. 교실이 조용해지면 못 견디니까 책상이나 의자를 밀기도 했고 유리창을 깬

적도 있어. 물건도 자주 던지고. 그랬더니 선생님들이 들어오지 말래. 초등학교 때는 그런 걸 다 봐줬는데, 벌을 세워도 교실 밖으로 쫓아내지는 않았는데. 중학교 때부터는 애들한테 방해되니까 나가랬어. 그래서 지금도 수업은 안 들어. 잘된 거지. 학교에서 수업을 다 들어 버리면 집에 가서 공부할 게 없어지잖아. 방에서 할 일 하나가 줄어드는 거니까. 그래도 시험 보고 학교생활 할 거 다 하긴 하는데 애들이랑 똑같지 않다는 게 좀 특이하긴 하지.

아마 내가 잘못된 애라 그런가 봐. 말했잖아. 잠도 잘 못 잔다고. 환청도 듣곤 해. 걸음걸이도 남들이 보기에 이상한 거 같고. 정상은 아닌 모양이야. 일 년에 두 번 정도 병원에 가는데 그때마다 의사들이 날 불쌍하게 보니까 뭔가 이상한 건 확실해.

그런데 그럴 때마다, 의사들이나 친척들 같은 아는 사람들이 날 그렇게 대할 때마다, 난 어떻게 해야 할지 잘 모르겠어. 그 사람들이 내 얼굴을 보며 떠올리는 일이 뭔지 난 모르거든.

알고 싶지 않다는 생각도 많이 해. 기분 나쁘고 싫잖아. 나한테 안 좋은 일이 있었다면 잊고 싶은 거 당연하잖아. 잊었으니 다행인 거 맞잖아. 근데도 사람들이 날 대하는 걸 보면 기억을 되찾아야 하나 싶을 때가 있어. 내가 조금이라도 멀쩡한 행동을 하면 다들 놀라. '재가 왜 저러지? 재는 저렇게 웃고 다니면 안 되는데.' 그런 표정으로 날 봐. 그리고 내가 아프거나 이상하게 행동하면 어쩔 수 없단 식으로 받아 줘. 모두들 내가 망가지길 기다리는 거 같아. 우리 엄마까지도 그래. 어떤 기분인지 알겠어? 사람들은 내가 상처 입은 걸 두고두고 기억하면서 평생 고통받길 바라나 봐. 정작 난 기억도 못 하는 일인데.

수많은 말들이 세상 밖으로 나오길 기다리며 내 안에서 이야기를 만들었지만 내가 내뱉은 건 오로지 한마디뿐이다.

"신경 쓰지 마. 우울증이 있거든."

이것만큼 간결한 정리는 없다고 생각했는데, 이홍석은 뭔가 잘못 건드렸다는 표정으로 날 보았다. 웃어야 할지 인상을 써야 할지 잘 모르겠다는 얼굴이다. 사실 나도 이홍석이 내게 어떤 반응을 보여 줘야 하는지는 모른다. 알 수 있을 리가 없다. 나 자신이 싫다는 기분을 제외하면 모든 감정이 희뿌연데, 당연한 거였다.

그새 하늘은 빨개져 있었다. 구름은 분홍색이었다. 곧 해가 질 것이다. 이홍석은 분위기를 바꿔 보려는 듯 몇 번이나 입술을 달싹이다가 또 현수막을 가리켰다.

"글씨 색은 괜찮아 보여?"

현수막은 바싹 말라 있었다. 딱히 할 말이 없어 입을 다물고 있었더니 이홍석이 주절주절 떠들었다. 내가 한마디라도 답을 안 하면 그 공백을 못 견뎌 하는 것 같았다.

"다정이도 맘에 들어 하면 좋겠는데. 열두 명밖에 없어서 걱정이지만 우리 반 카페도 잘되면 좋겠고. 아, 미리 한번 걸어 보고 가야겠다. 봐 줄래?"

이홍석이 벌떡 몸을 일으켰다. 호들갑스레 현수막과 짐들을 정리한 이홍석을 따라 나도 가방을 들고 일어섰다. 학교는 옥상으로 올라올 때보다 어두워져 있었다. 이홍석은 나더러 운동장에서 자기네 교실을 보고 있으라고 했다.

운동장에 나가서 고개를 들자 이홍석이 창가에서 현수막을 펼치는 모습이 눈에 들어왔다. 한쪽 끝은 가방으로 고정시키고 반대쪽은 자기 손으로 붙잡은 채 고개를 숙이고 내게 물었다.

"어때?"

노랑, 주황, 빨강. 아까 내가 칠한 글씨들은 오늘 본 하늘과 닮은 색이었다. 손을 들어 동그라미를 그려 주자 이홍석은 "아싸!" 하고 외치며 제자리에서 점프했다. 그 탓에 현수막 한쪽을 누르고 있던 이홍석의 가방이 운동장으로 미끄러졌다. 가방이 내 바로 앞으로 떨어졌다. 이홍석이 놀란 얼굴로 나를 내려다보았다.

"아, 미안해. 안 다쳤어?"

괜찮다고 대답하며 이홍석의 가방을 집어 들었다. 가방은 모래가 잔뜩 묻어 엉망이었다. 눈에 보이는 대로 모래를 털어 주고 있는데 이홍석이 내 앞으로 달려와 가방을 가져갔다.

"괜찮아! 내가 털게."

헉헉 숨을 몰아쉬는 소리와 팡팡 모래를 터는 소리에 웃음이 나왔다. 소리를 마음껏 즐기려고 모래가 날리는 앞에 그냥 서 있었다. 그때 이홍석이 이마에 흘러내린 땀을 닦으려고 팔을 들어 앞머리를 올렸다. 순간 이홍석에게서 보인 이진석의 얼굴. 그런데 눈을 한 번 깜빡인 새에 다시 이홍석만의 얼굴로 돌아가 있었다. 무슨 차이인지 알 수 없었다. 하나하나 뜯어보면 똑같은 얼굴인데 무언가가 달랐다.

가방을 털고 있는 이홍석의 손에서는 큰 소리가 났지만 그래도 물건을 함부로 다루는 느낌은 아니었다. 내 팔을 잡았을 때에도 힘은 들어가 있었지만 이진석처럼 막 잡은 건 아니었다. 대화를 하다 난감해하는 표정도, 현수막을 꼼꼼하게 살펴보던 얼굴도, 다정이 얘기를 하며 빛내던 눈도, 전부 이진석에게는 없는 것들뿐이었다.

"이홍석, 너 걔랑 하나도 안 닮았어."

이름을 말하지 않아도 내가 누굴 가리키는 건지 알아들었겠지. 이홍석은 손을 멈추고 나를 가만히 바라보았다.

"내가 잘못 봤었나 봐. 수학여행 때는 미안."

이홍석은 계속 나에게서 눈을 떼지 못하고 입술을 잘근잘근 씹었다. 답을 기대하고 한 말은 아니어서 고개를 돌리자 이홍석이 다급한 목소리로 내게 말했다.

"새삼스레 안 그래도 돼. 고마워."

아직 모래가 묻어 있었지만 이홍석은 가방을 메고 교실로 돌아가려 했다. 현수막을 정리하러 간다고 했다. 나도 이제는 집에 가 봐야 할 것 같아 교문 쪽으로 걸음을 옮겼다.

"정유현!"

그때 이홍석이 나를 불렀다. 뒤를 돌아보니 이홍석은 몸을 돌려 내 쪽으로 돌아오고 있었다. 이홍석이 볼을 긁적이며 말했다.

"축제 때 뭐 해? 괜찮으면 우리 반에 놀러 와. 주스 한 잔 쏠게. 오늘 고마웠으니까. 현수막 만드는 것도 도와줬고. 그러니까 오면 전화해. 알았지?"

이홍석이 내 휴대폰을 달라고 하더니 자기 번호를 찍어서 돌려주었다. 이홍석은 위층으로 다시 올라갔고 나는 그대로 운동장을 가로질러 교문을 빠져나왔다. 하늘엔 이제 노란빛도 붉은빛도 남아 있지 않았다. 그때까지도 손에 들린 채였던 휴대폰을 쳐다봤다. 화면에 이홍석의 번호가 적혀 있었다. 그냥 닫으려던 폴더를 그대로 열어 두고 저장 버튼을 눌렀다. 이렇게 한들 달라지는 건 없을 테니까.

이제 다시 방에 갇히러 갈 시간이다. 시간은 오늘도 느릿느릿 기어간다.

차라리 모르면 좋은 것

진석의 이야기

점심시간이 끝나려면 한참 남았다. 거의 오 분 만에 급식실에서 나왔으니까 한숨 자고 들어가도 충분하겠지. 2학년이 되었지만 학교는 똑같았다. 여전히 지루하고, 짜증 나고, 바보 같은 매일매일. 기대도 안 했지만 예상했던 대로 재미없었다. 계단에 누워 담배를 무는데 자꾸 뭔가 걸리적거렸다. 아까 입에 넣었을 때부터 거슬리던 어묵이 앞니 사이에 낀 것 같다. 혀끝에 힘을 주고 밀어내다가 그냥 손톱으로 긁어냈다.

"씨발, 더럽게 안 빠지네."

상우 자식도 뭔가가 이에 낀 듯, 옆에서 가래를 뱉어 댔다. 어묵 자투리는 손톱으로 긁어도 쉽게 나오지 않았다. 짜증이 벌컥벌컥

치민다. 밥도 담배도 정말로 더럽게 맛없는 오후다.

2학년이 돼서 한 가지 마음에 드는 건 점심시간에 줄 서는 순서가 빨라졌다는 거다. 작년에는 종 치자마자 달려가도 꼴같잖게 선배랍시고 눈을 부라리는 새끼들 때문에 계속 뒤로 밀렸는데, 올해는 그래도 한 학년 위라고 1학년 같은 건 아무렇지 않게 제칠 수 있게 되었다. 물론 급식이라 해 봐야 맛없는 건 작년이고 올해고 똑같다. 그래도 앞에 끼어들 때마다 약 올라 하는 1학년들을 구경하는 건 꽤 재밌다.

"야, 공이나 차다 들어가자."

정호가 축구공을 들고 달려왔다. 벌써 땀으로 범벅이 된 게 한판 하고 온 모양이다. 상우가 벌떡 일어서서 내 어깨를 쳤다.

"진석, 가자."

"됐다. 먼저 간다."

배도 고프고 짜증 나 죽겠는데 땀까지 흘리고 싶지는 않았다. 바닥에 대강 꽁초를 던져 버리고 교실로 올라갔다. 점심시간이 많이 남아서 그런지 교실에는 김재운이랑 대여섯 명밖에 없었다.

"크림빵."

살짝 발로 건드린 것뿐인데 김재운은 요란 법석을 떨며 일어났다. 오버하긴. 눈에 거슬려 발을 한 번 더 들어 올리자 바로 달려 나갔다. 아무리 봐도 병신이다.

"그럼 난 피자빵!"

“사이다도.”

김재운은 벌써 내려갔는데 내 크림빵 소리에 맞춰 여기저기서 심부름이 쏟아졌다.

“진석아, 담부터는 내 것도 같이 시켜 줘.”

평소엔 말도 못 거는 것들이 이럴 때만 친한 척이지. 어이가 없어서 튀어나온 가래를 창밖으로 뱉어 냈다.

“먹고 싶으면 호모 새끼한테 직접 말해라.”

듣는 것만으로도 성가셔서 고개를 돌렸다. 운동장을 내려다보자 흙먼지 속에서 공을 차는 상우와 정호가 보였다. 심심한데 옆에 가서 구경이나 할까. 적당히 시간이나 때우다 올 작정으로 자리에서 일어났다. 지들을 피하고 있다는 것도 모르는지 귀찮은 놈들이 또 떼거지로 몰려들었다.

“김재운 진짜 호모야? 레알?”

“근데 저 새끼 옛날엔 여자애들하고 잘 다녔어.”

“호모니까 그런 거지.”

정 궁금하면 직접 물어보면 될 것을 왜 나한테 지랄들인지 모르겠다. 그새 헐레벌떡 뛰어와 빵을 내미는 김재운도 한심하고, 그딴 거나 물어 대는 새끼들도 짜증 났다.

“늦었잖아.”

모든 짜증을 한데 모아 김재운에게 발을 날렸다. 또 병신같이 튕겨 나가는 몸. 김재운의 등과 부딪친 뒷문이 부서질 듯 흔들렸다.

안 그래도 3월에 문 부쉈다고 담임이 생지랄을 했는데. 그 일을 생각하니 짜증이 더 올라왔다. 바닥에 널브러진 김재운의 손에서 빵봉지를 뺏어 들고 나왔다.

"이진석!"

아래로 내려가려 계단에 발을 내디딘 순간, 김재운이 날 불러 세웠다. 아직 바닥에 누워서 골골거릴 거라 생각했는데. 요새 들어 회복력이 세졌다. 앵앵거리는 목소리에 귀가 간지러웠다.

"왜, 호모 새끼야."

"나 그런 거 아니야."

무시하고 가려던 걸 불쌍해서 한번 쳐다봐 줬더니만. 건방지게 저딴 소리나 하고 있다. 누군 모르고 그렇게 부르는 줄 아나.

"근데 뭐 어쩌라고."

"그러니까 이제 그만—."

등을 돌리고 그대로 계단을 내려섰다. 김재운 주제에 내 앞에서 할 말 다하게 내버려 둘 수는 없다.

"이진석! 잠깐만!"

가운뎃손가락을 치켜들었다. 김재운은 더 이상 시끄럽게 굴지 않았다. 한번 돌아볼까 하다가 무시했다.

오후 내내 담임이 청소를 해라, 책상을 옮겨라 난리를 쳐 대서 그냥 일찍 집에 와 버렸다. 아무도 없었다. 아까 담임이 학부모들

오는 날이라고 애들을 달달 볶았으니 엄마가 학교에 있을 거라는 건 쉽게 짐작할 수 있다. 바로 내 방으로 가려다 이홍석 방의 문을 열었다. 평소에는 엄마 아빠가 못 들어가게 하니까 이럴 때 아니면 이 방을 구경할 기회가 없었다.

방 안은 전에 들어왔을 때와 별반 달라진 게 없었다. 바닥에는 양말 한 짝 나뒹구는 게 없었다. 책장 가득 출판사별로 과목별로 깔끔하게 꽂혀 있는 문제집들, 주름 하나 없는 침대 시트. 매일 그렇게 정리를 하는 엄마 솜씨도 솜씨지만 그걸 유지하는 이홍석이 더 지독하다. 한숨이 나온다. 답답했다. 나 혼자만 먼지 같다. 책상 위로 뛰어올랐다. 단번에 높아진 시야에 이홍석의 방이 전부 들어왔다. 고개를 돌려 옷장 위를 들여다보았다. 엄마 손이 닿지 않는 이홍석만의 공간.

"수준 낮은 학교 가서 그래? 홍석아, 지금 음악 듣고 놀 때 아니잖아."

작년에 몇 번 혼난 후, 이홍석은 CD를 전부 여기에 숨겨 놨다. 엄마 아빠한테는 다 버렸다고 둘러댄 것 같았다. 그래 봐야 엄마가 날 잡고 청소하면 들킬 텐데. 그런 생각을 하며 아래로 뛰어내렸다. 그때 무언가가 바닥으로 떨어졌다. 봉투였다. 혹시 오늘 용돈 날이었나. 별생각 없이 봉투를 뜯어보았다. 시시하게 생긴 서류가 들어 있었다.

"주민 등록증 신규 발급에 대한 안내문."

뭐야, 이게. 생각지도 못한 글씨가 눈앞에 등장했다. 깜짝 놀라 침대 위로 던져 버렸다. 쫙쫙 펴져 있던 침대 시트가 조금 흐트러졌다. 뭔가 얼떨떨했다. 기분이 나빴다. 스무 살이 되어야 나오는 거 아니었나? 아마 내 것도 와 있겠지. 생일이 같으니까.

띠띠디. 현관문 열리는 소리가 났다. 엄마일까? 그럼 여기 있으면 안 되는데. 숨을 시간이 없어 일단 방 밖으로 나왔다. 하지만 이미 늦었다. 이홍석이 현관에 서서 자기 방에서 나온 날 쳐다보고 있었다. 아니, 보고 있어도 보려 하지 않는다고 말하는 게 맞을 것 같지만. 다행히 엄마는 없었다.

이홍석이 느릿느릿 신발을 벗고 현관에서 올라왔다. 내가 비키지도 않았는데 알아서 어깨를 비틀며 방에 들어갔다. 왜 자기 방에 있었느냐고, 뭘 뒤졌느냐고 묻지도 않는다. 나랑은 닿으려 하지도 않는다. 내가 여기 있는데. 이홍석은 언제나처럼 날 없는 사람 취급하고 있다.

"야."

고개를 돌려 이홍석을 불렀다. 옷을 갈아입으려던 이홍석은 교복 셔츠 단추 위에 손을 올린 채 내 얼굴을 보았다. 아까도 그랬지만 분명 이쪽을 보고 있는데도 느껴지지 않는 눈빛.

"이거나 봐라."

침대 위에 던져 놨던 봉투를 집어 들고 이홍석에게 내밀었다. 하지만 이홍석은 여전히 교복에서 손을 떼지 않았다.

젠장. 봉투를 책상 위에 던졌다. 이홍석의 겁에 질린 표정을 보니 화를 참을 수 없었다. 내가 뭘 어쨌다고. 책장에서 잡히는 대로 다 빼 들고 던졌다. 같은 출판사끼리, 같은 과목끼리 깔끔히 정리되어 있던 문제집들이 전부 바닥으로 떨어졌다. 눈에 좋은 거라며 아빠가 비싼 돈 주고 사 왔다는 스탠드도 던져 버렸다. 그래도 이홍석은 변함없는 자세로 나를 보고만 있었다. 서랍 손잡이를 당겼다. 너무 세게 당긴 탓에 아래 서랍까지 함께 빠졌다. 샤프, 자, 컴퍼스, 가위, 호치키스, 펀치…… 바닥에 널브러져 있는 문제집 위로 모든 학용품을 쏟아 냈다. 서랍을 다 빼내니 그 안에 숨겨져 있던 지폐 몇 장이 보였다. 이걸 찾으려던 건 아니지만 어쨌든 발견했으니까, 이제는 내 거다. 대강 쥐어 들고 방 밖으로 나왔다.

"얼마 있지도 않은 게 숨기고 지랄."

분명히 큰 소리로 말했는데 이홍석은 여전히 반응을 보이지 않았다. 현관으로 나왔다. 가지런히 놓인 신발들이 꼴 보기 싫어 하나씩 걷어찼다. 엄마 하이힐, 아빠 구두, 이홍석 운동화, 가릴 것 없이 전부. 벽과 현관문과 신발장에 세차게 부딪치고 떨어지는 신발들 덕에 아주 잠깐 통쾌했다.

일부러 들으라는 듯이 문을 세게 닫았다. 후다닥 뛰어서 1층까지 내려와 아파트 밖으로 나섰다. 급한 뜀박질에 몇 번인가 발이 꺾일 뻔했지만 무작정 앞만 보고 뛰었다. 숨통이 트인다. 내가 꺼져 줬으니까 이홍석도 이제 살 만하겠지. 달렸다. 달리고 또 달렸다. 발바닥이 아프게 땅을 박찼다. 신발을 벗고 싶단 생각도 들었다. 맨발이라면 더 아플 테니까. 아프고 싶다. 느끼고 싶다. 나는 여기에 있다. 똑바로 서 있다. 존재한다는 걸 알고 싶었다. 사라지고 싶지 않았다.

어딜 가야겠다고 달린 건 아닌데. 나도 모르는 새에 학교 앞까지 와 버렸다. 길 건너에 교문이 보이자마자 차오른 숨을 모아 가래로 뱉었다. 도로에는 차들이 많았다. 충동적으로 발을 도로 위에 내려놓았다. 정유현이 했던 말이 기억났다. 같이 잘 붙어 다니던 작년 3월에 들은 얘기다. 중학교 졸업식 날에 도로에 뛰어들었던 건 튀려고 한 행동이 아니라, 그대로 멈춰 있으면 자기가 알고 있는 모든 게 무너질 것 같아서 달려야만 했다고 했다. 자기가 살아 있고 숨 쉬고 있다는 사실을 확인하고 싶어서 그랬다고. 너무나도 당연한데 가끔 잊어버리는 그런 것들, 심장이 뛰는 소리 같은 걸 들어 보고 싶었다고 했다.

발을 인도로 돌리려다가 도로 쪽으로 한 걸음 더 내디뎌 보았다. 정유현네 중학교 앞처럼 넓은 도로는 아니지만 이곳 역시 차들은 맹렬한 속도로 달려 댔다. 빠아앙. 경적 소리가 날 스치고 지나갔다. 욕을 들은 것 같아서 같이 욕을 해 주었다. 나에게 방향을 알려 주기라도 하듯, 도로 위에는 전단지가 바람에 날려 굴러가고 있었다.

처음 정유현에 대해 들었을 때는 그냥 또라이일 거라 생각했다.

고등학교에 올라오기 전의 짧은 봄 방학 동안 걔가 졸업식 날 도로에 뛰어들었다는 소문이 온 동네에 파다했다. 바로 옆 학교였지만 중학교 삼 년 내내 정유현이라는 이름은 들어 본 적이 없었다. 그런데 나름 별의별 짓 다 했던 나도 안 하는 짓을 했다니, 단단히 미쳤거나 튀고 싶어 안달 난 년일 거라 생각했다. 그래서 3월 중에 꼭 찾아가 군기를 잡으려 했다. 나보다 튈 생각 절대 하지 말라고 말이다. 이 학교에서 제일 튀어야 하는 건 나니까. 그런데 입학식 날, 처음으로 마주한 정유현의 얼굴은 내가 상상하던 것과 정반대였다. 커다란 두 눈 가득 엿보이던 섬뜩한 느낌. 정유현은 이미 반쯤 죽은 것 같은 눈으로 내게 따지고 화를 내고 웃었다.

빠아아아앙. 지나쳐 가는 자동차들이 계속 나를 욕했다. 머리가 휘날렸다. 바람은 나보다 빨랐다. 벌써 저 앞까지 굴러간 전단지가 그렇게 말해 주었다. 아무리 걸음을 재촉해도 나는 바람에 날리는 전단지조차 따라잡을 수 없었다. 내가 할 수 있는 세 대체 뭐기 있나. 빨리, 더 빨리. 벗어나고 싶다. 뭔지 모를 이 짜증에서 벗어나고 싶다. 심장 박동과 함께 몸이 흔들렸다.

몇 시간이나 흐른 것 같았다. 아니면 순간인지도 모른다. 무사히 도로를 건너자마자 뒤를 돌아보았다. 날 보고 있는 사람들이 개미 떼 같았다. 다 똑같은 표정. 참았던 숨이, 한꺼번에 쏟아져 나왔다. 한참을 서 있었더니 사람들은 하나둘씩 돌아서서 자기 길을 갔다. 별 희한한 놈을 다 봤네. 흥미를 잃은 발걸음들이 그렇게 말했다.

나야말로 흥미를 잃었다. 한숨과 웃음이 함께 나왔다.

바람이 또 불었다. 침을 꿀꺽 삼키고 다시 달리기 시작했다. 이번에는 운동장 저 멀리로. 달리는 수밖엔 없다. 이겨 보고 싶으니까. 적어도 구겨진 전단지보다 내가 나은 사람이라는 걸 보여 주기 위해 달렸다. 전단지가 또 나를 앞질러 저 멀리 가고 있었다.

오늘은 1학년들도 수학여행 때문에 없어서 금방 먹고 나올 수 있을 줄 알았는데 이유 없이 급식실에서 시간을 오래 끌었다. 상우랑 정호는 남은 시간이 별로 없단 걸 알면서도 또 공을 차러 운동장으로 가 버렸다. 혼자 담배를 물고 강당 뒤로 돌아갔다. 그런데 내 자리에 이미 누군가가 와 있었다. 뒤통수를 보니 박이수다.

"미친년."

대뜸 그 소리부터 뱉었다. 박이수는 나를 보더니 팔을 풀고 그냥 씩 웃었다. 내 등장에 겁을 먹은 건 여태 그 품에 안겨서 가슴에 얼굴을 묻고 있던 남자 새끼다. 교표를 보니 3학년이었다. 나도 공부에 관심 하나 없지만, 다른 놈들은 시험이 어쩌고 하며 밥도 대강 먹고 가던데 이건 또 뭐야.

"꺼져!"

버럭 소리를 지르자 멍하니 나만 쳐다보고 있던 바보 새끼가 후다닥 달아났다. 박이수가 바닥에 거의 누워 있던 몸을 일으키고 내게 손을 내밀었다.

"이제 여기서 영업하냐?"

"원래 가던 데를 들켰거든."

"내 자린 거 모르냐. 또 걸리면 죽인다."

박이수는 내게서 받은 담배를 몇 모금 빨더니 치마에 묻은 먼지를 탈탈 털었다. 얼마나 오래 눌러앉아 있었는지 회색 먼지들이 내 얼굴로 마구 날아왔다. 저기 가서 털라고 하려 했는데, 박이수는 주머니에서 조그만 화장품을 꺼내 바르느라 나는 안중에도 없는 것 같았다. 바쁘게 입술 위를 오가는 손길. 그리고 복숭아 향. 가만히 바라보고 있었더니 박이수가 그제야 날 보고 피식거렸다.

"생각나서?"

"뭐가."

"이거 맛있다고 좋아했잖아."

아, 그때 그건가. 별로 떠올리고 싶지 않은 키스 신이 머릿속에서 재생되었다. 작년에 정유현이랑 너무 붙어 다닌다고 여자 친구한테 차인 날이었다. 그때도 여기에서 별걸 가지고 지랄하다니 웃긴 년 아니냐고 박이수에게 투덜댔는데, 박이수는 얘기를 들어 주다가 갑자기 내게 달려들어선 키스했다. 뭐, 나름 잘하는 것 같고 거저 들어온 떡을 마다할 생각은 없어서 나도 분위기를 타기는 했다. 그러다 정유현한테 딱 걸린 게 문제였지.

그날 이후로 정유현은 우릴 볼 때마다 어울리지 않게 실실거리며 사귈 거냐 말 거냐 계속 물었다. 그때 제대로 설명했으면 됐을 텐데. 박이수는 그 일에 대해 해명도 않고 마치 지가 날 좋아해 왔던 것처럼 굴었다. 그러더니 수학여행 때 진짜 고백을 하러 왔다.

“뭐, 우리가 사귄다고 아무도 이상하게 안 볼 거고. 어차피 너도 외롭다며. 나도 당장은 아무랑도 안 사귀고. 그러니까 너랑 나랑 사귀는 게 좋을 것 같다고.”

“지랄을 한다.”

정말 그 말이 툭 튀어나왔다. 난 무슨 일이 있어도 박이수와 사귈 맘은 없었다. 얼굴이 못생긴 것도 아니고 몸매도 좋았지만 사귀는 건 싫었다. 물론 지가 고파서 몸만 준다면야 그건 막지 않을 생각이었다. 박이수는 일 년이 지난 지금까지도 아무 놈들이랑 뒹굴기로 소문이 자자하다. 내가 아는 것만 해도 몇 명이고, 방금 목격까지 했으니 두말할 필요는 없을 것이다. 하루도 빠짐없이 남자를 갈아 치우는 년하고 사귀었다면 당장 호구가 됐을 테니 다시 생각해도 그때 찬 거는 잘한 일이었다.

“꺼져라.”

“그러지 뭐.”

박이수는 아무 미련도 없다는 듯 바닥에 담배를 비벼 끄곤 바로 자리를 떴다. 강당 뒤는 다시 내 차지가 되었다. 여태 그냥 물고만 있던 담배에 불을 붙였다. 저 멀리 운동장에서 애들이 뛰어다니는 소리가 들렸다. 밥을 먹은 선생들이 교무실로 돌아가는 소리도 들렸다. 예전에는 이렇게까지 소리를 잘 듣지 못했는데, 정유현이 학교에서는 정말 많은 소리가 난다고 알려 준 후부터 늘 주변의 소리를 의식하게 되었다.

발을 굴렀다. 나는 이곳에 있다. 당연하지만 잊어버리고 마는, 잊으라고 모두가 말하는 그 사실을 확인했다. 모두가 저 뒤에서 날 지나쳐 갔다.

"너 이 새끼, 뭔 정신으로 그랬어?"

이번 주는 좀 조용히 넘어가나 했는데 어제 박이수랑 마주쳐서 재수가 없나. 체육은 오늘도 중간중간 이진석이 이 자식, 이진석이 이 자식 하며 운율을 맞춰 소리를 질러 댔다. 박자가 정확하게 착착 감긴다. 입학식 때부터 들어서 이제는 정이 들 정도였다. 다시 한 번 교무실 가득 내 이름이 울렸다.

"이진석! 어떻게 보상할 거야? 엉? 어쩔 거냐고!"

으르렁 크르렁. 체육은 아까부터 자기 차 위에 생긴 담배빵이 내 탓이라 우기고 있었다. 물론 말도 안 되는 헛소리다.

"나 아니라니까요."

"너 아니면 누가 이런 짓을 해. 일부러 그런 거 맞지? 엉?"

"누구든 했겠죠. 그리고 내가 키가 2미터가 되는 것도 아닌데 어떻게 담 너머에 뭐가 있는지 알아요."

"이 자식이 입만 살아선."

결국 한 대 맞았다. 예전에 같이 다닐 때, 정유현은 나보고 혼나는 태도가 잘못됐다고 지적했다. 혼나기 싫으면 짝다리도 짚으면 안 되고 손도 가만히 내려놔야 하고 웬만하면 말대꾸도 하지 말라고. 근데 난 별로 신경 쓰지 않는다. 학교 사람들이 날 어떻게 평가하고 대하든, 내 알 바 아니다. 이러니저러니 해 봐야 내가 여기 머무는 시간은 고작 삼 년이고. 평생 갈 사이도 아닌데 잘 보일 이유가 없다. 오히려 그 반대로 행동하는 게 내 목표기도 했고.

"난 매점 쪽 담 근처는 가지도 않는다고요. 강당 뒤면 모를까. 머리를 좀 쓰세요."

"인마, 닥쳐 좀. 어른이 말씀하실 때는 닥치고 듣는 거야."

체육은 내 머리를 한 대 더 때리더니 잠시 숨을 몰아쉬었다. 이제 슬슬 가족 레퍼토리가 나오겠지. 집에서도 이렇게 어른들한테 대드냐, 가정 교육이라는 게 얼마나 중요한지 아느냐 등등. 선생들은 매번 빼먹지 않고 그런 얘기를 한다. 듣다가 발끈하기라도 바라나. 나는 그런 말에 약이 오르거나 화가 나진 않았다. 오히려 거기에 화내는 애들이 신기했다. 그런 모습을 볼 때마다 니들이 언제부터 그렇게 집에 관심이 많았느냐고 묻고 싶었다. 정작 늘 신경 쓰는 나는 그런 말을 들어도 하나도 기분 나쁘지 않은데 말이다.

그런데 오늘은 좀 다른 패턴으로 갈 모양이다. 뭘 본 건지 체육의 눈이 순간 빛났다. 갑자기 내 어깨를 치면서 어딘가를 손가락으로 가리켰다.

"저기, 이홍석이 보이지? 네 형."

"근데요?"

"새끼야, 보충 진도표 받아 가는 거 안 보여?"

그게 뭔데? 고개를 갸웃하는 사이에 체육이 알아서 설명해 줬다. 얼마 전부터 아침마다 보충 수업을 하고 있다, 전교 50등까지만 들어갈 수 있는 거다, 수업 진행은 정기 평가에서 1등을 한 학생이 맡는다, 시작한 지 몇 주 됐는데 매주 이홍석이 진도표를 받아 가고 있다. 즉 요약하자면 이홍석 만세라는 소리였다.

그렇게 알려 주지 않아도 이홍석이 최고라는 건 나도 알고 있다. 아마 이 세상에서 내가 제일 잘 알지 않을까? 어릴 때부터 엄마고 아빠고 친척들이고 옆집 아줌마고 학교 사람들이고 세뇌시키듯 그렇게 말해 왔는데, 모를 리가 없지 않은가. "형은 저렇게 공부도 잘하고 똑바른데 넌 대체 뭐냐?" 사람들은 화를 낼 때마다 마치 내가 그 사실을 모른다는 듯이 가르치려 들었다. 그런 대단한 이홍석을 만드는 데에 나도 나름 일조했다는 건 아무도 알아주지 않았다.

"어떻게 하면 저런 형 밑에 이런 동생이 나오는 거냐?"

체육은 내가 이런 말을 단 한 번도 못 들어 봤다고 생각하는 걸까. 어릴 때부터 이홍석은 나랑 쌍둥이라는 걸 들키기 싫어했다. 뭘 해도 적당적당이고, 어디 가서 누구랑 놀든 꼭 다치거나 싸워서 오는 나를 싫어했다. 그리고 그런 나에게 신경 쓰는 엄마나 아빠도 이해할 수 없다는 눈빛으로 보곤 했다. 오래전부터 알고 있었다. 이홍석이 날 싫어한다는 것, 어떻게 해서든 자신의 세계에서 떼어 내고 싶어 한다는 것 정도는 말이다. 꼭 그래서만은 아니지만, 내가 지금의 내가 된 데에는 이홍석의 그런 태도가 영향을 끼쳤다. 나는 초등학교에 들어가면서부터 말썽을 찾아다녔다. 쌍둥이라고 사람들이 엮어서 보는 걸 이홍석이 싫어하니까 아예 다른 사람이 되려 했다. 우리가 형제라는 걸 말하고 다니는 새끼들은 전부 팼다. 내가 혼나면 혼날수록 사람들은 이홍석에게 저런 동생을 두고도 참 대견하다고 칭찬해 줄 테니까. 그리고 엄마 아빠의 관심은 내게서 멀어질 테니까. 어린 마음에 내가 그러면 이홍석도 고마워할 거라고 생각했다. 그런데 그건 착각이었다.

"좋은 유전자가 형한테만 다 갔냐? 열성 인자는 다 너한테 갔지, 이진석?"

어깨를 틀고 이홍석을 쳐다보았다. 진도표 위에 올려져 있던 손가락이 움찔거리는 게 보였다. 눈이 마주치진 않았지만 내가 자길 보고 있단 걸 알고 있었다. 모든 동작이 그대로 멈췄으니까. 내 시선을 느낀 게 분명하다.

엄마 아빠는 더 이상 나에게 관심을 가지지 않는다. 그건 이홍석도 마찬가지다. 집에 들어가도 들어가지 않아도, 가족 중에 내게 먼저 말을 거는 사람은 없다. 자업자득이라는 건 알았다. 그래도 없는 사람 취급할 필요는 없지 않느냔 기분이 불쑥불쑥 치밀 때가 있다. 분명히 여기 있는데, 당신들 눈앞에 있는데 왜 모른 척하느냐고 집을 아예 엎어 버리고 싶었다. 학교에서도 늘 화를 내고 싶었다. 무시당하고 싶지 않았다. 처음에는 이홍석을 위해서라는 가식적인 이유로 시작했지만, 이제는 여기에 똑바로 있다는 걸 보여주기 위해 나는 화를 낸다.

"와, 생물 공부 시켜 주시려는 거예요? 저 문관데."

체육은 항상 이상한 기대를 품고 나를 혼낸다. 지금도 내가 '오, 역시 우리 형은 멋져요. 선생님, 저도 이제부턴 형을 따라 공부할게요.' 하고 말하길 바란 모양이다. 가당치도 않지.

그새 이홍석은 선생들과 얘기를 다 끝내고 교무실을 빠져나가고 있었다. 이홍석으로 날 교화하려던 체육은 거듭된 실패가 민망하지도 않은지 새로운 레퍼토리를 짜내려 고민 중이었다. 찌푸린 이마의 굴곡이 전등 불빛을 받아 번쩍거렸다. 시간 낭비다. 어차피 체육은 내가 일부러 자기 차 위에 담배를 버렸고, 그래서 수리비를 물어내야 하며, 마땅히 욕먹어야 한다는 결론을 내리고 이 모든 일을 시작한 거다.

"하실 말씀 없으면 전 이만."

"인마, 너 이 새끼. 중학교 때도 이런 태도로 다녔냐, 엉? 거기 선생들은 암말도 안 했어?"

가정 교육에 중학교 교육까지. 오늘은 고전 특집인가 보다. 한 걸음 체육 앞으로 다가갔다. 체육은 눈에 힘을 잔뜩 주고 나를 노려보았다. 아니, 올려다보았다.

"이게 이젠 아주 선생님을 잡아먹을 것처럼 내려다봐?"

"그럼 어떡해요. 억울하면 키라도 좀 크시든가."

어깨를 으쓱해 보였다. 체육이 이를 갈았다. 뿌드득뿌드득. 닭살 돋게 만드는 소리가 들렸다. 듣기 싫어서 표정을 구기자 체육이 또 한바탕 쏟아부었다.

"야, 중학교서 갓 올라온 1학년 새끼들도 너보단 어른스럽다. 넌 입학식 때부터 그 지랄을 떨더니, 보자. 어? 보자고, 네 전적을. 공부 안 해, 말도 잘 안 들어, 쌈박질은 오지게 하고 삥까지 뜯고 다녀, 선생님들한테도 아무렇지 않게 욕하고, 수업 분위기도 다 흐리지. 흡연에 복장 불량에 그리고 쓰레기 투기까지!"

얼마나 소리를 질러 대는지 마지막의 '쓰레기 투기'쯤에서는 침이 다발로 튀었다. 얼굴에 튄 침을 닦아 냈다. 체육은 잠시 숨을 몰아쉬다 다시 목소리를 높였다.

"이진석, 너 그럴 거면 학교 나오지 마. 양아치 새끼가 땡땡이 안 치고 뭐 하는 거야. 아니 것보다 왜 고등학교를 왔어. 그냥 오지나 말지. 어차피 공부도 안 할 거 왜 와 가지고 이렇게 학교를 뒤집어 놔!"

적어도 지금 교무실을 뒤집어 놓는 건 내가 아니지만, 체육이 그 사실을 깨달으려면 억만년은 더 걸릴 거 같다.

"가라고 해서 간 건데 어쩌라고요."

"뭐?"

"중학교를 졸업해 버렸는데 뭘 해요. 고등학교나 가야지."

"쟤 진짜 말 재밌게 한다."

어디선가 그런 소리가 들려왔다. 크크크, 흐흐흐, 킥킥킥, 하하하. 다양한 웃음소리가 흘러나왔다. 체육이 안 그래도 엉망인 얼굴을 더 일그러뜨리면서 주변을 노려보았다.

"지금들 이게 웃을 일이야?"

교무실은 단번에 조용해졌다. 주변을 돌아보며 체육이 실실 웃었다. 자기가 선생들을 평정했다고 좋아하는 모양이다. 이 사람은 대체 어디까지 유치해질 수 있을까.

"이진석이, 지금 네가 한 말이 얼마나 웃기는지 아냐?"

"뭐가요?"

"하! 뭐가요? 뭐가요?"

내 말이 그렇게 웃겼나. 체육은 몇 번이나 내 말을 따라 했다.

"이러니까 요새 애들이 못쓴다는 거야. 우리 때는 학교 가고 싶어도 못 갔어요."

입학한 지가 언젠데 아직도 중학교 레퍼토리를 읊어 대나 했더니. 결국은 또 자기 궁상떨잔 소리였다. 무슨 얘기가 나올지 너무 뻔해 벌써부터 지루하다.

"넌 지금 학교를 거저 다니고 있는 줄 알지? 등록금에 급식비에 교과서, 교복 다 공짠 줄 알아? 다 돈이야, 돈. 우리 때는 부모님한테 미안해서 뭐 해 달라는 소리도 못 했어요. 근데 이 자식은 좋은 시대 타고나 가지곤, 뭐? 중학교를 졸업했으니까 고등학교나 와?

그럴 거면 오지 마, 이 새끼야. 집에서 빈둥대면서 부모님 돈이나 아껴 드려."

분명 비슷한 얘기를 초등학교 때도, 중학교 때도 들어 봤다. 앞으로 어떻게 전개될지는 눈을 감고도 외울 수 있다. 뻔한 얘기 듣는 것도 지겨워서 선수를 쳤다.

"진짜 이상해요."

"그래서 산길을…… 엉? 뭐?"

"왜 옛날엔 다들 산에서 살았어요? 지금까지 만나 본 선생님들은 하나같이 다 산에서 살았대요. 다들 자기 집이 동네에서 가장 가난한 집이었다고 그러고요. 그리고 항상 학교는 산 너머에 있는데 버스는 늦게 오거나 비싸더라고요. 혹시 교사는 그런 동네에서만 뽑아요?"

체육은 진짜 황당하단 듯 멍하니 날 쳐다보기만 했다.

"뭐 선생님이 가난하게 살았던 건 진짜 죄송한데요. 아니, 내가 죄송할 건 없나? 암튼 그건 어쩔 수 없잖아요. 나라고 딱히 지금 태어나고 싶어서 태어난 것도 아닌데. 그리고 시대가 어느 땐데 나보고 중졸로 끝내래요?"

고졸도 별로 없는 판에. 체육이 고개를 흔들었다. 벌레라도 털어 내려는 듯 심하게 흔들었다. 그러곤 손을 들어 올렸다. 또 때리려나 싶었는데 이번엔 삿대질이었다. 누런 손가락이 내 눈 아래에서 달랑거렸다.

"이 새끼, 진짜 이거! 어쩌다 이딴 천하의 꼴통 새끼가 우리 학교에 굴러 들어와 가지곤!"

"입학식 날에도 말씀드렸는데요. 내가 이 학교 오고 싶어서 온 것도 아니고. 그냥 뺑뺑이 돌려서 온 걸 어쩌겠어요. 팔자다 하고 서로 참아야지."

"뭐야?"

"아무튼 너무 미워하지 말고 잘 지내 봅시다! 아직 이 년 정도 남았거든요?"

체육의 어깨를 툭툭 다독였다. 열심히 삿대질하던 손가락이 스르륵 내려갔다. 어깨도 함께 축 처졌다.

"그리고 내가 관두면 등록금 하나 줄잖아요. 그럼 선생님 월급도…… 아, 그건 별 상관 없지. 공무원은 좋겠네요."

나도 공무원이나 될까 보다. 아, 난 천하의 꼴통이라 시험도 못 보겠네. 그런 헛소리를 중얼거렸더니 체육은 웃지도 울지도 못하는 얼굴로 더 이상 말을 잇지 못했다. 그러다 한참 후에야 교실로 돌아가라는 듯 손을 흔들었다.

남 탓을 하면 인생은 자유로워진다. 체육이 차라리 땡땡이나 치라고 말한 덕에 나는 요새 자유롭게 수업을 빼먹고 있다. 강당 뒤는 이제 완벽하게 내 아지트가 되었다. 가끔씩 친구 놈들이 쳐들어올 때를 제외하면 그곳을 찾는 사람은 나밖에 없다. 특별히 할 일은 없었다. 그냥 누워서 자고 만화책 보고 문자 보내고 그러다가 빼근하면 가끔씩 남의 반 체육 시간에 난입해서 같이 공이나 좀 차고, 그러면서 체육이 목뒤 잡는 걸 구경하고. 그 정도다. 화장실 갈 때와 점심 먹을 때 아니면 교실 건물로는 들어가지도 않았다. 모두 내가 어디에서 뭘 하는지 알고 있었지만 아무도 뭐라 하지 않았다. 오히려 기뻐하는 눈치였다. 영어고 수학이고 경제고 전부 다 그런 분위기였다. 담임은 아예 대놓고 교실에 가방만 놓고 가면 출석은 인정해 줄 테니까 편히 놀다 오라고 떠밀기까지 했다. 오기 싫으면 아예 안 와도 된다고 할 때도 있었고.

웃기는 사람들. 웃기는 학교. 후 하고 내뿜은 연기에 눈이 매웠다. 담배 냄새가 담벼락과 건물 사이에서 맴돌았다. 환기나 되라고 강당 뒷문을 열어젖혔다. 열려 있던 앞문을 통해 운동장이 보였다. 어두운 강당 내부가 까만 액자처럼 그 풍경을 감싸고 있었다. 눈이 부셔서 모든 게 현실이 아닌 것 같았다.

갑작스러운 빛에 눈이 익숙해질 때쯤이었다. 믿을 수 없는 상황이 눈앞에서 벌어졌다. 김재운이 나를 향해 걸어오고 있었다. 김재운은 눈부신 운동장을 가로질러서 멈추지도 않고 내 쪽으로 다가왔다.

"뭐야."

툭 내뱉은 말에 김재운이 걸음을 멈추었다. 그러더니 층계참에 서서 날 쳐다보기만 했다.

"뭐냐고, 호모 새끼야."

"반장이 너 데리고 오래. 내일 스승의 날 행사 때문에 뭐 만들어야 한대."

내가 그딴 걸 왜 해, 귀찮게. 아마 반장 새끼도 김재운 골탕 먹이려고 일부러 그런 거겠지. 아예 드러누워 버렸다. 그런데 김재운은 정말로 날 끌고 갈 작정인지 머뭇거리면서도 그대로 서 있었다.

"안 가냐?"

발로 가볍게 찼더니 김재운은 그대로 무릎을 잡고 쓰러졌다. 몸을 동그랗게 만 채 입술을 깨물고 끙끙거렸다.

"병신."

하나도 미안하지 않았다. 아파하는 꼴을 구경하고 있는데 갑자기 김재운이 고개를 들었다. 어쭈, 뭘 봐. 역시 지난달에 제대로 손봤어야 했나. 김재운은 내 시선을 피하지 않았다. 오히려 당당히 말했다.

"이렇게 맞고 다니는 거 보면 병신 맞을지도 몰라. 그렇지만 게이는 아니야. 정말로. 나 여자 좋아해."

이를 악물고 말하는 게 웃겼다. 누가 진짜라고 했나. 그렇게 말한 적은 한 번도 없는데 오버한다. 김재운이 목에 힘을 주고 말했다.

"나 유현이 좋아해. 진짜야."

"아, 그러셔."

그쯤은 처음부터 알고 있었다. 시큰둥하게 넘겼더니 몇 번이고 반복해서 설명을 해 댔다. 귓속을 후볐다. 그래그래, 안다고. 네가 정유현 좋아하는 거. 그렇게 티를 내고 다녔는데 모르겠냐.

김재운은 아예 주저앉아서 주절주절 늘어놓기 시작했다. 수학여행 이후로 유현이가 자길 무시한다. 이유도 모르겠고 진짜 미치겠다. 뭐 그런 이야기들. 사이사이 내 욕도 섞여 있었다. 물론 나랑 같이 다닐 때 정유현이 김재운을 무시했던 건 사실이다. 아무튼 지금 이 병신이 말하는 내용을 들어 보면 둘 사이가 멀어진 게 전적으로 내 탓이라는 건데, 그건 김재운이 모르고 하는 소리다. 겉으로는 무시하는 것처럼 보였겠지만 정유현은 나랑 있을 때도 늘 김재운 얘기를 했다.

재운이는 옛날부터 날 감싸 주기만 해. 난 아마 재운이 아니었으면 이렇게 맘대로 못 살았을 거야. 그런데 재운이는 나랑 있으면 안 돼. 같이 있으면 힘들어하거든. 정유현이 하던 김재운의 얘기들은 늘 그런 식이었다. 처음 그 이야기를 들었을 때는 하도 좋은 말들만 해 대서 엄청난 희생정신을 가진 잘난 놈인가 보다 했다. 실상은 보잘것없이 지질한 놈이었지만, 정유현의 이야기만 들으면 김재운은 세상에서 제일 다정하고 친절한 정의의 사도였다.

당연히 듣기 싫었다. 기지배처럼 빨빨거리며 다니는 저런 놈이, 남자애들하곤 어울리지도 못하는 저런 새끼가 뭐가 좋다는 건지 이해할 수 없었다. 정유현은 김재운이 자기 같은 거 때문에 힘들어한다고 걱정했지만, 내 눈에는 정유현이야말로 김재운 따위를 신경 쓰느라 괴로워하는 걸로 보였다. 정유현은 언제나 김재운이 다른 애들한테 놀림받을까 봐 겁을 냈다. 자기랑만 다니다가 얻은 별명이라며 호모나 게이라고 불리지 않았으면 좋겠다고 했다. 사실 김재운은 그 별명을 별로 신경 쓰지 않는 것 같았다. 다만 나까지 그렇게 부르기 시작하자 태도가 바뀌긴 했다.

"다 너 때문이야."

뭔 소리야. 정유현이고 김재운이고 왜 지들 얘기를 나한테 해 대는 거야. 한심해서 대꾸도 안 나왔다. 한 번 더 귀를 파자 김재운이 다시 입을 열었다. 아까부터 진지한 척은 혼자 다 하고 있다.

"그러니까 알려 줘. 입학식 때 유현이 왜 괴롭혔어? 그때 그 일만 없었어도 유현이는 이렇게 변하지 않았을 거야. 말해 봐. 왜 괴롭힌 거야?"

뒷북. 언제 적 얘기를 하라는 거야. 세 번째로 귓속을 후볐더니 김재운이 버럭 성질을 냈다.

"대답하라고!"

목소리를 깐다고 깐 모양인데 여전히 높은 곳에서 꺅꺅거리고 있었다. 그대로 걷어차 버렸다. 계단 아래로 굴러떨어진 김재운이 또 입술을 꽉 물고 소리쳤다.

"말해!"

"좀 꺼져라. 지겹다."

내가 생각해도 어이가 없다. 왜 이런 새끼를 상대하고 있는 건지. 자리에서 일어나 먼지를 털었다. 스스로 꺼지지 않는다면 꺼지게 해 주는 수밖에 없다. 몸을 일으키려는 김재운의 어깨를 발로 찼다. 하얀 셔츠에 내 발자국이 찍혔다. 눕혀 놓고 패는 건 내 스타일이 아니지만 이 새끼가 수학여행 때 나한테 했던 짓을 생각하면 그렇게 배려해 줄 필요도 없다. 나는 아직도 김재운이 날 때린 이유를 모른다. 그렇다고 왜 그랬느냐고 물어보면 내가 맞은 걸 인정하는 꼴이라 묻기도 싫었다. 이런 고민이나 하게 만든 김재운을 평생토록 패 주고 싶었다.

수학여행 둘째 날, 다른 애들도 내 얼굴의 상처를 흘끔흘끔 보기는 했지만 무슨 일 있었느냐고 물어본 건 정유현뿐이었다. 언덕에서 굴렀다고 둘러대도 정유현은 속지 않았다. 이홍석 얘길 꺼내는 것도, 박이수랑 어떻게 됐는지 물어보는 것도 짜증 나는데 정유현은 계속 캐물었다. 그때 박이수가 쓸데없이 끼어들어서는 전날 밤에 있던 일을 까발리려고 들었다. 주변엔 다른 애들도 많았다. 김재운 같은 새끼한테 반격 한번 못 한 걸 들킬 수는 없었다. 결국 박이수가 입을 열지 못하게 몇 대 두들겨 팼다. 정유현은 나와 박이수를 말리다가 질린 듯이 우릴 버리고 떠나갔다. 그리고 다시는 나와 박이수에게 말을 걸지 않았다.

헐렁한 반소매 아래로 드러난 김재운의 팔이 내 발길질에 맞춰 흔들렸다. 아예 일어나지 못하게 위에 올라앉아서 주먹을 내리꽂았다. 처음부터 싫었다. 동글동글한 인상도, 강아지 새끼처럼 축

처진 눈매도, 허여멀건 피부도, 주눅 든 목소리도. 전부 맘에 안 들었다.

"너는, 유현이, 를 좋아하, 지도, 않, 잖아."

김재운이 띄엄띄엄 소리를 냈다. 이빨 사이로 피를 흘리면서, 그리고 그 핏방울을 내 손에 튀기면서 말했다.

"근데, 도, 유현, 이한테, 왜, 키."

"뭐?"

"왜, 그날, 키스, 를, 했냐, 고!"

주먹이 멈췄다. 김재운이 숨을 씩씩대며 몰아쉬었다. 멱살을 잡았다. 이 새끼가 대체 뭐라는 거야. 내가 뭘 해?

"다시 말해 봐."

"왜 키스했냐고!"

내가? 정유현한테? 이거 진짜 병신 아냐. 주먹으로 한 대 더 쳤다. 김재운이 입을 다물었다. 진짜 그랬다면 이렇게 어이가 없지는 않았을 거다. 김재운이 나한테 까불었던 이유도 고민 없이 풀렸을 테고. 그냥 맘이 편해서 붙어 다녔을 뿐이다. 입학식 때 일 이후로 당연히 날 피할 거라 생각했는데 아무렇지 않게 말을 걸어 주었다. 이홍석을 아는 사람들은 나와 이홍석을 비교하며 화를 냈고, 모르는 사람들은 그냥 내가 쓰레기라 화를 냈지만 정유현은 한 번도 그런 소리를 하지 않았다. 가끔 걷는 게 힘들어 보여 어깨나 허리를 잡아 주기는 했어도 여자로 느낀 적은 없었다.

혼내 주고 싶었다. 때리는 것보다도 아프게. 눈이 마주쳤다. 김재운이 먼저 피했다. 얼굴을 가까이 가져갔다. 순간 숨이 서로를 스쳤다. 바로 입술을 대려 했는데 솜털 같은 게 걸리적거렸다. 꼴에 수염이라고. 입을 벌리고 이를 세웠다. 그리고 턱을 물었다.

김재운이 밑에서 꿈틀거렸다. 힘도 없는 주제에 주먹으로 내 가슴팍을 쳐 댔다. 더 세게 물었다. 그러자 뜨거운 피가 입 안으로 들어왔다. 입을 떼고 고개를 들었다.

"그렇게 하고 싶었냐? 호모 새끼."

입 주변을 대강 닦았다. 김재운은 제 턱을 두 손으로 감싼 채 떨고 있었다. 그 와중에 몇 번을 들어도 짜증 나는 말이 또 나왔다.

"아니라고. 그런 거 아니야. 나는 유현이를 좋아한다고."

"그렇게 정유현이 좋냐?"

김재운이 고개를 끄덕였다. 등신.

"근데 어쩌냐. 정유현은 네가 호모 새끼라고 생각하던데."

김재운이 멍한 눈으로 날 올려다보았다.

"말도 안 돼."

"진짜."

김재운이 고개를 세차게 흔들며 아니라고 웅얼거렸다. 바닥으로 핏방울이 후드득 튀었다.

"아니긴 병신아. 내가 다 말했거든. 수학여행 때 내가 너 따먹었다고. 내가 다친 것도 네가 반항하다가 때린 거라고."

"……."

"나중엔 즐기더라고. 그 새끼 진짜 호모라고 얘기했어."

김재운의 눈에서 흘러나온 눈물이 흙과 피와 뒤엉켜 바닥으로 뚝뚝 떨어졌다. 반응이 즉각적이라 재밌다.

"그렇게 말하니까 아주 정떨어졌다고 그러더라."

"거짓말."

"진짜로. 그래서 걔가 요새 나랑도 안 놀잖아. 너 건드렸다고."

이 정도면 충분히 잘 놀았다. 일어나서 흙먼지를 털었다. 옆을 지나쳐 가는데 김재운이 온몸을 달달 떨었다. 배를 밟았다.

"할 말 끝났음 꺼져라. 나 좀 자자."

꾹 누르자 컥 소리와 함께 김재운이 침을 토해 냈다. 더럽게. 발을 들었다. 방금 전까지 내 입 속에 있던 턱을 정조준해서 걷어찼다. 반대쪽으로 확 돌아간 얼굴에서는 여전히 빨간 침들이 흘러나왔다. 김재운은 아예 엉엉 소리까지 내며 울었다.

"안 꺼질 거면 내가 꺼져 준다, 씨발아."

다시 한 번 턱을 걷어찬 다음 뒤도 돌아보지 않고 걸었다. 운동장에서는 축구가 한창이었다. 그 사이를 가로질러서 앞으로 계속 걸어 나갔다. 텁텁한 모래바람이 머리카락을 덮쳤다. 입 안에서 아직도 비릿한 맛이 났다. 침을 뱉었다. 내 입에서 나온 침도 빨간색이었다. 모래 위에 붉은 자국이 새겨졌다. 담배를 꺼내 물고 불을 붙였다.

공을 쫓아 달리던 아이들이 그 자리에 멈춰 서서 나를 보고 있는 게 느껴졌다. 뭐라 뭐라 웅성대는 소리도 들렸다. 전부 무시하고 발에 힘을 주었다. 앞을 향해 걸었다. 계속 걸었다. 그래야 할 것 같았다. 걸음마다 모래가 파였다. 발바닥과 땅바닥이 닿았다. 정확하게 붙어 있다. 정확하게 살아 있다. 나는 이곳에 있다. 그 느낌만이 나를 이 짜증 속에서 견디게 했다. 살아 있게 했다.

"이진석 이 자식!"

운동장 저쪽 구석에서 체육이 달려오고 있었다. 가운뎃손가락을 치켜들었다. 그대로 학교를 빠져나왔다.

한여름의 사과

다정의 이야기

오늘은 진짜 12시 되면 바로 자야지. 컴퓨터도 꺼야지. 눈을 깜빡일 때마다 똑같은 다짐을 되새겼다. 보충 시작 때부터 돌멩이를 얹어 둔 것처럼 무거웠던 눈꺼풀은 이제 한계에 달한 듯 사꾸 감기기만 했다. 새벽 내내 영상을 돌려 본 게 화근이다.

"종료 오 분 전입니다."

갑자기 들려온 홍석이 목소리에도 정신이 들지 않았다. 다행히 나만 조는 건 아닌 듯 여기저기서 머리를 위아래로 크게 흔들거나 아예 책상에 박는 애들이 눈에 들어왔다.

'자율 주도형 보충 학습'이라는 거창한 이름의 아침 보충에 들어오게 된 지도 오늘로 딱 두 달째다. 4월에 처음 시작할 때는 열심히 하면 누구든 수업 주도를 할 수 있고, 주도를 맡으면 봉사 활동으로도 쳐준다고 그래서 기대했는데, 주도 자리는 처음부터 한 주도 빠짐없이 홍석이의 몫이었다. 물론 홍석이를 교내 평가에서 앞지를 만한 사람은 아무도 없으니 당연한 결과였지만 그래도 저건 좀 아니지 않나 싶을 때가 많았다. 홍석이는 애들에게 뭔가를 설명하거나 시키는 데에 재주가 없었다. 문과, 이과에서 스물다섯 명씩 공부 잘한다는 애들을 골라서 데려다 놔도 맨날 졸음 판만 벌이는 게 홍석이 탓인 걸 선생님들은 왜 아무도 모를까.

'Wake up!'

밤새 봤던 신곡 뮤직비디오의 한 장면을 떠올리며 겨우겨우 잠을 떨쳐 냈다. 알렉스가 단독으로 나오는 장면이었다. 아니, 갇혀 있던 여주인공을 구해 주면서 소리칠 때였나? 어제저녁에 영상이 뜨자마자 받아서 달달 외울 만큼 봤는데. 제대로 기억나지 않는 부분이 많았다. 휴대폰에 담아 왔으니까 이따 화장실에 가서 보고 와야겠다.

"어, 이제 일 분 후에 끝납니다."

홍석이는 또 중얼거리듯이 모두에게 남은 시간을 알렸다. 거의 다 깼던 잠이 다시 몰려올 것만 같다. 내가 홍석이를 잘 몰랐다면 여태 이런 식으로 다른 애들을 재우거나 집중력을 흩뜨려서 1등을 독식한 거라고 오해했을지도 모르겠다.

난 저것보다 백배 천배는 잘할 수 있는데. 만약 주도를 맡게 되면 일단 전반부 개념 설명은 오 분 내로 간단하게 끝낼 거다. 나머지 내용은 시험지 윗부분에 적어서 나눠 주고, 진짜 핵심 문제만 몇 개 내면 애들도 더 집중할 수 있지 않을까. 조는 애들은 깨우지도 않을 거다. 내가 할 일은 그냥 종료 이십오 분 전부터 오 분마다 칠판에 남은 시간을 쓰면서 스릴감과 압박감을 주는 정도? 진짜 할 마음이 있다면 자기들이 알아서 긴장하겠지. 그리고 매주 주도를 무작위로 돌아가게 바꾸면 다들 더 열심히 하지 않을까.

여러 아이디어가 떠올랐다. 재밌을 것 같다. 여름 방학 때부터는 문과랑 이과랑 나눠서 한댔으니까 그때는 가능성이 좀 높아지지 않을까. 딱 25등 턱걸이라 주도 자리는 꿈도 못 꾸는 처지면서 괜히 기대가 되었다.

"수고하셨습니다."

홍석이가 그렇게 말하자마자 책상 위로 쓰러져 있던 애들이 하나둘 몸을 일으켰다. 얼른 앞으로 달려가 가장 먼저 시험시를 제출했다. 지루하던 아침 보충을 어찌어찌 무사히 넘겼으니, 이제 남은 건 교실 가는 길에 화장실에 들러서 영상 보는 거랑 1교시 전까지 자 두는 것뿐이다.

"배다정."

서둘러 나가려는데 홍석이가 날 불렀다. 혹시 또 시험지에 이름을 안 써서 냈나? 도로 몸을 돌려 홍석이한테 갔다. 그런데 홍석이는 엉뚱한 소리를 했다.

"교실로 바로 갈 거야?"

"응, 왜?"

"어, 그냥."

또 그냥이네. 얘는 참 착한데 그냥, 그냥 하면서 대화를 질질 끌어 대는 버릇이 있는 게 마이너스다. 속으로 홍석이에게 한숨을 백만 번 쉬어 준 다음에 뭐 때문에 그러느냐고 물어보았다.

"저기, 그러니까. 어, 교무실 좀 같이 가 달라고."

"교무실? 왜?"

뭐지? 보충 주도를 넘겨주려는 걸까? 그럴 리가 없단 걸 알면서도 순간 떠오른 그 생각을 지울 수 없었다. 당장 머릿속에서 '선생님, 저는 주도에 어울리지 않는 것 같아요. 다정이 시켜 주시면 안 될까요?'라고 말하는 홍석이의 모습이 상상되었다. 홍석이라면 그렇게 말해 줄 법도 한데. 내가 이런 일에 적격이라는 건 1학년 때 봤으니까 잘 알 거고. 상상이 풍선처럼 부풀어 올라 머리를 가득 채웠다. 그때 홍석이가 또 뜻 모를 소리를 했다.

"하고 싶은 말이 있어서."

"보충이랑 관련된 얘기야?"

처음부터 할 말을 정확히 정해서 말하면 좋을 텐데. 홍석이는 계속 우물쭈물했다. 갑갑해서 나중에 말고 지금 하라고 재촉하려 했는데, 불쑥 우리 사이로 박상우의 손이 끼어들었다.

"야, 진석이 요새 뭐 하냐?"

"어? 그, 아, 그러니까."

"됐다. 집에 있는 거면 학교나 좀 나오라고 해 줘라. 아직은 안정권인데 그래도 출석 일수 봐 가면서 빠지라고. 알았지?"

내용상 홍석이 동생 얘기를 하는 것 같았다. 두 사람의 관계에 대해 아는 애들은 별로 없지만 나는 교무실에서 들었기에 둘이 쌍둥이라는 걸 알고 있다. 이진석은 이 주 전쯤부터 아예 학교에 안 나온다고 했다. 박상우가 휙 하고 보충실에서 나가 버렸다. 전혀 상관없지만 문득 조금만 방심해도 바로 티가 나는 내 성적표가 떠올랐다. 박상우도 이진석 못지않게 싸움질하고 다니는 걸로 유명한데. 그래도 나보다 공부를 잘한다니 대단하단 생각이 들었다.

홍석이는 박상우가 자기한테 말을 걸었다는 사실에 좀 놀란 듯했다. 계속 기다려도 얘기는 않고 멍하니 앞만 보고 있어서 나도 그냥 밖으로 나왔다. 꼭 해야 하는 얘기면 쉬는 시간에 오든가 문자로 말하겠지. 어쨌든 지금 중요한 건 그런 게 아니다. 뮤직비디오! 알렉스! 계속 내 머리를 차지하고 있던 단어들을 떠올리며 화장실로 뛰어 들어갔다. 수업이 시작되려면 십 분 정도 남았으니까 두 번은 볼 수 있을 것이다. 두근대는 마음을 진정시키며 재생 버튼을 눌렀다.

잠은 오후에도 나를 놔주지 않았다. 아무리 애를 써도 정신을 차릴 수가 없었다. 이럴 줄 알았으면 쉬는 시간에 좀 자 둘걸. 영상

보고 싶은 거 좀만 참을걸. 그래도 알렉스를 실컷 봐서 기분 좋으니까 후회는 없다. 자꾸 책상과 부딪치려고 하는 머리를 일부러 뒤로 확 젖히면서, 이번이 진짜 마지막이라고 다짐하면서 잠을 털어 보았다.

"어이구, 그렇게 졸리셔?"

일 났다. 선생님한테 딱 걸렸다. 아무렇지 않은 척하려 했지만 이미 늦은 것 같았다. 선생님은 어느새 내 쪽지 시험지를 뺏어 들고 있었다.

"어디 보자. 우리 배다정 양께서 얼마나 완벽하게 풀어 놓고 맨 앞에서 그렇게 피곤하다 티를 내고 있었나. 틀렸고, 틀렸고. 또 틀렸고. 'freight'는 왜 비워 뒀어? 그리고 'altitude' 이건 스펠링이 틀렸잖아."

한마디 한마디, 박자 좋게 얼굴이 달아오르는 게 느껴졌다. 선생님이 한층 더 굳은 말투로 내게 소리를 질렀다.

"이래 놓고 잠이 오던?"

"죄송합니다."

자리에서 일어나 고개를 푹 숙였다. 선생님이 시험지를 둥글게 말아서 내 어깨를 내리쳤다. 휙? 홱? 뭐라 표현해야 좋을지 모를 사나운 소리가 내 귀를 스쳤다. 고개를 더 숙여 아래를 내려다보자 바닥에 떨어진 내 시험지가 눈에 들어왔다. 맞은 건 어깨고 얼굴은 그저 스치기만 했는데 이유 없이 볼이 따끔거렸다.

"잠 깰 때까지 뒤에 가서 서 있어."

시험지를 주워 책상에 올려놓고 뒤쪽으로 걸어갔다. 볼이 화끈거렸지만 선생님이 지켜보고 있을 테니 만져 볼 수 없었다. 맨 뒤에 서니 교실이 한눈에 들어왔다. 거의 절반이 엎드리거나 꾸벅거리며 졸고 있었다. 선생님은 이제 1, 2분단부터 차례대로 돌아보며 다른 애들의 시험지도 확인했다. 졸던 애들은 여지없이 다 뒤로 보내졌다. 잠깐 사이에 내 옆에는 다섯 명이 더 서게 되었다. 한 명씩 뒤로 보낼 때마다 선생님의 표정이 험악해지는 게 보였다.

선생님은 다시 교실 앞까지 갔다가 3, 4분단 애들도 검사하기 시작했다. 그쪽 애들은 앞 분단이 혼나는 걸 보고 서둘러 단어를 써넣은 덕에 대부분 무사통과했다. 어차피 선생님의 타깃은 한 명이었다. 또각또각. 선생님의 구두 소리가 목표를 향해 점점 다가갔다. 아이들의 시선도 다 함께 4분단 맨 뒷자리의 이수에게로 옮겨갔다.

"일어나. 수업 시간이다."

"……."

"박이수!"

쾅! 선생님의 손바닥이 이수의 책상을 세게 내리쳤다. 꽤 큰 소리였는데 이수는 꿈쩍도 안 했다.

"박이수! 일어나!"

다시 한 번 선생님이 책상을 때렸다. 거의 주먹으로 내리꽂았다고 해도 좋을 정도의 소리. 옆 반에도 들리지 않았을까. 이수도 그 소리에는 가만히 있을 수 없었는지 천천히 고개를 들었다.

"너 점점 태도 안 좋아지는 거 알지?"

이수가 고개를 까딱거렸다. 선생님이 이수의 시험지를 집어 들었다. 멀리서 봐도 백지 상태라는 게 훤했다.

"이름도 안 썼네. 문제는 안 풀어도 수업에 성의는 보여야 할 거 아냐."

선생님의 얼굴은 아까의 나만큼이나 새빨개져 있었다. 반면 이수는 선생님이 자기 앞에서 온몸을 파르르 떨며 화를 내도 꿈쩍하지 않았다.

"왜 대꾸를 안 해, 어?"

선생님이 시험지를 말아 쥐고 날 때린 것처럼 이수의 머리를 후려쳤다. 어깨 끝에 걸린 이수의 짧은 머리가 찰랑하고 흔들렸다.

"또 잘 거야?"

이수가 다시 고개를 까딱거렸다.

"정말 그럴 거야?"

고개가 또 움직였다.

"진짜로?"

이수는 지금까지보다도 크게 두 번이나 고개를 끄덕였다. 선생님은 주변을 둘러보다가 3분단 주미의 교과서를 뺏어 들더니 그대로 이수의 머리를 향해 휘둘렀다. 결 좋은 커트 머리가 다시 한 번 크게 흔들렸다.

저번에 혜리가 목표였을 땐 머리를 출석부로 맞아서 진짜 퍽 소리가 났다. 부모님이 달려오고 교육청에 전화할 거라는 둥 난리도 아니었다. 그때 정말 신고가 들어갔으면 지금 이 자리에 있지도 못할 거면서. 선생님은 한 달 사이에 그 일을 잊은 모양이다. 아니면 어차피 이수는 신고하지 않을 거고 대신 난리를 쳐 줄 사람도 없으니까 안심하고 저러는 건가. 얼마나 세게 때렸는지 주미의 영어책이 내 발 앞까지 굴러 왔다.

"이럴 거면 너도 이진석처럼 수업 시간에 들어오질 마. 학교 오지 마!"

그 말이 끝나자마자 이수는 자리에서 일어나 당연하다는 듯 교실 밖으로 나가 버렸다. 뒷문이 소리 없이 조용히 닫혔다. 교실은 더욱 조용해졌다. 또 남자 만나러 가는 거겠지. 모두가 눈짓으로 그렇게 대화하고 있었다.

선생님은 한참을 혼자 씩씩대다 교탁으로 돌아갔다. 그러고는 맨 뒤에서부터 시험지를 걷어 오라고 했다. 이수한테 화풀이한 걸로 다 끝난 줄 알았는데 아직 안심하기엔 일렀다. 시험지를 한 장 한 장 넘기며 선생님은 다시 화를 냈다.

"박이수는 박이수고, 7반 너희 진짜 너무한다. 어떻게 죄다 반타작도 못 해. 너희는 왜 그래? 단어 외워 오라고 저번 주부터 계속 말했잖아. 회화 시간에도 말했고. 100개도 아니고 200개도 아니잖

아. 고작 50개야. 그것도 교과서 본문에 있는 단어로만. 다 배운 내용이잖아. 너희가 지금 이러면 안 되지. 이제 몇 달 지나면 고3이야. 그럼 이 정도는 달달달 외워서 눈 감고도 풀 수 있어야 하는 거 아니야?"

선생님은 나와 이수를 때렸을 때처럼 팔을 크게 휘두르며 손에 들고 있던 시험지들을 다 던져 버렸다. 회색 갱지들이 한 장씩 바닥으로 떨어졌다. 아이들의 고개도 함께 바닥으로 향했다.

"졸려고 학교 오는 거 아니잖아. 5교시라 그래? 밥 먹어서 그런 거야?"

그새 긴장이 풀린 몇몇 아이들이 고개를 끄덕이며 "네."라고 했다. 쾅! 선생님이 교탁을 내리치는 소리가 고막을 흔들었다.

"유세들 떨고 있네. 너희만 밥 먹었어? 누군 굶고 왔어? 나도 밥 먹고 와서 많이 졸린데 수업 때문에 참는 거야! 똑바로들 못 앉아? 허리 펴!"

자리에 앉아 있던 아이들이 모두 몸을 쫙 폈다. 완벽한 차려 자세. 선생님은 만족스러운 표정으로 교실을 둘러본 다음 한결 누그러진 목소리로 새로운 얘기를 꺼냈다.

"좋은 얘기 하나 가르쳐 줄까? 요번 여름 방학 때 미국에 자매결연 맺은 학교에서 학생들이 놀러 올 거야. 당연히 걔들 안내해 줄 사람이 필요하겠지? 그래서 문과, 이과에서 남녀 각각 두 명씩 신청자를 받을 거야. 면접도 볼 거고. 아, 물론 면접은 다 영어로 볼 거야. 당연히 학생부에도 기록되고 뽑힌 애들은 겨울 방학 때 미국에 연수 보내 주기로 얘기가 다 됐어."

선생님의 이야기가 끝나자마자 절로 손이 올라갔다. 하고 싶다. 정말로 내가 하고 싶다. 선생님과 눈을 마주치려 애쓰며 계속 손을 들고 기다렸다. 함께 사물함 앞에 서 있던 애들이 곁눈질로 나를 봤다. 얼마나 흐른 걸까. 우리 쪽에서 흘러나오는 웅성거림에 앉아 있던 애들도 고개를 돌려 나를 보았다. 마침내 선생님의 시선도 내게로 향했다.

"다정이, 왜?"

"저, 그거 신청 언제 하나요?"

"하고 싶어서?"

"네."

선생님이 웃으며 나를 바라보았다. 아이들의 차려 자세보다도 꼿꼿이 치켜들고 있던 팔이 슬슬 저리기 시작했다.

"배다정, 손 내려. 네가 헤르미온느야? 무조건 손만 들면 다 되는 줄 알게."

그 소리를 듣고 아이들이 깔깔깔 웃어 댔다. 얼른 손을 내렸다.

"헤르미온느는 예쁘기라도 하지. 그리고 걘 영어를 잘하잖아. 넌 못하고."

사실 그렇진 않은데. 이래 봐도 덕질만 육 년 차다. 이제 영어로 된 기사는 그냥 술술 읽을 수 있는데. 외국인하고 회화는 별로 안

해 봤지만 발음도 다른 애들보단 괜찮다고 생각하는데. 또다시 얼굴이 화끈거렸다. 아까부터 저릿하던 팔은 얼굴보다 뜨거웠다.

"지금 선생님들 사이에서는 후보로 9반 조성임이 올라와 있어. 걔 발음 알지? 거기 비하면 내가 볼 때 다정이는 물론이고 7반에는 신청할 자격 되는 사람은 아무도 없는 거 같은데. 본인들은 어떻게 생각해, 7반?"

방금 전까지 흘러나오던 웃음소리들이 뚝 그쳤다. 아이들이 다시 하나둘씩 고개를 숙이기 시작했다. 아직 이런 말에 상처받을 정도로 순진한데. 다들 착한데. 다른 반이었으면 벌써 누군가가 따지거나 대들었을 텐데. 선생님은 그런 건 하나도 생각해 주지 않고 끝까지 비수를 꽂았다.

"7반 중간고사 때 꼴찌 했잖아. 벌써 잊었어?"

만약 내가 욕심을 부리지 않았으면 이런 싸늘한 분위기를 만들지 않고 넘어갔을까. 그럴 리 없지. 어차피 영어 선생님은 한번 기분이 상하면 뭐든 트집을 잡아 끝까지 달달 볶는 타입이니까. 내 탓만은 아니야. 응, 진짜 그런 건 아닐 거야. 속으로 중얼거리면서도 자꾸만 알 수 없는 죄책감이 들었다. 시선을 내리자 발끝에 닿은 주미의 영어책이 보였다. 주워다 주고 싶다. 하지만 감히 움직일 용기가 나지 않았다. 하릴없이 영어책 옆에 있던 먼지 뭉치를 건드렸다.

"오해하고 있는 거 같은데. 내가 이 얘기를 한 건 말이야, 너희한테 헛된 희망을 주려던 게 아니야. 그냥 너희가 공부를 안 해서 놓치고 있는 기회들을 알려 주고 싶어서 그런 거야. 알겠어?"

바닥 위를 비비적거리던 발을 멈췄다. 주미의 영어책은 아직도 내 발 앞에 있었다. 동글동글 말린 먼지는 잠시 후 에어컨 바람을 타고 교실 끝까지 날아가 버렸다.

바닥을 쓸면서도 영어 시간에 들은 얘기가 계속 떠올랐다. 외국에 가는 건 어릴 때부터 쭉 품어 온 꿈이다. 초등학교 때는 개학 날 학교에 가는 게 제일 싫었다. 방학 동안 해외여행을 다녀온 애들이 하루 종일 자랑하는 날이었기 때문이다. 그런 얘기를 들을 때마다 배가 아팠다. 남들은 맨날 친척 덕에 다녀온다는데 왜 나한텐 그 흔한 미국 사는 친척도 한 명 없는 걸까 원망도 많이 했다.

비행기도 못 타 봤다. 학교에서 어디 갈 때 말곤 서울을 벗어나 본 적도 없었다. 진짜 서울 촌년이었다. 딱 한 번이라도 좋으니까 어디든 가고 싶었다. 수능만 끝나면 무조건 돈을 모아서 외국에 나갈 생각이다. 어디든 상관없지만 가장 가고 싶은 곳은 당연히 미국이다. 어학연수도 가고 싶다. 최소 반년이나 일 년 정도는 거기서 지낼 테니까 알렉스를 만나러 갈 수도 있을 것이다.

청소도 대강 다 끝난 것 같아서 서둘러 가방을 챙겼다. 평소에는 청소 분단이면 끝까지 남아서 정리도 하고 갔지만 오늘은 할 일이 있었다.

"나 먼저 갈게."

반 아이들에게 손을 흔들고 바로 교무실로 달려갔다. 이대로 포기할 순 없다. 아직 면접은커녕 신청도 안 했는데 아무것도 못 한 채 처음부터 포기하긴 싫었다. 시켜만 준다면 열심히 할 자신이 있었다. 면접 대비용으로 스터디 그룹을 짠다든지, 주말에 따로 연습을 한다든지, 어떻게 준비할지 벌써 얼추 머릿속에 그려 놨다.

게다가 영어 선생님은 모르는 사실이 하나 있다. 아까 선생님이 말한 대로 우리 반 평균은 진짜 바닥을 기고 있다. 하지만 그건 하위권 애들이 말아먹어서 그런 거지 나와는 별개의 문제다. 내 영어 성적은 나쁘지 않다. 외국어라면 모의고사에서도 1등급을 놓친 적이 없었다. 그런데도 단지 7반에 속해 있단 이유로 차별당하고 싶지 않았다.

설마 벌써 퇴근한 건 아니겠지. 청소를 마치자마자 진짜 후다닥 달려온 건데. 걱정대로 영어 선생님 자리는 텅 비어 있었다. 그냥 기다릴까 하다가 바로 옆자리의 국사 선생님에게 물어보았다.

"김희란 선생님 어디 가셨어요?"

"김 선생? 5교시 끝나고 바로 갔는데?"

"오늘 딸내미네 학부모 총회라더라."

나와 국사 선생님 사이의 대화가 들렸는지 건너편에 앉아 있던 음악 선생님이 그렇게 말해 줬다. 힘이 빠졌다. 꾸벅 인사를 하고 돌아섰다. 아까 수업 끝나자마자 바로 올걸. 내일 다시 와야겠다.

영어 선생님한테 얘기할 때를 대비해서 도서관에도 들러야지. 면접 대비용으로 뭐라도 준비하고 있다는 티를 내면 좋게 봐 줄지도 모르니까.

"어, 다정아. 왜 왔어? 잘 가."

교무실 문 앞에서 담임 선생님과 마주쳤다. '안녕히 계세요.'가 맞을지 '안녕히 가세요.'가 맞을지 모르겠어서 그냥 허리만 숙여 인사했다. 영어 선생님 얘기는 하고 싶지도 않았다. 어떻게 얘기하든 돌아올 대답은 뻔하니까.

"설마 그 선생님이 너희가 미워서 일부러 그러겠어. 다 생각하시고 그러신 거야. 더 열심히 공부하라고."

마치 녹음된 걸 재생하는 것처럼 자연스레 흘러나오던 담임 선생님의 말들이 생각났다. 여기서 '그 선생님'은 특정 과목을 말하는 게 아니다. 화법일 때도 있었고, 일본어일 때도 있었다. 아니면 윤리거나 수학일 때도. 아무튼 우리 반 애들이 뭔가 억울하게 혼났거나 건의할 게 있어서 찾아가면 돌아오는 대답은 늘 똑같았다. 그러니까 우리가 '담임이 버린 반' 소리를 듣는 건데 담임은 아무것도 몰랐다.

도서관은 거의 텅 비어 있었다. 언제나 책장 구석에 앉아 있던 여자애도 오늘은 없었다. 이름도 모르는 애였지만 얼굴이 취향이라 볼 때마다 눈이 갔다. 눈매가 알렉스랑 좀 닮아서 그 애를 보면 혼자 기분이 좋아지곤 했다.

외국어 서가에는 영어 면접에 대한 책이 한 권도 없었다. 대신 수능이나 토익 관련 문제집들만 잔뜩이었다. 막막했지만 우선은 회화 교과서를 보는 수밖에 없을 듯했다.

그때 주머니에서 휴대폰이 울렸다. 곧 채팅방 열 거니까 빨리 들어오라는 연락이었다. 깜빡했다. 오늘 모여서 조공 얘기를 하자고 했는데. 나야 그냥 방향만 잡아 주는 역할이지만 그래도 빠지면 안 되겠지. 얼른 도서관 밖으로 나왔다.

오늘따라 운동장은 왜 이렇게 넓게만 느껴지는지. 교문까지 달려가는 사이 급해진 마음은 벌써 컴퓨터를 켜고 있었다.

"다정아, 안녕."

"내일 봐!"

교문을 빠져나와 버스 정류장을 지나쳤다. 마주치는 친구들에게 빠짐없이 인사하면서도 계속 달렸다. 한번 멈춰 서면, 그리고 얘기를 시작하면 끝이 없으니까 발을 멈춰선 안 되었다. 그래도 이럴 때는 집이 학교 바로 앞인 게 다행이다 싶다. 만약 이 상황에서 버스까지 기다리라고 하면 진짜 답답해 죽을 테니까.

안녕, 안녕, 내일 보자, 잘 가. 한 서른 번쯤 인사를 했더니 진짜 지쳤다. 버스 줄은 우리 아파트 입구까지 늘어져 있었다. 그리고 그 줄의 끝에 홍석이가 서 있었다. 친구랑 얘기하고 있는 것 같아서 눈이 안 마주치면 그냥 넘어가려고 했는데, 아무래도 오늘 제대로 얘길 못 들어 줬던 게 맘에 걸려서 일부러 어깨를 쳐 보았다.

"홍석아, 잘 가."

"어? 어, 다정아."

홍석이는 내가 자기에게 인사할 거라곤 생각도 못 했다는 듯 꽤 놀란 얼굴이었다. 하지만 지금 놀라야 하는 건 오히려 내 쪽이다. 홍석이 옆에는 눈매가 알렉스와 닮은 그 애가 서 있었다. 나보다 조금 큰 키에 머리 색이 꽤 연한 아이. 눈동자가 커다랗고 깊어서 왠지 분위기가 묘해 보였다.

내가 너무 빤히 쳐다본 건지 그 애가 고개를 갸웃거렸다. 홍석이랑 친구인 거겠지? 여자 친구인가? 소개시켜 달라고 할까? 무슨 말을 꺼내야 할지 망설이는 사이, 홍석이가 먼저 더듬거리며 내게 말을 꺼냈다.

"아, 저 우린 집 방향이 같아서."

"어? 뭐가?"

"아, 아니야. 근데 있잖아. 아까 하다 만 얘기. 저, 그러니까 아침에 못 했던 얘기 내일 해도 될까?"

홍석이가 그런 말을 하는 사이 여자애와 정면으로 눈이 마주쳐 버렸다. 숨이 턱 하고 막혔다. 자꾸만 끌리는 눈, 마치 나한테 말을 거는 것 같은 눈. 진짜 알렉스랑 닮았다. 가까이에서 보니까 더 닮았다. 할 수만 있으면 사진이라도 찍고 싶었다. 그런데 도서관이 아닌 어디선가 만난 적 있는 것 같았다.

아! 이제야 기억났다. 작년 축제 때 우리 반에 왔다. 다들 홍석이한테 여자 친구냐고, 배다정 보는 앞에서 바람피우는 거냐고 엉뚱한 소리들을 했는데. 어렴풋한 기억들이 서로 조각을 맞췄다.

"어? 그래, 그럼 내일 해."

"그럼 내일 보충 끝나고 얘기해. 아, 혹시 아침에 바쁘면 먼저 가도 되고. 나는 교무실 들렀다 가야 하니까."

"응? 교무실에 같이 가자는 거 아니었어?"

"아니, 그런 건 아니고. 그게……."

여전히 그 애에게서 눈을 뗄 수 없었지만, 홍석이가 하도 내 앞에 자기 얼굴을 들이밀며 말하는 바람에 여자애의 얼굴이 절반쯤 가려졌다. 교무실에 같이 가는 게 아니면 주도 넘겨주겠단 말도 아닌데, 할 얘기가 대체 뭐야. 슬쩍 짜증이 나서 고개를 옆으로 움직이자 이번에는 여자애가 손으로 입을 가린 채 킥킥대고 있는 게 보였다. 어떡해. 웃으니까 더 닮았어. 마구 소리를 지르고 싶은 걸 꾹 참고 또 참았다.

버스가 온 모양인지 줄이 조금씩 움직였다. 홍석이와 여자애도 느릿느릿 앞을 향해 걸음을 옮겼다. 여자애가 버스 쪽으로 고개를 완전히 돌린 다음에야 겨우 압도적인 시선에서도 해방되었다. 뒤늦게 정신이 들었다. 맞다, 채팅!

"다정아, 잘 가!"

홍석이가 내 뒤통수에 대고 소리를 질렀다. 쟤는 오늘따라 왜 이렇게 귀찮게 굴지. 등 뒤로 손을 흔들어 주고 집을 향해 달려갔다.

다행히 엘리베이터가 바로 와서 더는 서두르지 않아도 됐다. 방에 들어가자마자 가방을 던져두고 컴퓨터를 켰다. 느릿느릿 켜지는 윈도우 화면에 조금 가라앉았던 숨이 다시 급해지려 했다. 오빠처럼 스마트폰이면 지금 이렇게 맘 졸이지 않아도 되겠지. 그래도 노는 거에만 빠지면 안 되니까 대학 갈 때까지 휴대폰 안 바꿔 줘도 된다고 엄마 아빠한테 선언한 건 바른 선택이었다. 가끔씩 답답한 건 어쩔 수 없지만.

조금 늦기는 했어도 아직 채팅 중에 별다른 얘기는 나오지 않은 것 같았다. 내 뒤로 두어 명 정도 지각한 사람이 있어서 본론은 내가 접속하고도 한참이 지나서야 시작되었다.

대화는 지난번과 마찬가지로 좀 혼란스럽게 진행되었다. 내가 총대가 아니니 무작정 나서는 것도 아닌 듯했지만, 이대로 가다간 잡담만 하다 끝나 버릴 게 뻔했다. 그럼 또 모두가 모일 수 있는 날을 정해야 하고, 연락도 돌려야 하고, 일이 지체되기만 할 텐데. 서둘러 내가 그간 정리한 내용을 채팅창에 띄워 버렸다.

팬레터를 보내고 싶다고 한 사람은 지금까지 스물여섯 명. 편지는 프라이버시 문제도 있으니까 총대가 모아서 개봉하지 말고 그대로 큰 봉투에 넣어 보내기만 할 것. 팬아트는 다 같은 크기로 받은 후에 앨범이나 파일 같은 데에 넣어서 동봉. 단체 선물 품목은 일단 한글 도장 하나 확정. 나머지는 돈 모이는 거 봐서 다시 한 번 회의. 개별 선물은 지금까지 다섯 명이 보내겠다고 했음. 통관 문제는 더 조사.

나한테 정리벽이 있어서 다행이지, 아니면 이 카페는 제대로 굴러가지도 않았을 것이다. 진짜 초창기에 가입했으면 운영자라도 시켜 달라고 졸랐을 텐데. 단지 이 밴드를 그렇게까지 안 좋아한다는 게 흠일 뿐, 그것 말고는 진짜 잘 꾸려 나갈 자신이 있다.

분명히 서로 다른 줄 알고 골랐는데 포장지를 뜯고 나니 다 똑같았던 바람에 몇 번이나 학교에서 잘못 꺼냈던 덕질용 노트를 무릎에 올려 두고 내가 정리한 내용에 대한 모두의 반응을 기다렸다. 바로 의견들이 이어졌다.

팬아트를 보낼 때 파일에 넣으면 좀 없어 보이지 않을까? 앨범으로 할 거면 접착형이 아니라 포켓형이 좋을 것 같다. 아니, 포켓형은 오히려 빠지기 쉬우니까 접착형이 나을지도 모르겠다. 그런데 접착형이면 굳이 크기를 정해서 팬아트를 받을 필요가 없지 않을까. 접착형 중에도 포켓형처럼 한 장씩 넣게 나뉜 게 있으니 그걸 사면 된다. 그럼 일단 앨범을 사서 크기를 정한 다음에 공지하자, 등등. 난 그저 운을 뗐을 뿐인데 대화는 나름대로 착착 진행되었다.

그다음부터는 더 쉬웠다. 모두가 모일 수 있게 시간을 맞추는 건 불가능하니까 내일 당장 시간이 되는 사람들끼리 모여서 앨범을 사든 이야기를 더 해 보든 하자는 방향으로 결론이 났다. 나도 내일은 시간이 나니까 가겠다고 했다. 아마도 미성년자 회원 중에서는 나만 가는 것 같다. 다른 애들은 자세히 말 안 했지만 다들 학원 때문에 못 오는 듯했다.

총 스무 명 정도가 매달리다 보니 한번 잡담으로 흘러 버리면 대화가 중구난방이 되지만, 그래도 하겠다고 마음먹으면 사람이 많은 만큼 더 빨리빨리 잘 진행되었다. 보면 볼수록 부럽다는 생각만 들었다. 만약 알렉스도 이 밴드만큼 인기가 많고 유명했다면, 그리고 한국 팬들이 많았다면 나도 지금쯤 직접 총대 메고 뭔가 준비하고 있었을 텐데. 세상에서 제일 좋아하는 사람에게는 아무것도 못 해 주면서 연습이랍시고 다른 밴드한테 보낼 물건이나 정하고 있는 내 신세가 우습다. 그리고 무명 가수 좋아해서 어디다 쓰느냐고 오빠가 맨날 놀리던 게 떠올라서 슬프기도 했다.

그래도 언젠가는 알렉스한테 꼭 뭔가 보낼 거니까. 무명이든 말든, 우리나라에서만 그런 거니까. 편지도 계속 보내고 있으니까. 몇 년 내로 기회가 찾아올 거야. 억지로 웃으면서 축 처지려고 하는 마음을 다시 추슬렀다.

"다정아, 밥."

채팅을 마치자마자 노크 소리와 함께 엄마가 고개를 들이밀었다. 벌써 저녁 시간이 다 되었나 보다. 아빠랑 오빠도 그새 집에 왔는지 부엌 쪽에서 목소리가 들렸다. 갑자기 맡은 음식 냄새에 배가 꼬르륵 울었다. 얼른 식탁 앞에 앉자 엄마가 물었다.

"오늘 카페 회의한댔지? 잘 끝났어? 엄마가 방해한 건 아니지?"

"응, 딱 맞았어, 타이밍 굿! 아, 엄마 나 내일 신촌 가야 해. 저녁까지 먹고 올 거 같아."

"모임이야? 돈은 있지?"

"응, 있어."

"덕후 새끼."

옆에서 오빠가 또 구박을 해서 바로 발로 차 주었다. 제대로 맞았는지 오빠가 이상한 소리를 내며 발목을 붙잡았다. 크흐, 크흐. 엄마 아빠가 입을 모아 오빠가 내는 소리를 흉내 내며 나와 함께 웃었다.

그러고 보니까 카페에 잡지 번역 올려 주기로 한 게 오늘까지였는데. 밥 먹고 숙제부터 한 다음에 그걸 해야겠다. 그러고 나면 컴퓨터 켠 김에 또 영상을 틀어 보겠지. 노래도 외우게 가사도 뽑아야 하고. 결국 오늘도 12시 전에는 자기 글렀네. 그래도 내가 좋아서 하는 거고 다 나한테 도움이 되는 거니까. 내년에 3학년이 되면 알렉스 좋아하는 것도 일 년만 쉬기로 나 자신이랑 약속했다. 지금 하는 모든 게 10대의 마지막 덕질이니까, 졸린 거나 오빠한테 욕먹는 것도 나중에는 다 추억이 될 것이다.

여전히 발을 끌어안은 채 울먹이는 시늉을 하면서도 엄마가 집어 주는 스팸을 꼬박꼬박 받아먹는 오빠가 웃겼다. 역시 학교를 벗어나니까 기분이 다 풀린다. 낮 동안 우울하던 게 전부 날아가서 행복하다.

영어는 담임 다음으로 자주 보는 선생님이다. 월, 수는 영어 회화 수업, 화, 금은 영어 수업. 일주일에 네 번이나 수업이 있으니까 안달하지 않아도 금방 선생님과 만날 수 있다는 건 알았다. 그렇지만 오늘도 어제처럼 모두가 보는 앞에서 창피를 당하기는 싫었다. 그래서 그냥 수업 시작 전에 교무실로 찾아갔다. 다행히 선생님은 자리에 있었다.

"저, 선생님. 뭐 말씀드릴 게 있어서 왔는데요. 잠깐 괜찮으세요?"

"어어, 어차피 다음 시간 7반 수업이잖아. 뭔데?"

"어제 말씀하셨던 거요. 자매결연 학교. 그거 때문에 왔는데요."

"7반은 전원 자격 미달이라고 했잖아."

선생님은 서류에 시선을 고정한 채 환하게 웃었다. 너무나 태연한 그 반응에 도대체 어떻게 설득해야 좋을지 몰라서 잠깐 망설이다가 이렇게 말해 보았다.

"선생님, 전 영어도 영어 회화도 항상 성적 잘 나왔는데요."

부끄러움을 참고 한 말에 여태 눈길 한번 제대로 주지 않던 선생님이 드디어 나를 쳐다봤다.

"그건 그냥 내신이잖아."

"모의고사도 잘 봤어요. 외국어 항상 1등급인데요."

"그래서 벌써 대학 가셨어? 아니잖아. 모의고사는 모의고사고,

그런 건 제대로 된 기준이 아니지. 너 뭐 특별한 거 있어?"

제대로 된 기준? 조성임처럼 어릴 때 외국에서 살다 왔다든지 토익 같은 게 만점에 가깝다든지 해야 한다는 거겠지. 아니면 그런 게 필요 없을 정도로 특출 나게 전교 등수가 좋든가.

보기는 했지만 당당히 내놓기는 초라한 내 토익 성적표가 생각났다. 토익 말고 다른 시험도 봐 뒀으면 좀 나았을까. 입 안이 바짝바짝 말랐다. 그렇다고 내가 못난 건 진짜 아닌데. 선생님한테 미국의 알렉스 팬들이랑 영어로 자유롭게 얘기한다든지, 매주 영어로 팬레터도 써서 보내고 답장도 받아 봤다든지 하는 얘길 할 수 없으니까 아무 말도 안 하는 건데. 억울함에 가슴이 답답했다.

"넌 꼭 앉을 자리 설 자리 가리지 않고 무조건 달려들더라?"

수업 종이 울었다. 얼굴이 또 빨개진 것 같았다. 선생님이 서류철을 덮었다. 수업 따위 진짜 듣기 싫다. 아프다는 핑계로 보건실에 갈 수 있으면 좋겠다. 절대 안 될 테니 화장실이라도 들렀다 갈까. 알렉스를 보면 기분이 나아질 텐데. 처음으로 수업이라는 틀에서 벗어나고 싶다는 생각이 들었다. 정말 인생 처음으로. 선생님이 아까보다도 환하게 웃으며 나를 바라보았다.

"나보다 교실에 늦게 들어가면 무조건 결과 처리할 거야."

얼른 교무실 문을 박차고 나가서 뛰었다. 가고 싶은 방향과 반대 방향으로, 내가 갈 수밖에 없는 그곳 교실로. 달리고 달렸다. 그리고 눈물 같은 건 나지도 않았는데 꼭 한바탕 운 사람처럼 새빨개진 얼굴로 교실에 도착했다.

선생님보다 빨리 교실에 들어온 건 좋은데 문제는 그게 아니었다. 망했다. 이번에는 진짜 망했다. 어제보다 최악이다. 교과서가 없었다. 가방을 뒤져도 서랍을 다 뒤집어도 당장 필요한 영어 회화 교과서는 어디에서도 나오지 않았다. 급히 달려가서 사물함도 뒤졌지만 어제 쓴 영어 교과서만 보일 뿐이었다.

아무래도 어제 자기 전에 읽다가 침대 옆에 두고 그냥 깜빡한 모양이다. 선생님은 금방 올라올 텐데. 다른 반에 빌리러 가기는 너무 늦었다. 발을 동동 구르다가 할 수 없이 사물함 위에 굴러다니는 교과서 더미에서 영어 회화 교과서를 골라 들고 자리로 돌아갔다. 잡자마자 손에 짙은 회색 먼지가 잔뜩 묻어났다. 학기 초라 이름도 잊었지만, 전학 가는 애가 그쪽에서 쓸 교과서랑 출판사가 다르다며 버리고 간 것이었다.

먼지투성이 책을 들고 자리로 돌아와 앉는 동시에 선생님이 들어왔다. 교무실에서의 일도 있고 해서 또 창피를 주려나 했는데 선생님은 출석만 확인하고 수업을 시작했다.

"그럼 바로 수업 시작할게. 84쪽 펴."

표지를 펼치자마자 손에 묻은 것보다 훨씬 많은 먼지들이 책상 위로 우수수 쏟아졌다. 아무리 땜빵용이라지만 이건 정말 너무 더러워서 어떻게 할 수가 없었다. 게다가 어찌나 먼지가 뽀얗게 쌓였는지 정작 중요한 교과서 내용이 보이지 않았다. 결국 포기하고 책을 덮어서 바닥에 내려놓았다. 옆자리의 선경이에게 같이 좀 보자고 쿡쿡 찔렀다. 그때 불쑥 선생님이 내 이름을 불렀다.

"배다정, 너 왜 짝이랑 책을 같이 보지? 네 교과서는 어쩌고?"

"아, 제가 집에 책을 두고 와서요."

"그럼 아까까지 책상 위에 놨던 건 뭔데?"

내 쪽은 안 보고 있는 줄 알았는데. 선생님은 처음부터 다 봤던 모양이다. 어쩐지 땀이 나는 것 같다. 에어컨도 제대로 돌고 있는데 이상하게 더웠다.

"이건 사물함 위에 있던 거예요. 전학 간 애 건데 너무 더러워서요."

"책을 두고 왔으면 당연히 숙제도 안 들고 왔겠네?"

정말 땀이 나고 있는지 굵은 땀방울이 등을 타고 주르륵 흘러내렸다. 선생님이 나에게 일어나라고 손짓했다.

"네, 근데 하긴 했어요."

"당연히 하긴 했겠지."

내 입에서 튀어나온 말인데 왠지 홍석이 말투처럼 들렸다. 또 도망가고 싶어졌다. 도피처처럼 알렉스 얼굴만 떠올랐다. 미국은 지금쯤 밤이겠지. 요샌 시카고에 있다고 그랬는데 거긴 새벽 1시쯤 됐을까? 알렉스는 자고 있을까? 구해 주러 오면 좋겠다. 거짓말처럼 알렉스가 문을 쾅 열고 들어와서 선생님에게 화를 내 줬으면 좋겠다. 그런 망상이나 하고 있는 사이, 선생님은 내 바로 앞까지 다가와 있었다.

"84쪽. 본문 읽고 해석해 봐."

옆에서 선경이가 책을 내밀었다. 받아 들기도 전에 선생님이 버럭 소리부터 질렀다.

"그 책 말고. 아까 보던 책 있잖아!"

"어…… 근데 저건 너무 더러운데요."

선생님은 눈을 가늘게 뜨고 내 책상 위를 보더니, 먼지들 틈새에서 영어 교과서를 발견하고 손가락으로 가리켰다.

"영어책은 쓸데없이 왜 들고 왔니?"

"사물함에 있어서요."

선생님이 화를 못 참고 내 책상을 내리쳤다. 그 소리에 나도 모르게 움찔했다. 땀이 계속해서 등을 타고 흘러내렸다.

"그럼 영어책 펴. 영어 회화도 영어도 다 성적 좋다며. 네가 아까 교무실에서 그랬잖아. 어디 실력 좀 보자."

웬일로 그냥 넘어가나 했더니 역시나. 교무실에서의 일을 기어이 걸고넘어졌다. 주변에서 아이들이 웅성대는 게 들렸다. 별수 없이 영어책을 펼쳤다. 따로 몇 쪽을 지정해서 시키지는 않았지만, 이런 분위기에서 '몇 쪽 읽을까요?'라고 되물었다가는 혜리나 이수가 당한 것처럼 머릴 맞을 것 같아서 그냥 어제 단어 시험을 본 지문을 소리 내어 읽기 시작했다.

"Good afternoon, folks. This is Captain Jay—."

"안 들린다."

"Kidman speaking. For the next couple of—."

"개미가 기어가냐?"

목소리를 키울 때마다 나는 작아졌다. 모두가 날 보고 있었다. 얼굴이 뜨거웠다. 볼에서 나는 열이 손등에까지 느껴졌다. 여태 꾹 참고 있던 눈물이 터져 나올 것 같았다.

"minutes you'll be weightless. Go ahead……. take—."

"더 크게!"

텅! 어디선가 책 같은 게 떨어지는 소리가 나서 고개를 들었다. 처음에는 선생님이 나한테 뭔가 던진 줄 알았다. 아니었다.

"둘 다 시끄러워."

이수였다. 바닥에는 또 주미의 교과서가 뒹굴고 있었다. 아무래도 이수가 주미의 책을 교탁 쪽으로 던진 것 같았다. 선생님은 날 내버려 두고 이수 쪽으로 걸어갔다. 선경이가 눈치를 보다가 나를 잡고 자리에 앉혀 주었다. 선생님이 이수에게 소리를 질렀다.

"너 이게 뭐 하는 짓이야!"

"쟤 읽는 거 여기서도 다 들려요. 괜히 애 잡지 말라고요."

"너 이렇게 할 거면 내 수업 시간에 들어오지 말라고 분명히 말했지!"

이수가 고개를 까딱했다. 그 태도와 표정은 평소와 똑같았다. 선생님이 잔뜩 신경질을 부렸지만 이수는 더 이상 입을 열지 않았다.

나가라고, 선생님이 나가라고 몇 번이나 소리를 질러도 교실에서 나가지 않았다.

어쨌든 결과만 평가하면 수업 시간 자체는 어제보다 나았다. 진도는 하나도 못 나갔지만 선생님은 이수한테 화를 쏟아붓느라 나를 신경 쓰지 않았고, 나는 더 이상 영어책을 읽지 않아도 되었다. 하지만 기분은 엉망진창이다.

종례가 끝나자마자 교실을 나섰다. 벗어나고 싶다. 자꾸만 작아지는 기분이 들어서 일 초도 더 학교에 있고 싶지 않았다. 원래도 그랬지만 학교는 진짜 겪을 때마다 싫어졌다. 모든 게 싫었다. 숨이 막혔다.

오늘 밤에 집에 가면 유학원 같은 데를 뒤져 봐야지. 엄마 아빠도 내가 원하면 어디든 보내 주겠다고 했으니까. 나중에 내가 돈 모아서 가겠다는 고집은 잠시 꺾어 두고 한 번만, 정말 딱 한 번만 그 말에 기대자. 더러워서라도 외국 물 좀 먹고 와야지. 그러면 조성임처럼 뭘 하든 다 인정받을 수 있을 거야.

어디든 가고 싶었다. 여기만 아니면 될 것 같았다. 지금 당장은 얼른 신촌에 가서 카페 사람들이랑 만나야겠다는 생각뿐이었다. 학교 애들을 싫어하는 건 아니다. 친구들과 얘기하고 뭔가 함께 하는 건 여전히 좋아한다. 그렇지만 그런 마음과는 별개로 같이 있는 게 그저 편하진 않다고 언제나 느껴 왔다. 오늘 만나는 카페 친구들은 물론, 알렉스 소식을 찾느라 연락을 주고받게 된 외국 팬들 조차 학교 애들과는 다르다. 무슨 얘길 하든 다 통했다. 언어가 가로막을 때는 많아도 마음만은 편했다. 학교 애들과 할 수 없는 이야기도, 학교 애들이 알아주지 않을 이야기도 전부 다 말할 수 있었다. 학교에 있을 때처럼 긴장하고 눈치 보고 특별히 노력하지 않아도 금세 친해질 수 있었다. 나한테 필요한 쪽을 하나만 고르라면 나는 한순간도 망설이지 않고 학교 밖 친구들을 선택할 것이다.

그러니까 더더욱, 얼른 보고 싶었다. 오늘만은 학교 애들하고 인사도 섞기 싫었다. 그냥 나한테 가장 편한 친구들을 만나서 마구 수다 떨고 오늘 일은 다 잊어야지. 우울한 기분을 털어 낼 생각에 서둘러 복도를 걸어가고 있는데 갑자기 누가 나를 잡았다. 뒤를 돌아봤다. 홍석이였다.

"다정, 지금 바빠?"

"조금, 왜?"

얼른 학교를 벗어나야 하는데. 홍석이가 내 팔을 잡고 있어서 움직일 수 없었다.

"그, 어제부터 하겠다고 했던 얘기 있잖아."

"어? 아, 응응."

"아까 쉬는 시간에 몇 번 갔는데 그때마다 네가 없어서."

홍석이는 또 뜸을 들였다. 본론부터 빨리빨리 좀 말하지. 아니면 걸어가면서 말하든가. 답답해서 슬쩍 시계를 보는 척했다. 홍석이가 그런 내 모습에 급히 입을 열었다.

"나 너 좋아해!"

"어?"

그래서 뭐 어쩌라는 거야. 눈길이 자꾸만 내려가는 계단 쪽으로 향했다.

"그러니까 저기, 나랑 사귀자고."

뭐라고? 이거야말로 생각지도 못한 얘기였다. 머리가 띵해졌다. 깜짝 놀라 계단만 바라보던 눈을 홍석이 쪽으로 돌렸다. 홍석이는 빨개진 얼굴로 나를 쳐다보고 있었다.

"사귀자고?"

내 목소리가 꽤 컸는지 옆을 지나가던 애들이 킥킥거렸다. 홍석이는 고개를 슬쩍 끄덕이며 그렇다고 대답했다.

"아, 근데 난 네가 나한테 그 정도로 관심 있는 줄 몰랐어. 그리고 너 여자 친구 있는 줄 알았거든. 암튼 미안."

이 정도면 충분히 무례하지 않고 딱 좋은 거절 멘트 아닌가. 내가 생각해도 잘 대처한 것 같아서 뿌듯했다. 아무튼 이제 나가 보려고 걸음을 옮기는데 홍석이가 다급한 목소리로 다시 붙들었다.

"나 여자 친구 없어!"

"그래? 응, 알았어."

"혹시 정유현 때문에 그러는 거야? 유현이는 그냥 친구야."

"정유현?"

"어제 버스 정류장에서 같이 만났잖아. 네가 무진장 째려봤던 애. 집 방향이 같아서 가끔 같이 갈 때가 있거든. 네가 싫다고 하면 앞으로 안 그럴게."

아, 그 알렉스 닮은 애. 그런데 내가 걜 째려봤다고? 한참 동안 눈을 못 떼기는 했지만 그렇게 비쳤을 줄은 몰랐다.

"잠깐만. 걔 이름이 정유현이라고? 입학식 때 난리 쳤던 그 정유현?"

"아, 어. 근데 지금은 아니야. 전혀 그런 애 아니야. 잘 모를 땐 나도 무서워했는데 알고 보니까 좋은 애여서, 그래서……."

홍석이는 말을 멈추지 않고 주절주절 이야기를 이어 갔다. 뭐야, 얘기 다 끝난 거 아니었어? 왜 자꾸 질질 끌지. 유현이라는 애가 더 이상 문제를 일으키든 말든 나한텐 상관없는데. 그런데 얘기를 듣던 중, 갑자기 좋은 생각이 떠올랐다.

"그러니까 그 애가 정유현이라는 거지? 이진석이랑 같이 박이수한테 가방 던진 애. 셋이 한동안 붙어 다녔고."

"어, 어……."

역시 내 기억이 맞았다. 그렇다면 방금 떠올린 생각, 이수랑 친해지면 정유현 사진을 구할 수 있을 거라는 아이디어도 그렇게까지 비현실적인 건 아니다. 신 나서 춤이라도 추고 싶었다. 노트에다 지금 떠올린 것들을 메모해야 하는데. 카페 사람들이랑 만나기 전에 십 분이라도 혼자 고민해 봐야겠다. 마음이 급해져서 여태 날 잡고 있던 홍석이의 손을 억지로 떼어 냈다. 무언가 마음에 안 드는 듯 고개를 푹 숙이고 있던 홍석이는 내 손이 닿자 깜짝 놀랐다.

"가야 해?"

"응, 나 지금 진짜 바빠서. 미안한데 먼저 좀 갈게."

서둘러서 한 번에 두 계단씩 마구 뛰어 내려갔다. 그런데 홍석이가 내 뒤를 따라왔다. 우당탕거리는 발소리와 홍석이의 외침이 겹쳐서 울렸다.

"저기, 대답은?"

"무슨 대답?"

뒤돌아볼 여유도 없어서 그냥 나도 함께 소리를 질렀다. 주변을 지나가던 애들이 놀라서 우리 쪽을 쳐다볼 정도였지만, 지금은 그런 걸 신경 쓸 겨를이 없었다. 홍석이가 뒤에서 또 목청을 높였다.

"사귀자는 거!"

"아까 말했잖아. 그 얘긴 못 들은 걸로 할게. 미안!"

"어딜 가느라 그렇게 급한 건데!"

"학원!"

"너 주말반 다닌댔잖아!"

응? 홍석이한테는 그렇게 말했나? 언제 그랬지? 기억을 되짚어 보았지만 생각나는 게 하나도 없었다. 물론 학원에 다닌단 거짓말은 초등학교 때부터 학교 애들한테 쭉 써 왔던 거니까 홍석이가 없는 말을 가지고 우기는 건 아니겠지. 그런데 왜 하필 주말반이라고 했지? 주말에 놀자고 그랬나? 걔가 나한테 그런 적은 없던 거 같은데. 그냥 일주일 내내 가는 학원이라고 할걸. 이제 와서 이것저것 설명하는 것도 귀찮았다.

"나 학원 옮겼어!"

홍석이는 몇 번이나 내 이름을 불렀지만 못 들은 척 도망쳐 버렸다. 1층까지 쫓아오던 홍석이도 운동장에서부터는 포기한 것 같았다. 아무도 따라오지 않는다는 생각에 걸음도 조금씩 느려졌다.

그때 저 앞에 걸어가고 있는 이수가 보였다. 그 뒷모습을 보자 아까부터 머리를 꽉 채우고 있던 아이디어, 이수와 친해지기를 실행해야겠다는 생각이 들었다. 어느 정도나 친해지면 될지 아직 고민 중이었지만 어쨌든 친해지기만 하면 정유현의 사진을 얻을 가능성이 지금보다야 늘어날 테니 밑져야 본전이었다.

어제까지만 해도 막연하게 홍석이를 통해서 구할 수 없을까, 아니면 몰래 찍어 볼까 했는데. 알렉스를 닮은 그 애가 정유현이라면 어렵게 갈 필요가 없지 않은가. 이수가 아무리 무뚝뚝한 성격이라 해도 그렇게 붙어 다녔던 애랑 사진 한 장 정도는 남겼을 거고, 최소한 수학여행 때 단체 사진이 있을 테니까 그건 확실하게 구할 수 있겠지. 내일부터 실행하려 했는데 지금 이렇게 마주친 걸 보면 일단 지르고 보라는 계시인 것 같았다.

이수의 바로 뒤까지 다가가서 어깨를 툭툭 쳐 보았다. 이수가 깜짝 놀란 표정으로 나를 돌아보았다. 아까 홍석이 앞에서 처음 이 계획을 생각해 냈을 때부터 준비한 말을 꺼냈다.

"이수야, 오늘 고마웠어."

"뭐?"

"아까 영어 시간에. 덕분에 살았어. 잘 가! 내일 보자!"

이 정도면 자연스러웠겠지. 어차피 오늘은 시작일 뿐이니까. 내일은 아침에도 인사하고 쉬는 시간에도 말을 걸어야 한다. 너무 갑작스러우면 이수가 놀랄지 모르니까 급식 같이 먹자는 말은 다음 주쯤에 꺼내고.

계속 시도하면 이수와 조금씩 가까워질 수 있을 것이다. 반 애들도 지금까지는 이수를 싫어했지만 내가 같이 다니는 걸 보면 조금은 맘을 바꿀지도 모른다. 선경이를 꾀는 것도 좋을 듯했다. 이수처럼 원래 혼자 다니던 애한테는 한 명보다 여럿이 다가가는 게 효과적이니까. 나 혼자 괜히 친한 척하면 이수가 의심하고 마음을 열지 않을지도 모르니 그 부분은 조심해야 했다.

점점 구체화되는 계획에 신이 났다. 정유현 사진을 손에 넣는 데에 성공하면 당장 알렉스한테도 보내야지. 우리나라엔 이렇게 널 닮은 애도 있다고. 언제 그냥 여행도 좋으니까 한번 들르라고. 나도 언젠가 알렉스랑 같은 하늘 아래에서 같은 풍경을 볼 수 있도록 열심히 공부할 테니까 알렉스도 기회가 되면 내가 사는 곳에 한번 와 달라고.

아직 쓰지도 않은 팬레터를 벌써 한 장 가득 구상했다. 실제로 그런 내용을 쓸 수 있도록 최선을 다할 자신이 있었다. 내가 누군데. 그쯤이야 문제없다. 어제오늘 학교에서 내 어깨를 짓누르던 우울한 기분도 이 계획을 실행하다 보면 싹 없어질 것 같았다.

"다정아, 안녕."

"응, 안녕! 내일 봐!"

아까는 인사조차 하기 싫던 학교 친구들이 모두 다시 소중하게 느껴졌다. 마음이 두둥실 떠올랐다. 바닥으로 가라앉았던 자신감이 도로 머리끝까지 차올랐다. 난 할 수 있다, 아자아자! 들썩들썩 어깨를 흔들며 지하철역을 향해 힘차게 걸음을 옮겼다.

비밀, 열기

이수의 이야기

체육 시간이 찾아왔다. 일주일에 한 번씩 어김없이 찾아오는 열기의 시간. 찾아 보기도 전부터 차오른 숨에 발길이 갈 곳을 잃고 말았다. 두리번거리는 사이 교실은 어둠 속으로 잠겨 갔다.

앞문과 뒷문이 닫히고 커다란 유리창도 커튼으로 가려졌다. 교실 앞뒤 벽에 붙어 있던 패널들은 바깥과 교실을 차단하는 가림막이 되기 위해 여기저기로 옮겨지고 있었다. 시간표와 반 아이들의 생일 같은 것들을 소개한 커다란 패널들이 분주한 움직임에 따라 교실을 빙 둘러쌌다.

"야야, 앞문 아직 보이잖아."

누군가가 한 말에 그나마 비추던 한 줄기 빛마저 사라지고 교실은 순식간에 아무도 들여다볼 수 없는 커다란 탈의실로 변모했다. 아이들은 가방과 사물함을 뒤지며 체육복을 꺼내 들었다. 위로, 위로, 위로, 치마 속으로 체육복 바지가 들어가고 그걸 가려 주던 치마가 아래로, 아래로, 아래로, 바닥에 툭 하고 떨어진다. 주변을 의식하지 않는 능숙한 동작들. 모두 무방비 상태가 되어 훌러덩훌러덩 벗어 던졌다. 조끼가 책상으로 떨어지고, 남색 체육복 바지 위에서 빛나던 블라우스도 천천히 열려 갔다. 단추가 하나하나 풀릴 때마다 드러나는 속살과 그보다 옅은 색의 브래지어들.

"뭐 해?"

저 앞에서 다정이가 티셔츠 안으로 고개를 집어넣다 내게 물었다. 제대로 끼워지지 않은 팔 때문에 그대로 드러난 동그란 배. 눈을 뗄 수 없었다.

"난 화장실에서 갈아입고 올게."

간신히 그 말만 남기고 복도로 튀어나왔다. 옷 갈아입는 데 문을 왜 여느냐고 투덜대는 소리가 들렸지만 참을 수 없었다. 교실을 벗어나자 정신을 차리라는 듯 서늘한 공기가 내 얼굴을 후려쳤다. 크게 한숨을 내뱉었다. 쌓여 있던 모든 뜨거운 숨이 바닥에 닿을 듯 쏟아졌다.

"8반 애들 또 늦네."

다정이는 그렇게 중얼거리며 현관을 자꾸 돌아봤다. 우리 반은 아까부터 줄을 정확히 맞춰 서서 기다리고 있는데 옆 반 애들은 아직도 서너 명밖에 나오지 않았다.

2학년이 되면서 우리는 8반 애들과 함께 체육 수업을 들어야 했다. 남자 체육 선생님은 두 명이 있으니 한 반씩 가르칠 수 있지만 여자 체육은 한 명밖에 없어서 그렇게 됐다. 그런데 8반은 매번 지각했다. 선생님이 운동장에 나왔을 때 두 반이 다 모여 있지 않으면 그때마다 옆 반을 안 챙겼다는 이유로 우리도 깨졌다. 그러니 다정이가 계속 안절부절못하는 것도 이해가 됐다.

다정이와는 여름 방학이 시작되기 전부터 서로 얘기를 나누는 사이가 되었다. 1학기 때, 수업 시간 내내 잠도 못 자게 시끄럽게 구는 영어 선생님한테 짜증을 냈던 적이 있다. 그날부터 다정이가 고맙다며 나에게 말을 걸어 주기 시작했다. 딱히 다정이를 위한 일은 아니었는데. 그냥 내 기분이 내키는 대로 했을 뿐인데. 오랜만에 들은 고맙단 말에 나도 모르게 경계를 풀었다. 방학 때도 몇 번 만나서 놀았고, 2학기 들어서는 남들이 보고 놀랄 정도로 꽤나 가까워졌다. 그런데도 아직 뭔가 얼떨떨했다.

"아, 우리는 뭐 바보라서 맨날 일찍 나오냐고."

"오늘도 체육한테 깨지면 진짜 끝나고 다 엎어 버릴 거야. 이수야, 도와줄 거지?"

내 앞에 서 있던 선경이와 수민이가 킥킥거리며 나를 돌아보았다. 모른 척 고개를 돌렸지만 모두가 날 보고 있는 것만 같았다. 이럴 땐 대체 뭐라고 해야 하는 걸까. 아무리 고민해 보아도 알 수가 없었다.

여자애들은 늘 나에게 이런 기분을 느끼게 했다. 어떻게 말을 해야 할지, 어떤 얼굴로 봐야 할지, 내 속을 어디까지 보여 줘도 되는지 언제나 헷갈리게 했다. 그런 면에서 남자애들이 편했다. 성격이 잘 맞는다거나 얘기가 잘 통해서가 아니다. 남자애들과 있을 때는 계산할 필요가 없다. 걔들이 나에게 원하는 건 오로지 내 몸뿐이었다. 사귄다든지, 누가 먼저 고백을 해야 한다든지, 기념일을 챙긴다든지, 그런 세세한 것들은 신경 쓰지 않고 그저 즐길 수 있는 상대. 나는 남자들이 바라는 조건에 딱 맞는 사람이었고, 나 역시 아무런 생각 없이 거기에 맞춰 줄 수 있었다. 희망이나 기대 혹은 거기서부터 생겨나는 불안 등을 다 버리고 편히 대할 수 있는 건 언제나 남자들이었다.

8반 애들은 다행히 선생님이 오기 전에 전부 나왔다. 당연하지만 그 속에 유현이는 없었다. 지금쯤이면 도서관이나 옥상에 있을 게 분명하다. 작년에도 그랬으니까. 괜히 하늘을 보는 척하며 고개를 들었다. 목뒤가 당길 정도로 힘차게. 그런다고 옥상이 보일 리 없다는 걸, 그리고 유현이가 날 봐 줄 리 없단 걸 알면서도. 가을은 가을인지 하늘이 온통 파랬다. 당분간은 비가 절대 내리지 않을 것 같다. 봄여름엔 변덕스레 내린 비 덕분에 체육 시간을 교실에서 때울 때도 많았는데. 하늘로 대포라도 쏘아 올려 비가 내리게 하고 싶다. 오늘 처음으로 하늘을 보고 가장 먼저 떠올린 생각이 이런 거라니, 웃음이 나올 정도로 스스로가 한심하다.

"8반 다 왔고. 7반은? 출석부 안 줘?"

"아, 맞다! 죄송합니다. 바로 가져올게요."

체육 선생님의 말에 다정이가 화들짝 놀라며 손뼉을 쳤다. 선생님은 다정이에게 그냥 수업 중에 가져오라고만 했다. 오늘도 피구나 발야구를 시켜 놓고 체육부실에서 시간을 죽이려는 듯했다. 선생님이 움직일 때마다 귀걸이에서 반사된 빛이 눈을 아프게 했다. 햇빛은 한계를 모르고 눈부시게 빛났다.

"기준!"

한가운데 서 있던 8반 애가 손을 올리자 아이들이 양옆으로 넓게 넓게 흩어졌다. 체조가 시작되자 모두 온몸을 쭉 뻗고 발을 굴렀다. 아이들의 팔이 올라갔다 내려오고, 옆을 향했다가 빙빙 돌았다. 앞에 선 애들의 티셔츠 끝도 모든 동작을 따라 올라갔다 내려오고 비틀어지길 반복했다. 그 틈새로 조금씩 보이는 등. 또다시 열기가 올라왔다. 목 운동을 하는 척 고개를 돌렸다. 심호흡을 하면서 팔다리를 마구 움직여 열을 떨쳐 냈다. 편히 숨 쉬고 싶다. 내가 원하는 건 그것뿐인데, 늘 불가능했다.

내가 보통과 다른 점이 뭔지 정확히 알고 있었다. 다만 그걸 문제라 느끼지 않을 뿐이지, 모른 척한 적은 한 번도 없다. 아주 어릴 때부터 알았다. 난 나와 같은 사람을 좋아했다. 여자가 좋았다. 그리고 체육이 싫었다.

운동 자체를 싫어하는 건 아니다. 머리가 나쁘니 운동이라도 잘 해야지. 그런 건 굳이 남이 가르쳐 주지 않아도 혼자 터득할 수 있었다. 내가 싫어하는 건 정확히 말하면 '체육 시간'이다. 운동장에 나가기 위해 옷을 갈아입고 여기저기 뛰어다니면서 평소엔 닿지 않던 팔과 다리를 부딪치는 모든 순간. 그때마다 홀로 사막에 던져진 것처럼 괴로웠다. 숨이 막혔다. 목구멍까지 차오르는 열기를 견딜 수가 없었다. 꾹 참아 온 모든 것들이 터져 버릴 것 같아 너무 힘들었다. 마찬가지로 수영장도 목욕탕도 싫었다. 어릴 땐 아빠를 따라 남자 탈의실이나 남탕에 갈 수 있었지만 나이가 들수록 점점 내가 도망칠 장소가 사라졌다. 엄마나 언니랑 그런 데 같이 가는 것도 싫어서 언젠가부터 가족끼리 다니는 걸 꺼리게 되었다. 학교는 두말할 것도 없다. 초등학교 때는 아침부터 체육복을 입고 가면 되었는데, 중학교부터는 그럴 수 없었다. 그나마 작년까지는 남녀 합반이라 참을 만했다. 여자애들은 옷을 갈아입으러 화장실로 자릴 피했고, 난 교실에서 그냥 남자애들이랑 같이 체육복으로 갈아입었다. 그때마다 쏟아지는 시선이나 다가오는 손길 따위는 아무렇지도 않았다. 여자애들 틈에서 내가 견뎌야 하는 모든 열기에 비하면, 그런 건 정말 아무것도 아니었다.

팡! 별생각 없이 날린 공에 손바닥이 얼얼해졌다. 공은 아무도 맞추지 못하고 선을 넘어 저 멀리까지 날아갔다.

"이수야, 살살해."

선경이가 내 어깨를 치며 웃었다. 순간 움찔했을지도 모르겠다. 다정이와 함께 다니게 된 뒤로 이런 상황의 연속이다. 쭈뼛쭈뼛하면서도 다가오는 애들과 그걸 어떻게 받아들여야 할지 몰라 망설이는 나. 머리끝에서 땀이 떨어졌다. 오랜만에 공격권을 쥔 8반은 신이 나서 여기저기로 공을 던져 댔다. 패스 미스조차 없었다.

"이수, 아웃이야."

정신없이 진행되는 게임에 바로 공을 맞아 버렸다. 아프지는 않았다. 누군가가 빨리 나가라고 재촉하기 전에 얼른 건너편 외야 쪽으로 달려갔다. 맹렬한 8반의 공격에 선경이와 수민이도 연달아 아웃되었다. 두 사람은 피구보다 수다나 떨고 싶었는데 마침 잘됐단 표정으로 내 옆에 나란히 섰다. 선경이가 잠시 주변을 둘러보더니 작은 목소리로 말을 꺼냈다.

"나 오늘로 이틀째다."

뭐가 이틀째라는 거지. 여자애들 사이에서 날짜를 꺼내면 생리 얘기인 경우가 많았던 것 같아서 얼른 고개를 돌렸다. 여자반이 된 이후로 아무렇지 않게 툭툭 튀어나오는 이런 화제에 난 아직도 익숙해지지 못했다. 나도 생리를 하기는 하지만, 별로 애들과 다 같이 말하고 싶은 주제는 아니었다. 그런데 그런 게 아니었는지 수민이가 눈을 빛내며 선경이의 말에 대꾸했다.

"누구? 누구?"

"박광훈."

"14반? 이과 애? 그럴 줄 알았어. 요새 자주 얘기하더니."

"어젯밤에 사귀자고 그러더라고."

"벌써 밤에 만나고 그런 사이야?"

"아냐, 아냐. 학원 버스에서 그랬다고. 무슨 소릴 하는 거야."

선경이가 킥킥대며 수민이를 살짝 쳤다. 수민이는 선경이의 손을 잡고 한층 장난스러워진 목소리로 말했다.

"이번엔 좀 오래가라."

"알았어. 크리스마스 때까진 가 봐야지."

"전적을 봐선 전혀 안 믿기는데. 백 일 넘으면 내가 밥 쏜다."

"진짜? 진짜지? 알았어. 기억해 둔다."

"그렇다고 밥 때문에 사귀지는 말고."

바로 옆에서 아무 대꾸도 하지 않고 서 있는 게 거슬렸던 걸까. 수민이가 나를 대화에 끌어들이려고 하는 것 같았다. 자꾸만 시선이 마주쳤다.

"근데 넌 왜 맨날 며칠 사귀다 말고 하냐? 몇 주 이런 것도 아니고 진짜 며칠 단위로. 그래 갖고 진도는 많이 나가?"

"그냥, 금방 질리잖아. 그리고 할 건 다 하거든?"

"완전 웃겨."

정말 내 반응이 필요한 건지 수민이가 날 쿡쿡 찌르며 웃었다. 무의식중에 한 걸음 물러나는 내 두 발. 억지로 입꼬리를 올렸지만 어색하다는 건 누구보다도 잘 알았다. 선경이가 더 조그만 목소리로 말을 이었다.

"사실 키스 다음부터는 싫어서."

"그다음까지 나가면 좀 막장 아닌가."

"왜? 연희는 다 해 봤다던데."

"걔가? 하긴 연희네는 사귄 지 좀 됐지."

언제쯤이면 이 대화에서 벗어날 수 있을까. 다정이랑 있을 땐 이런 얘기가 안 나와서 그나마 편한데. 고개를 쭉 내밀고 공이 날아오기만을 기다렸다. 하지만 공은 우리 쪽으로 한 번도 오지 않았다. 내가 어색해하는 걸 느꼈는지 수민이가 마치 놀리듯이 또 나를 찔렀다.

"이수는 우리 얘기 들으면 아기들 같지 않아?"

"아니야."

서둘러 대꾸했지만 둘 다 전혀 믿지 않는 눈치였다. 나도 이제와서 남자랑 손도 못 잡아 봤다는 거짓말을 할 생각은 없다. 그렇다고 모든 걸 말할 생각도 없지만.

"진짜 끝까지 가 봤어?"

"아파?"

선경이와 수민이가 얼굴을 들이밀며 내게 물었다. 네 개의 눈이 나를 빤히 쳐다보고 있었다. 여기 더 있다가는 정말 내가 먼저 화를 내든가 아니면 애들이 나한테 짜증을 낼 것 같았다. 슬쩍 뒤로 돌아 교문 쪽으로 걸어갔다.

"야! 수비는!"

이제 와서 피구 열심히 하던 척해 봤자. 그냥 다 무시하고 처음부터 벤치에 앉아서 공부하고 있던 다정이에게 다가갔다.

"출석부 가지러 안 가?"

"아, 또 깜빡했다."

다정이가 펼쳐 놓았던 노트들을 들고 일어섰다. 자세히 보이지 않지만 영어 단어장인 것 같았다. 얼마 전부터 어학연수를 준비하기 시작한 다정이는 나를 따라오면서도 중얼중얼 단어를 외워 댔다. 이번 주 토요일이 1차 시험이라고 했다.

한참 수업 중이라 그런지 학교 안은 조용했다. 그리고 시원했다. 운동장에서 오랫동안 햇빛에 노출되어 있던 목덜미가 따끔거렸다. 갑작스러운 빛 차이에 다정이가 인상을 썼다.

"체육 좀 안 했으면 좋겠다. 진짜 시간 낭비 아냐? 선생님도 첨에만 좀 나와 있다가 그냥 들어가 버리고. 이럴 거면 그냥 자습시켜 주는 게 훨씬 낫잖아. 다른 학교는 다 그렇게 한다는데."

"그래?"

"2, 3학년 때는 원래 체육 같은 거 하면 안 되는데. 우리는 교육청 눈치 보느라 어쩔 수 없는 거래."

그런 건가. 다정이는 이번 학기에 반장이 됐고 그 외에도 맡은 게 많아서 항상 교무실에 들락거리니까 이것저것 들은 게 많은 듯했다. 나야 학교 사정 같은 거는 관심도 없고 잘 모르지만 그냥 그런가 보다 하고 고개를 끄덕였다. 모르는 얘기라 해도 아까 운동장에서 수민이와 선경이가 하던 얘기들보단 훨씬 나았다. 한 계단씩 올라서는 중에도 다정이의 투덜거림이 이어졌다.

"잘못하면 우리 내년에 0교시도 안 한다던데."

"그럼 늦게 와도 되니까 좋은 거 아냐?"

"그래도 3학년 때는 공부를 시켜 줘야지. 학부모 총회에서도 항의한 거 같기는 한데, 어떻게 될지는 아직 모른대. 상대가 교육청이니까. 바로 옆에 붙어서 사사건건 감시한다니까. 사실 우리 학교도 참 불쌍한 거 같아. 교장도 말만 교장이지 맘대로 할 수 있는 거 하나 없고. 누가 불만 말하면 사립으로 전학 가 버리라는 말밖엔 못 하고. 아, 나도 학기 초에 애들 다 전학 갈 때 가 버릴걸. 괜히 공립에서도 잘할 수 있다고 오기를 부렸어."

"음, 내년에는 체육 안 하면 좋겠는데."

나는 공부를 잘하는 것도 아니고 대학도 안 갈 거니까 0교시는 별 상관 없었다. 내 관심사라고는 오로지 체육 시간뿐이다. 다정이가 내 말에 빠르게 대꾸했다.

"몰라. 예체능 수업 좀 안 했으면 좋겠어, 그냥."

"어차피 넌 내년에 미국 갈 거잖아."

"그거야 붙은 다음 얘기고. 그리고 미국이 예체능은 더 많대. 그래도 우리랑은 분위기가 다르니까 충분히 그래도 돼. 거기선 뭐든

다 재밌을 거야."

다정이도 나도 서로 걸음을 재촉하지 않고 느릿느릿 걸었다. 체육 시간은 아직도 이십 분이나 남아 있으니까. 시멘트 벽에서 쏟아지는 시원한 공기가 걸음을 느리게 만들었다.

"이수, 넌 그래도 운동 좀 하잖아. 체육 좋아하는 거 아니었어?"

입을 다물었다. 말할 수 없다. 체육 시간이 다가올 때마다 내가 느끼는 감정들. 열기들. 무엇 하나 쉽게 설명할 수 없는 것들이다. 나는 잘 아는데 다른 사람은 절대 모를 이야기. 그리고 말하는 순간 내가 가진 몇 안 되는 사람들을 다 잃게 만들 이야기.

드디어 4층에 도착했다. 바로 앞에서 "2-1"이라 적힌 표지판이 바람을 타고 흔들흔들 크게 움직였다. 1, 2, 3, 4, 5, 6, 7. 차례대로 커지는 숫자들을 보며 우리 교실까지 걸어갔다. 다정이가 앞문을 열고 교실로 들어갔다. 복도에서 다정이를 기다리며 슬쩍 8반 교실을 들여다보았다. 교실은 텅 비어 있었다. 그래도 유현이의 가방은 보였다.

"가자."

출석부를 들고 나온 다정이가 갑자기 내 팔에 팔짱을 끼었다. 순간 온몸이 굳어 버렸다. 다정이가 굳은 내 얼굴을 보며 장난스럽게 웃었다.

"뭘 그렇게 놀래? 밖에 더운데 한 바퀴 쭉 돌다 나가자."

친구끼리 팔짱을 낀다는 게 이런 거였나. 제대로 걷고 있는데,

분명히 앞을 향해 가고 있는데 왠지 이상하게 느껴졌다. 꼭 같은 쪽 팔다리가 함께 움직이는 듯한 어색한 기분.

작년에 유현이와 다닐 때도 팔짱을 낀 적은 없었다. 이진석은 아무렇지 않게 유현이를 만지고 잡고 안아 댔지만 난 한 번도 그러지 못했다. 그럴 수 없었다. 다른 여자애들한테도 못 하는 걸 유현이에게 감히 할 수 있을 리가 없었다. 이진석은 싫었지만 그래도 셋이 같이 다녔던 건 잘한 짓이었다고, 지금도 그렇게 생각한다. 유현이와 둘만이었다면 난 미쳐 버렸을 테니까.

유현이가 처음으로 말을 걸어 줬던 날을 아직도 잊지 못한다. 입학식 때 크게 다친 건 아니었지만 가방이 떨어지면서 내 어깨를 스치는 바람에 일주일 정도 쉬다가 등교했다. 교실에 들어갔는데 유현이가 나에게 달려와 사과했다. 그럴 필요 없는데 이진석까지 데려와서 억지로 사과하게 했다. 정작 날 다치게 했던 가방을 던진 장본인인 이진석은 몇 번이나 내빼다가 유현이의 닦달에 겨우 "미안했다."라고 성의 없이 한마디 했다. 그 후로는 셋이 같이 다녔다. 수학여행에서 이진석을 약 올리다가 몇 대 맞고, 유현이가 아무 말도 없이 이진석과 나에게서 멀어지기 전까지. 아주 짧은 시간이었지만 우리 셋은 언제나 함께였다. 그리고 그 시간 동안 난 유현이에게 거짓말을 했다.

집착하고 싶지 않았다. 유현이와 가까워질 때마다 커져 가는 마음을 가리려고 용을 썼다. 그래도 어쩔 수 없이 차오른 마음을 더는 숨길 수 없었다. 결국 유현이를 향한 감정을 털어놓고 말았다. 다만 상대를 이진석으로 바꿔서. 항상 붙어 다니니까 내가 이진석을 좋아한다고 하면 유현이도 믿을 테고, 또 이진석과 사귀는 척이라도 하면 유현이에게 하고 싶은 말들이나 보여 주고 싶은 마음들을 전할 수 있을 것 같았다. 유현이는 내 모든 거짓말을 사실이라 믿고 같이 고민해 주었다.

"알면 꺼져, 걸레야."

유현이가 다정하게 얘길 들어 준 탓에 생각 없이 들떴다. 그리고 이진석도 남자니까 생각하는 건 뻔할 거라고, 당연히 내가 원하는 대로 반응할 거라고 믿었다. 그래서 사귀자고 했다. 그리고 그런 말을 들었다. 좋아하는 사람에게서 들었다면 정말 슬펐을 말을 난 좋아하지도 않는 사람에게서 들었다. 언제나 듣고 다니는 말인데도, 그때는 왠지 슬펐다. 유현이를 생각하며 했던 고민들과 고백이었기에 이진석의 말은 내겐 유현이에게서 들은 거나 마찬가지였다. 유현이라면 절대 저런 말을 돌려줄 리가 없단 걸 알았지만 그래도 충격이었다.

나는 내가 걸레라 불릴 만큼 헤프다고 생각하지 않는다. 남자들이 맘대로 내 몸을 만지게 한 거, 나한테는 아무것도 아니다. 왜 그 일들 때문에 그렇게 불려야 하는지 사실 이해가 되지 않았다. 찔리는 구석은 다른 곳에 있다. 여자애들 틈에 있으면 옆에 있는 사람이 누구든 긴장하고 마는 내 몸. 분명히 좋아하는 사람은 유현이뿐인데 어째서 늘 그렇게 되는지 이해할 수 없었다. 여자애들에게 눈이 갈 때마다 정말 '걸레'가 된 듯한 기분이 들었다. 그래서 유현이한테 더는 말을 걸 수 없었다. 여태 누군가를 좋아했던 것 중에 제일 많이 좋아했는데. 그리고 가장 가까이 다가가 봤는데. 그 소중한 관계를 내 욕심 때문에 망치고 싶지 않았다. 더 같이 있다가는 유현이가 나 때문에 함께 더러워질 것 같았다.

누군가를 좋아하는 일은 잘못된 게 아니다. 나한텐 이게 당연한 거다. 괜찮다. 속으로 몇 번이나 그렇게 외쳤지만 앞으로 나아갈 자신이 없었다. 나는 정당하다고 믿는 모든 감정이 유현이에게 향하면 잘못된 걸로 바뀔까 봐 겁이 났다.

8, 9, 10, 11, 12, 13, 14. 교실을 지나칠 때마다 숫자들이 계속 커졌다. 잘 쌓인 블록처럼 아이들이 교실 안에 갇혀 있었다. 교실 구경은 이 정도면 충분한 것 같다며 다정이가 내 팔을 잡아끌었다. 다시 방향을 틀어서 걸었다. 반대쪽으로 걷자 칠판과 함께 무슨 수업을 하는지도 다 보여서 아까보다 재밌었다.

처음으로 눈에 들어온 교실은 14반. 남자 이과반이다. 칠판에는 잘 모르는 기호들이 적혀 있었다. 화학 시간인가. 다정이는 그래도 1학년 때 배웠던 기억이 난다며 기호들을 읽으려고 애썼다. 나는 봐도 어차피 모르니까 애들이나 관찰했다. 몇몇 아는 얼굴들이 있었다. 다들 수업에는 집중하지 못하고 나와 눈이 마주치자 손을 흔들었다. 내 가슴을, 허리를, 다리를 스쳤던 손들이 여기저기서 흔들렸다. 그리고 그 속에 박광훈도 있었다. 신 나서 얘기하던 선경이의 얼굴이 떠올랐다.

"거기 뭐야!"

너무 오래 서 있었나. 들켰다. 선생님이 달려 나왔다. 다정이가 내 손을 붙잡고 뛰기 시작했다. 복도 가득 우리의 발소리가 울렸다. 다행히 선생님은 쫓아올 생각은 없는 듯했다. 대신에 우리의 요란한 소리에 다른 반 아이들의 시선이 쏟아졌다. 잠시 화장실로 들어가서 숨을 돌렸다.

"체육 시간에 안 한 운동 여기서 다 하네."

다정이가 웃으며 말했다. 몇 초도 안 되는 그사이에 작은 모험이라도 끝낸 것 같았다. 거친 숨을 내쉬면서도 웃음이 나왔다.

"이제 나가자."

다정이가 다시 팔짱을 꼈다. 조금은 익숙해져서 이번에는 나도 자연스럽게 팔을 내밀었다. 다정이는 교실 구경에 흥미를 잃었는지 그냥 중앙 현관으로 내려가자고 했다. 별생각 없이 따라가다 불현듯 정신이 들었다. 이쪽으로 내려가면 체육 선생님한테 들렀다가 운동장으로 갈 때 강당 근처를 지나갈 수밖에 없다. 다정이의 팔을 잡아당겼다.

"여기로는 가지 말자."

"왜?"

급한 마음에 일단 당기고 보자 다정이는 걸음을 멈추고 날 따라와 주었다. 다정이는 갑자기 다른 길로 가자고 한 이유를 알고 싶어 했다. 마치 침이라도 뱉듯 서둘러 그 이름을 말했다.

"이진석 때문에."

"이진석? 걔는 왜……."

갑자기 다정이가 하던 말을 끊었다. 그리고 손가락을 들어 8반 교실을 가리켰다. 조용히 속삭이는 목소리가 귀에 닿았다.

"저게 뭐야?"

교실 안에 누군가가 있었다. 아까와 똑같이 불도 꺼지고 커튼도 쳐진 빈 교실에서 그림자 하나가 조용히 움직이고 있었다. 교복 실루엣상 여자애가 아니라는 건 확실했다. 숨을 죽이고 지켜보는데 남자애는 한 책상 앞에 서서는 서랍 속에 손을 넣었다.

"야! 너 뭐야!"

팔짱을 푼 다정이가 8반 뒷문을 열고 소리쳤다. 그 소리에 남자애는 후다닥 앞문 쪽으로 도망쳤다. 다정이는 그 애를 바로 쫓아가려 했는데 나도 모르게 붙잡으며 말렸다. 다정이는 이해할 수 없다는 눈빛으로 날 보며 흥분한 목소리로 말했다.

"도둑인가 봐. 전에 누구 물건 없어졌다던 거 쟤 아냐? 얼굴 봤어? 몇 학년이야? 우리 학년은 맞나?"

일단은 아무 대답도 하지 않고 다정이가 활짝 연 뒷문을 닫았다. 문에 나 있는 작은 창문으로 방금 전 남자애가 손을 넣던 책상이 보였다. 예상대로, 유현이 자리였다.

"도둑 아니야. 확실해."

"응? 어떻게 알아? 혹시 아는 애야?"

말해 버릴까 하다가 그냥 관뒀다. 지금 해 줄 만한 얘기가 아니다. 다정이와는 관계도 없는 이야기고. 우리 앞에 쭉 이어진 복도를 따라 발을 내디뎠다.

"안 가르쳐 줄 거야?"

당연히 내 뒤를 따라올 거라고 생각했는데, 다정이는 불만스러운 표정을 지은 채 그대로 멈춰 서서 내 팔을 당겼다. 다른 애들처럼 이런 걸로 삐치지는 않을 거라 생각했는데. 어떻게 할까 고민하다 그냥 생각나는 대로 말을 꺼내 보았다.

"아까 하던 얘기 말인데."

내가 뭔가 말을 시작하자 굳어 있던 다정이의 눈빛이 조금 풀어졌다. "응, 뭐?" 하는 말이 평소처럼 따뜻하게 들렸다.

"걔한테 고백했어."

"방금 그 도둑한테?"

"아니, 이진석한테."

"그 얘길 지금 왜 하는데?"

다정이가 이해되지 않는다는 듯 되물었다. 개의치 않고 계속 말을 이었다.

"내가 먼저 사귀자고 했어. 그리고 걸레라는 소리를 들었어."

다정이가 입을 다물었다. 잠깐 동안 아무 말도 오가지 않았다.

우리가 입을 다물자 복도도 조용해졌다. 사이사이 다른 교실에서 흘러나오는 소리들이 희미하게 들렸다. 한참 만에 겨우 입을 연 다정이가 사과부터 했다.

"미안, 내가 오지랖이 좀 넓었나 봐."

서둘러 고개를 흔들었다. 그런 소릴 들으려고 한 말이 아니었다. 단지 대화를 이어 가고 싶었을 뿐이다. 내가 엉뚱한 말을 한 것도 알고, 다정이가 내 얘기를 이해하지 못할 거라는 것도 안다. 다만 뭐든 말하고 싶었다. 다정이가 옆으로 다가왔다.

"초등학교 때부터 늘 이랬어. 난 사실 남한테 별로 관심이 없는 편이야. 근데 다들 나보고 오지랖 넓다고 그러지. 아, 그래. 혹시 너네 학교도 그랬어? 3학년 땐가 4학년 때 따시키는 거 유행했잖아."

갑작스럽게 화제가 바뀌었지만 그냥 고개를 끄덕였다. 나도 방금 다정이한테 그런 식으로 말했으니까. 아무튼 다정이 말대로 초등학교 때 그랬던 적이 있다. 제비뽑기든 사다리 타기든, 그렇게 한 명씩 골라서 무시하고 놀았다. 어디서부터 시작됐는지 왜 그랬는지는 몰라도 그런 게 유행했다.

"우리 반은 번호순대로 돌렸어. 내 번호가 돌아오기 전까진 별 생각 없었다? 그냥 애들이 하자니까 했지. 그땐 좀 뭐든 건성건성이었던 거 같아. 근데 막상 내 순서가 되니까 기분이 확 달라지는 거야. 첫날부터 그랬어. 아무도 나한테 말을 걸지 않고 나도 아무한테도 말을 걸 수 없단 게 그렇게 기분 나쁜 일인지 그때까지는 전혀 몰랐어. 사실 예상을 못 했거든. 다른 애들 때는 나랑 달랐으니까. 다 같이 몰려가서 때리고 괴롭혔던 애도 있었고, 그동안 쌓였던 불만을 다 털어놓고 울면서 싸우고 끝난 애도 있었어. 그런데 난 그런 게 하나도 없는 거야. 때리면 맞아 줄 자신도, 불만 하나쯤 말해 주면 반성할 자신도 있었는데 일주일 내내 정말 아무도 나한테 말을 안 걸더라고. 그때 알았지. 아, 내가 그동안 정말 학교를 막 다녔구나. 존재감이라곤 하나도 없구나. 그래서 그담부터 정말 열심히 학교를 다녔어. 열심히 무시당하고 열심히 욕먹고. 모두가 날 의식하게 만들어 주려고. 잊지 않게 하려고."

무덤덤하게 들려주는 이야기가 복도 끝까지 이어졌다. 계단을 내려섰다.

"그때 습관이 됐는지 지금까지도 뭐든 열심히 하게 되더라. 뭐 왕따는 나쁘다고 착한 척하게 된 건 아니야. 그냥 괴롭힘당하는 것도, 괴롭히는 것도, 친구 만드는 것도, 친구 아닌 사람 무시하는 것도, 노는 것도, 놀지 않는 것도, 좋아하는 것도, 싫어하는 것도, 얘기 듣는 것도, 정리하는 것도, 전부 열심히 했어. 사실 별것도 아닌 게임이었는데 진짜 무서웠나 봐. 근데 요새는 그것도 좀 힘들어. 좋아하지 않는 것까지 다 열심히 해 보이는 거. 누군가의 인정을 받으려고 나를 만드는 거. 그런 게 싫단 생각이 들고 있어. 오글거리는 얘기지만 나만을 위한 나는 뒷전으로 밀린 것 같아서."

"그래도 좋은 거 같은데."

"그래?"

고개를 끄덕여 보였다. 난 누군가에게 인정받기 위해 노력한 적이 없다. 그냥 인정받지 못한 채 사는 게 더 낫다고 언제나 느꼈으니까. 그래서 나와 다른 다정이가 하는 말들은 뭐든 다 멋있게 들렸다. 다정이가 다시 팔짱을 꼈다. 계단은 이제 아주 조금 남아 있었다. 잠깐의 틈을 두고 다정이가 입을 열었다. 목소리가 그새 밝아져 있었다.

"암튼 그래서 내가 자꾸 설치는 거야. 이유도 진짜 웃기지."

"근데 너는 그 얘기 왜 하는 건데?"

"그냥? 안 좋은 얘기 들었으니까 나도 비밀 하나 말해 준 거야."

이히히. 다정이가 웃으며 손을 잡아 주었다. 함께 웃었다. 지금은 다른 어떤 말보다 그냥 같이 웃는 게 나을 것 같았다. 올라올 때보다 빠른 속도로 1층까지 내려왔다. 체육부실에 들어가기 전, 다정이가 갑자기 목소리를 낮추며 날 찔렀다.

"이번엔 체육 비밀 하나 알려 줄까? 이거 듣고 나면 체육 시간이 더 싫어질 텐데."

"괜찮아."

뭘 듣든 지금보다 싫어질 리는 없으니까. 체육부실 문이 잘 닫혀 있나 확인한 다정이가 소곤소곤 말을 이었다.

"체육이 하고 다니는 귀걸이랑 목걸이, 다 애들한테서 뺏은 거다? 수업 시간에 압수한 걸 자기가 하고 다니는 거야. 근데 더 웃긴 건 금이면 자기가 갖고 나머지는 다 버린대. 그것도 조회대 옆 하수구에. 그래서 뺏긴 애들이 매번 수업 끝나면 수위 아저씨한테 그 하수구 열어 달래서 자기 귀걸이 찾고 그러더라고."

하수구 열어 달라는 애들을 몇 번 보기는 했는데 그런 사정은 몰랐다. 역시 이런 얘기는 다정이한테서 듣는 게 재밌다. 다정이가 체육부실에 들어가 있는 사이 그런 생각을 했다. 언젠가 기회가 되면 말해 줘야겠다고. 앞으로도 얘기 많이 해 달라고. 네가 열심히 알아낸 그 얘기들, 계속 열심히 들려 달라고. 그런 거 하나도 귀찮지 않다고. 좋다고.

이진석은 자타 공인 미친놈이었다. 그리고 나는 그 미친놈을 때린 미친년이다. 입학식 때 일 때문에 사과하러 왔을 때, 아니 정확히는 사과를 시키려고 유현이가 데리고 왔을 때 내가 이진석을 때렸으니까. 모두가 말했다. 내가 유일하다고, 그 미친놈을 건드린 건 나뿐이라고. 하지만 걔들은 몰랐다. 사실 이진석을 건드린 미친 사람은 나 말고 한 명 더 있다. 그것도 년이 아니라 놈으로.

저 멀리서 엘리베이터가 열리는 게 보였다. 그 속에서 김재운이 내렸다. 하루 종일 기다리던 얼굴을 발견하고 나니 더 이상 가만히 있을 필요가 없었다. 바로 몸을 틀고 일어섰다. 등 뒤에서 내 허리를 만지고 있던 국어 선생님의 손이 떨어졌다.

"뭐야?"

"오늘은 먼저 갈게요."

고개를 돌렸다. 조용하게 '년'으로 끝나는 욕설이 들렸다. 그런 건 아무래도 상관없다. 걸음을 재촉해서 김재운을 쫓았다. 김재운은 학원 셔틀버스 정류장 쪽으로 나가고 있었다. "김재운!" 하고 불렀다. 날 돌아보긴 했지만 그대로 가려고 하길래 달려가서 팔을 잡았다. 김재운이 얼굴에 물음표를 띠고 날 돌아보았다.

"얘기 좀 하자."

"왜?"

"물어볼 게 좀 있어서."

김재운이 눈썹을 찌푸렸다. 싫다는 대답이 이어졌다. 팔을 뿌리쳤지만 더 세게 붙들었다.

"나 아까 너 봤어. 8반 교실에서."

김재운이 잔뜩 비틀어 대던 팔을 멈췄다. 더 이상 도망가지 않을 거라는 걸 알기에 나도 손에서 힘을 뺐다. 그리고 먼저 학원 밖으로 나갔다. 가는 중에 슬쩍 뒤를 돌아보니 김재운은 순순히 나를 따라오고 있었다.

버스 정류장을 지나치고 바로 옆 공원으로 갔다. 김재운이 느린 걸음으로 다가와 옆에 앉았다. 한동안 그냥 기다렸다. 바람이 미친년과 미친놈 사이로 몇 번이나 지나갔다. 애들이 떠드는 소리가 꽤 멀리 있는 것처럼 들려왔다. 잠시 후 시동 거는 소리와 함께 버스들이 모두 움직이기 시작했다. 도로에는 버스가 내뿜은 매연이 가득 찼다. 공원에는 우리 둘밖에 없었다. 버스가 전부 떠난 걸 확인하고 먼저 입을 열었다.

"유현이 자리엔 왜 간 거야?"

"대답해야 돼?"

옅은 불빛 아래, 날 노려보는 눈빛이 빛났다. 김재운 말이 옳다. 김재운이 유현이네 반에 가는 걸 봤다고 해서 나에게 그걸 추궁할 자격이 생긴 건 아니니까. 무슨 말부터 꺼낼까 하다 가장 먼저 눈에 들어온 턱의 흉터에 대해 물었다.

"이진석이지?"

정답이었는지 김재운이 내 눈을 피했다. 다정이만큼 학교 소식을 잘 알지는 못해도 김재운과 이진석이 올해 같은 반이 되었단 건 알고 있다. 그러니 이 정도는 특별한 추리도 아니었다. 물론 이진석이 패고 다니는 사람이 김재운만은 아닐 테고, 김재운을 놀리는 게 이진석만은 아니겠지만, 그래도 이렇게 눈에 보이는 흔적을 남길 만한 사람은 이진석밖에 없다.

"유현이 책상은 왜 뒤진 건데?"

내 질문에 김재운은 얼굴을 다시 들고 고개를 흔들었다. 뒤진 게 아니라고, 편지를 넣어 두러 간 거라는 설명이 이어졌다.

"편지? 교환 일기 같은 거야?"

"아니, 그럴 리가 없잖아. 유현이는 나 싫어하는데……."

거짓말. 듣자마자 떠올린 단어다. 유현이는 정말 자주 이 아이 얘기를 했다. 재운이가, 재운이는, 재운이랑……. 하루도 빠짐없이 얘기했다. 질식할 정도로, 괴로울 정도로, 질투가 날 정도로.

"그래도 갈 때마다 보면 그 전에 넣어 둔 게 없어져 있으니까, 유현이가 받아 주기는 하는 거 같아. 그냥 버리는 걸 수도 있지만."

"뭘 쓰는데?"

"아무거나. 일기 같은 거야. 집에서 있던 일, 학교에서 있던 일. 예전이면 같이 걸어가면서 말하면 되는데 이젠 못 하니까. 너랑 이진석 때문에."

모든 게 희미한 가운데 김재운의 동그란 눈만이 빛나고 있었다. 수학여행 때 본 것과 같다. 그날 김재운은 이진석을 때렸다. 이진석이 그렇게 맞고만 있는 건 처음이었다. 유현이한테 말하려다 이진석 때문에 못 했으니 그 일은 아직까지도 나와 이진석 그리고 김재운, 오로지 우리 셋만이 아는 비밀로 남아 있었다.

나는 김재운이 내 탓을 한다고 해서 울컥할 정도로 멍청하지 않다. 두 눈을 피하지 않고 그대로 마주 보자 김재운은 한숨을 푹 내쉬었다.

"사실은 이진석 때문에 쓰기 시작한 거야. 이진석이 유현이한테 내가 게이라고 했대. 그리고 자기랑 잤다고까지."

김재운은 괴로운지 입에 힘을 주었다. 김재운의 손등을 감싸 쥐었다. 말이 이어질 때마다 내 손으로 떨림이 전해졌다.

"아니라고 말하고 싶어. 그런 일 없었다고. 그리고 나, 애들이 놀리는 것처럼 게이 아니라고. 동네방네 떠들고 다닐 수 없으니까 가만히 있지만 그렇다고 맞는단 소리는 아니잖아."

문득 나를 걸레라 부르던 아이들의 얼굴이 떠올랐다. 이상한 애라 손가락질하고 뒤에서 수군대던 애들도 함께 떠올랐다. 언제나 가만히 듣고만 있었다. 아무렇지 않은 건 아닌데 내 생각과 마음을 감추는 데에 익숙해져서 아무 말도 할 수 없었다. 잔뜩 떨고 있는 김재운의 손을 들어 내 등 뒤로 돌렸다. 그리고 몸을 당겨서 끌어안았다. 김재운의 턱이 어깨에 닿았다.

"난 정말 유현이를 좋아하는데. 어릴 때부터 그랬는데. 다른 애들이야 상관없지만, 그래도 이렇게 오해받는 건 너무하잖아."

"그래, 알아."

"아직 고백도 못 했는데. 유현이가 오해하고 있을까 봐 아무 말도 못 하겠어."

한마디 한마디, 모든 게 다 내 얘기 같다. 다가가지 못하고 맴돌기만 하는 모습이 그저 나였다. 등을 토닥이는 손바닥 가득 김재운의 따뜻한 체온이 퍼졌다. 떨림이 잦아들어서 얼굴을 떼고 김재운을 보았다.

"만약 유현이가 진짜 그런 말들을 믿고 있다면 난 죽을 거야."

김재운은 주먹을 꽉 쥐며 그렇게 중얼거렸다. 그래, 나도 그렇게 생각해. 네 맘 이해해. 등을 토닥이던 손을 앞으로 가져와 김재운의 턱을 잡았다. 흉터가 손끝에 닿았다. 달래 주고 싶다. 좋다, 괜찮다, 다 잘될 거다. 그렇게 말해 주고 싶다. 어쩌면 나 자신에게 가장 들려주고 싶은 건지도 모를 말들. 그 말들을 중얼거리며 얼굴을 가까이 가져가자 김재운이 움찔거리며 목을 뒤로 뺐다.

"잠깐만."

바로 앞까지 다가간 내 턱을 밀어내는 김재운의 손. 미는 대로 밀려 주자 김재운은 내가 이미 잘 알고 있는 사실을 말하며 날 막았다.

"나 유현이 좋아한다니까."

"그래, 나도야."

턱을 가로막은 손을 치우고 바로 입을 맞췄다. 또 밀어내려 해서 손목을 붙들었다. 김재운이 몸부림치는 통에 코가 몇 번이나 부딪쳤다. 김재운과 내 숨이 얼굴 사이에서 뒤엉켰다. 나름의 저항인 듯, 김재운의 송곳니가 자꾸 나를 찔렀지만 멈출 수 없었다. 그냥 이렇게 해 주고 싶었다. 이게 내가 할 줄 아는 유일한 위로니까.

메마른 바람이 다시 한 번 우리 사이를 지나갔다. 미친년과 미친놈 사이로, 같은 사람한테 미친 우리 둘 사이로. 바짝 마른 바람이 멈추지 않았다.

예상대로 보름 동안 비는 한 번도 내리지 않았다. 운동장 모래가 누렇게 공기를 채웠지만 하늘은 여느 때보다 시퍼렜다. 이런 날 기어이 운동회를 하다니. 쨍쨍한 햇빛 아래 아이들의 피부가 비명을 지르며 이글이글 타들어 갔다. 그래도 이제 다 끝났으니까 다행이다. 운동장은 집으로 가려고 빠져나가는 행렬이 가득했다. 우리 반은 뒷정리가 조금 늦어져서 집에 가려면 아직 멀었다. 작년이었다면 절대 하지 않았겠지만 다정이가 고생하는 게 싫어서 나도 허리를 숙이고 쓰레기를 주워 담았다. 그때 조회대 쪽에 다녀온 다정이가 커다란 박스를 앞에 내려놓았다.

"다들 오늘 응원전 진짜 수고 많았어. 이거 내가 쏘는 거니까 하나씩 가져가!"

캔 음료가 하나씩 뒤로 전달되었다. 손바닥 가득 퍼지는 차가운 기운이 기분 좋았다. 음료수를 다 나눠 준 다정이가 내 옆으로 다가왔다.

"이제 운동회도 끝났다!"

즐거운 외침이 듣기에도 개운했다. 다정이는 지난 몇 주 동안 운동회 응원전 때문에 정신없이 뛰어다녔다. 수고했다는 말을 하기에는 조금 쑥스러워 그저 음료수를 들어 보이며 웃었다. 다정이가 빠르게 음료수를 한 모금 들이켜더니 불쑥 얘기를 꺼냈다.

"나, 시험 붙었다?"

"진짜? 축하해."

짧은 인사를 먼저 건네고 용기를 내어 다정이의 어깨를 토닥였다. 요새 스스로도 놀랄 만큼 이런 자연스러운 스킨십에 익숙해지고 있었다. 다정이한테만이지만 자꾸자꾸 연습할수록 더 편해졌다. 그런데 다정이의 반응이 이상했다. 당연히 고맙다며 웃을 줄 알았는데 눈꼬리가 축 처지며 울 것 같은 표정이 되어서는 나를 바라보았다.

"근데 못 가. 추천서 때문에. 그거 없으면 못 간단 말이야. 알면서, 다 알면서도 추천서를 안 써 주겠대."

"누가?"

"영어가. 다른 서류들은 다 준비됐는데. 학교 영어 교사 추천서만 있으면 최종 승인 나는데 영어가 안 써 주겠대. 써 달라고, 제발 써 달라고 정말 사정사정을 했는데. 근데도 안 된대. 자기 이름이 걸린 일이라서 함부로 써 줄 수가 없대."

"그럼 이제 어떡해?"

"못 가는 거지, 그냥. 여기 계속 처박혀 살아야지."

손에 힘을 주고 다정이의 어깨를 꼭 안았다. 다정이는 나에게 기댄 채 음료수를 마시면서 계속 말했다.

"열심히 했는데. 정말 나 열심히 준비했잖아. 하고 싶은 거, 놀고 싶은 거 다 접고. 학교에 잘 보이려고 성적도 올리고. 학생회 일이든 행사든 진짜 많이 했잖아."

"알아."

"근데 지금처럼 아무것도 할 수 없을 때엔 뭘 어떡해야 할지 정말 모르겠어."

다정이가 고개를 숙이고 눈물을 뚝뚝 흘렸다. 모래 위로 떨어진 굵은 눈물방울들이 동그랗게 땅을 적셨다. 아무리 스킨십이 편해졌다 해도 김재운이나 다른 놈들 달랠 때처럼 입술을 들이댈 수도 없고. 답답한 마음에 생각나는 대로 아무렇게나 말을 뱉었다. 평소의 나라면 절대 하지 않을 말을.

"내가 교무실 엎어 줄까?"

입술을 악물고 우는 소리를 내지 않으려 애쓰던 다정이가 고개를 획 돌려 휘둥그레진 눈으로 나를 보았다. 웃는 듯 마는 듯한 묘한 표정으로 잠깐 동안 말이 없었다. 이윽고 입을 잔뜩 찡그리며 내게 말했다.

"아냐, 엎어도 내가 엎을 거니까. 그런 말 하지 마."

다정이가 고개를 높이 들고 눈물을 털어 냈다. 여전히 힘주어 물고 있는 입술이 새빨갰다. 뭔가 생각할 게 많아 보여서 그냥 혼자 둘까 하고 한 걸음 물러서는데, 다정이가 입을 열었다.

"나도 이제 맘대로 할 거야. 하고 싶은 대로 다 할 거야. 영어가 심부름시켜도 성적이랑 관계없으면 안 할 거고. 더 이상 학교에 잘 보이려고 노력하지도 않을 거야."

"그래도 돼?"

이번엔 내가 놀랐다. 표정을 보니 진심인 것 같았다. 다정이는 내 질문에 대답하지 않았다. 대신 평소처럼 웃으며 내 손을 잡아당길 뿐이었다. 눈은 아직도 빨갰지만 표정은 그 어느 때보다 평온해 보였다.

문득 이제야 다정이랑 같이 있을 때 마음이 편해지는 이유를 알 것 같았다. 근거는 없지만 만약 내가 비밀을 털어놓는다 해도 다정이라면 그냥 받아들여 줄 것이라는 생각이 들었다. 정확히 설명하긴 어렵지만 내가 다정이에게 느끼는 감정이 뭔지도 알 것 같았다. 왜 다른 애들 앞에서는 긴장하면서 다정이에게는 경계를 풀 수 있었는지 이제야 알았다. 결론을 얻자마자 가장 먼저 떠오른 말을 입 밖으로 내보냈다.

"오늘 우리 집에 놀러 올래?"

"응? 집 더럽다고 안 된다며."

"괜찮아. 전에 내 앨범 보고 싶다고 했잖아. 보여 줄게."

다정이가 일방적으로 잡고 있던 내 손에 힘을 주어 깍지를 끼며 웃었다. 서로 맞닿은 손 사이에서 긴장이나 불안 따위는 느껴지지 않았다. 열기도 사라지고 없다. 친구니까. 손을 잡고 살이 닿아도 하나도 무섭지 않았다. 정답은 처음부터 알고 있었는데. 멀리 돌아왔다.

"그럼 갈까? 괜찮은 사진 있나 찾아봐야겠다. 축제 때 사진 전시 할 거거든. 여태 찍은 행사 사진 다 내놓을 거야. 1학년 때 것부터 쫙. 다들 놀라게 만들 거야. 해 주는 것도 없는 이런 학교를 내가 얼마나 멋있게 찍어 놨는지 한번 보라고 말이야. 진짜 두고 보라고."

운동장을 뒤로하고 계단을 올라 교실로 향했다. 다정이는 언제

울었느냐는 듯이 환하게 웃으며 걷고 있었다. 걸음을 맞춰 하나둘 앞으로 나아가는 우리의 발. 그리고 내 옆에 있는 난생처음 사귄 친구, 배다정.

다정이와 친구가 되길 잘했단 생각이 들었다. 그리고 그런 다정이와 함께 걸을 수 있는 나도 조금은 괜찮은 사람 같다는 용기가 났다. 물론 당장 내 비밀을 말할 용기까진 없다. 그래도 다정이라면, 망설임 없이 앞을 향해 쭉쭉 나아가는 다정이라면 비밀을 알게 되어도 계속 우리의 우정을 지키기 위한 자신만의 방법을 찾아내서 내게 알려 줄 거라는 생각이 들었다. 그 기대만으로 충분하다. 아직 기대를 품을 수 있다는 것만으로도 기쁘다.

한 걸음 한 걸음, 오늘도 찾아온 옷 갈아입는 시간을 향해 올라간다. 오늘도 난 시선을 어디에 둘지 몰라 하고 당황하겠지. 그래도 전처럼 무섭지는 않을 것이다. 여차하면 다정이 손을 잡고 화장실로 도망가 버리면 되니까. 나한테는 친구가 있다. 그러니까 다 괜찮다.

막무가내와 작심삼일

재운의 이야기

To. 유현

안녕, 3학년이 되고는 처음 쓰는 편지네. 올해 처음이기도 하고. 늦었지만 새해 복 많이 받아. 외할머니 댁에는 잘 갔다 왔어? 한 달 넘게 있다 온 거지? 그래도 방학 내내 기분 전환도 하고 좋았겠다.

이번 반은 어떤 거 같아? 9반이지? 난 1반. 그리고 내일부터 야자 하려고. 독서실 다닐까 학원 바꿀까 고민했는데 야자가 젤 싸니까 일단은. 학원은 나중에 성적 안 나오는 과목만 들으려고. 아, 그래. 이 얘기를 안 썼지. 우리 학원 문 닫았어. 그것도 1월 1일 되자마자 갑자기. 그래서 방학 때는 학교 보충 들었어. 학원은 왜 그렇게 된 건지 잘 모르겠는데 엄마 말로는 국어 선생님이랑 사회 선생님이 학생하고 원조 교제를 했대. 그래서 부인들이 교실에 쳐들어오고 난리였나 봐.

진짜지 몰라도 좀 그렇지.

학교가 너무 오랜만이라 낯설거나 하진 않아? 아, 맞다. 책 훔치는 애 있잖아. 작년부터 유명한 도둑. 걔 아직도 못 잡았대. 너도 가방 조심해. 도서관 갈 때 중요한 거는 다 가져가고. 공부 잘하는 애들 것만 가져간다니까 나야 괜찮겠

"뭐 하냐?"

깜짝이야. 심장 떨어지는 줄 알았다. 혀끝에 걸려 있던 튀김옷이 기침과 함께 편지지 위로 떨어졌다. 바로 털어 냈지만 이미 스민 얼룩은 어쩔 수 없었다. 일단 주머니에 편지를 쑤셔 넣고 물을 들이켰다. 그런데 사레가 제대로 걸렸는지 캑캑거림이 쉬이 멈추지 않았다. 그러거나 말거나, 날 놀랜 엄마는 쿵쿵거리며 집 안 여기저기에 짐을 던져두고 있었다.

"늦는다며."

"12시면 늦은 거지. 근데 뭐 하냐니까."

"보면 몰라. 튀김 먹고 있잖아."

아침부터 하도 늦게 들어올 거라 선전을 해 대서 새벽에나 들어올 줄 알았는데. 식탁 유리에까지 묻은 기름을 지우려고 빡빡 문지르는 사이 엄마가 옷을 갈아입고 부엌으로 돌아왔다. 백화점 사람들이랑 놀다 온댔으니까 배가 고픈 건 아닐 테고. 뭘 차려 줘야 하나 말아야 하나 고민되어 가만히 앉아 있는데 엄마는 냉장고에서 뭔가를 꺼내더니 전자레인지에 돌리기 시작했다.

"뭐 먹게?"

디링디리잉. 전자레인지가 겉모습만큼 낡은 소리를 내며 내 말소리를 가렸다. 그냥 방에 들어가려고 몸을 일으키는데, 식탁에 턱하고 새 접시가 놓였다. 튀김이었다.

"더 먹어라."

"나? 다 먹었는데?"

"그거 먹고 배가 차냐."

손을 휘저으며 안 먹겠다는 의사를 확실히 밝혔지만 엄마는 포기하지 않고 접시를 내 쪽으로 밀었다.

"안 먹는다고. 나 살 뺄 거야."

"공부하면서 살을 어떻게 빼냐. 엄만 일하면서도 안 빠지는데. 그리고 지금이 딱 좋아. 전에는 삐쩍 말라 갖고 보기 싫었어."

"내 몸은 엄마 보기 좋으라고 있는 게 아닌네요."

그렇게 실랑이를 벌이고 있는데 현관문 열리는 소리와 함께 뭔가 넘어지는 소리가 났다. 등장이 엄마보다 요란한 게 누나가 분명하다. 사실 아빠는 방에서 자고 있으니 누나 말고 달리 올 사람도 없고.

"김재경이, 또 마셨냐."

엄마가 고개를 내밀고 누나에게 말을 걸었다. 앉은 자리에서는 누나가 안 보여서 엄마 옆으로 가 보니 정말 가관이었다. 눈도 못 뜨고 현관에 엎어져서 가방 속의 짐을 전부 바닥에 던지고 있는 꼴이라니. 취하면 다 저렇게 되는 건가. 엄마는 잽싸게 현관으로 달려가 누나의 등을 마구 쳤다.

"얼마나 마신 거야. 누구랑 마셨어? 지갑은 잘 챙기고 다니냐? 엉? 김재경이."

"아, 엄마아아아. 흔들지 마. 토 나와."

"차라리 토해라. 세수도 좀 하고."

그 소리에 하나 먹어 볼까 하고 집어 들었던 고구마튀김을 얼른 내려놓았다. 엄마는 눈이 반쯤 풀린 누나를 화장실로 밀어 넣고 다시 식탁으로 돌아왔다. 그러고는 바로 투덜투덜 이어지는 누나 흉.

"저놈의 기지배는 도둑이야, 등록금 도둑. 맨날 술이나 처먹고 동네 시끄럽게 다니고. 그러곤 멀쩡히 학교 보내 놨더니 무슨 또 휴학을 한대."

"누나 휴학해?"

"그래, 그것도 돈 벌려고가 아니라 돈지랄하려고. 무슨 학원을 세 개나 다니겠댄다. 그럼 지가 벌어서 다닐 것이지. 아직도 정신 차리려면 멀었어. 지 동생이 고3인데 생각이 저렇게 없을까. 야, 김재운이. 너 등록금 못 내주면 그거 다 잘난 누나 탓이다."

다행히도 화장실에서는 씻는 소리밖에 들리지 않았다. 만약 누나가 엄마 말을 들었다면 평소처럼 소리 지르고 싸우고 난리도 아니겠지. 한밤중에 싸우는 거야말로 동네 망신이다.

"너 학원 못 보내 주는 것도 다 저 잘나신 대학생 누나 년 때문이니까, 나중에 돈 필요하면 재한테 받아라. 엄마는 없다."

"엄마, 나중에 나한테도 등록금 도둑이라 부를 거야?"

"몰라. 하는 짓 보고."

"뭐야, 그게. 대학 안 가야지."

순간 눈에 별이 핑 돌았다. 잠깐 동안 뭔가 크고 두꺼운 게 내 머리를 강타했다는 것 말고는 아무 생각도 들지 않았다. 정신을 차려 보니 엄마가 씩씩대며 날 노려보고 있었다.

"왜 때려. 아프잖아."

"말 같지도 않은 소릴 하니까 그러지."

엄마는 날 때렸던 손으로 고구마튀김을 집어 들고 우걱우걱 씹어 먹기 시작했다. 턱이 움직일 때마다 날 보는 시선은 더 따가워져 갔다.

"하노 누나 땜에 힘들다 죽겠다 그러니까 그런 거야. 뭐 그렇게 화를 내."

"수능도 안 본 놈이 그딴 소릴 하냐. 아주 잘났다, 잘났어. 대학 안 가고 어떻게 먹고살 건데."

"누나도 대학이 밥 먹여 주는 거 아니라고 맨날 그러고……."

우물쭈물 대답했지만 내 말이 우습게 들렸으리라는 건 잘 알았다. 아니나 다를까 엄마에겐 씨알도 안 먹혔다.

"지 누나 노는 꼴을 보면서 난 저러지 말아야지 하고 배우지는 못할망정. 안 가야지가 뭐야, 안 가야지가."

"아, 잘못했어. 내가 다 잘못했습니다."

얘기가 길어졌다가는 밤새 혼날지도 모른다. 때마침 누나가 화장실에서 나온 덕에 엄마는 더 화를 내지 않았다. 누나는 씻고 정신을 좀 차린 모양이었다. 아까와는 달리 멀쩡한 걸음으로 식탁까지 걸어와선 대뜸 성질을 부렸다.

"뭐야. 누가 내 튀김 다 먹으래."

"가족끼리 니 거 내 거가 어딨어."

"내가 내 돈 주고 샀으면 내 거지. 아, 진짜."

누나가 달랑 두 개 남은 새우튀김과 나와 엄마를 번갈아 노려봤다. 난 누나가 싫어하는 야채튀김밖에 안 먹었는데. 그것도 엄마 오기 전에. 억울했다. 누나는 화장실에서 우리 얘기의 후반부만 들은 듯 내 어깨를 툭 치며 말했다.

"근데 너 대학 안 간다고?"

"아냐, 그런 말 안 했어."

"하긴 안 가는 게 아니라 못 가는 거겠지."

누나는 냉장고에서 꺼내 온 물을 벌컥벌컥 들이켜며 날 놀렸다. 엄마가 아까 자기 흉본 거는 못 들었으면서. 확 다 말해 버릴까 하다가 집안의 평화를 위해 관뒀다. 엄마는 누나의 말에 멈췄던 잔소리를 다시 시작했다.

"니들 뒷바라지도 좀 때려치우고 싶은데 김재운이 하는 꼴을 보니 아직 멀었나 보다. 얼른 둘 다 취직하고 시집 장가를 가야 내가 좀 살지, 아휴."

"우리가 뭘 어쨌다고. 궁상이야, 궁상은."

누나는 몇 개 안 남은 튀김을 급히 입에 쑤셔 넣으며 항변했다. 나도 지금만은 누나 말이 옳다고 생각한다. 고개를 끄덕이며 함께 엄마를 쳐다보았다.

"어쩌긴, 엉망이지. 내가 자식들한테 여태 투자한 게 얼만데. 지금 돌아오는 거 하나라도 있냐?"

"우리가 무슨 엄마 보험이야?"

"그러엄, 안 그러면 자식을 왜 낳냐?"

띵. 아까 맞았을 때보다도 머리가 아프다. 누나도 나랑 같은 심정인지 한참 말을 잇지 못했다.

"내가 니들 땜에 느이 아빠랑 같이 살아 주고 있는 거야. 이렇게 희생한 엄마한테 아무것도 안 해 주면 진짜 불효자식들이다."

"뭐래. 헤어져라. 아무도 안 말려."

누나는 큰 소리로 짜증을 냈다. 그런데 나는 좀 황당하긴 했지만 엄마에게 화가 나지는 않았다. 오히려 엄마가 측은하기만 했다. 이럴 거면 낳지를 말지. 아니면 세상에 나오기 전에 미리 알려 주던가. 엄마는 왜 하필이면 고르고 골라도 나 같은 놈으로 보험을 든 걸까. 난 성공해도 엄마랑 살 맘 없는데.

"난 나중에 유현이랑 결혼해서 이모 모시고 살 거야."

엄마가 조금이라도 현실을 바로 봤으면 하는 맘에 일부러 그런 소릴 했다. 자식 믿어 봐야 소용없다고, 그러니까 일단 지금 지지 표를 얻어 두라고. 그런데 눈치 없는 누나가 끼어들어서는 대화를 이상하게 끌고 갔다.

"내가 유현이면 너 같은 등신하곤 결혼 안 함."

"그래, 내 아들이지만 유현이랑은 안 어울리지. 그리고 유현이 같은 며느리, 난 싫다."

엄마까지도 누나의 말에 동조하며 갑자기 판세가 바뀌어 버렸다. 두 사람은 평소에 날 어떻게 보고 있던 걸까. 내가 당황한 줄도 모르고 엄마와 누나는 아예 화제를 유현이 얘기로 돌려서 실컷 떠들어 댔다.

"그래, 유현이네도 드디어 도장 찍었다더라."

"그럼 유현이도 괜찮아지는 거야? 하긴 요새 보면 예전보다 나아졌던데."

"모르지. 그게 뭐 호적 정리한다고 잊을 수 있는 일이냐."

"나 초등학생 때였지? 유현이 유치원 다닐 때던가?"

"네 살인가, 다섯 살인가. 짐승만도 못한 놈이야, 아휴."

"고소는 안 했지?"

"못했지. 어디 사는지도 몰랐는데 어떻게 해. 이혼도 이제야 했는데."

"암튼 그 아저씨 못 본 지도 십 년이 넘었네."

"아저씨? 누구 얘기야?"

무슨 얘기인지 도무지 따라갈 수가 없었다. 엄마랑 누나는 동시에 "누구긴 누구야, 유현이 아빠지!" 하고 소리쳤다.

"유현이한테 아빠가 있어?"

"그럼 유현이네 엄마가 혼자 애를 만들었겠냐?"

엄마와 누나는 이제 나에게 참 딱하다는 눈빛을 보냈다. 난 유현이한테서 아빠 얘기를 들은 적이 없으니까 물어본 건데. 괜히 민망해져서 주머니 속에 넣어 둔 이번 주 편지를 마무리하려고 자리에서 일어났다.

"김재운이."

엄마가 또 튀김을 들이밀었다. 하나 남은 새우튀김이다. 누나가 째려보고 있었지만 튀김이 코끝에 닿을 정도로 다가와서 받아먹는 수밖에 없었다. 내가 입을 오물거릴 때마다 엄마의 눈빛에는 흐뭇함이 더해졌다. 미래의 대출 창구, 요양원, 병원, 장기 보관소를 바라보는 듯한 눈빛.

"꼭꼭 씹어 먹고. 팍팍 좀 먹어라. 사내자식이 깨작거리면 안 좋은 소리 듣고 다닌다."

"이미 들을 만큼 듣고 있잖아."

엄마는 모르는 얘긴데! 누나를 한번 노려봐 주고 새우 꼬리를 뱉었다. 엄마가 그게 무슨 말이냐고 캐묻기 전에 얼른 방으로 들어갔다.

To. 유현

저번 편지도 받아 줘서 고마워. 오늘 우리 반에 쥐가 나왔어. 3교시 때였는데 에어컨 쪽에서 갑자기 찍찍 소리가 나길래 보니까 팔뚝만 한 쥐가 있는 거야. 그래서 뒷자리 애들은 다 일어나고 선생님은 빗자루 들고 오고 꽤 시끄러웠어. 근데 쥐도 놀란 것 같더라고. 바로 창 너머로 도망가 버렸어. 거기서 계속 살진 못할 테니까 2반에 갔겠지.

모의고사는 어떻게 나왔어? 난 4월 거보다도 한참 떨어졌어. 사탐은 아예 전부 한 등급씩 내려갔고. 담임이 과목 좀 바꾸라고 할 정도니까 큰일 났지 뭐. 그냥 내신에 있는 걸로 윤리랑 한지랑 경제 하고 있었는데 담임은 내가 윤리를 못하니까 그걸 사문 같은 걸로 바꾸라고 해. 애들은 사문은 너무 쉽다고 하지 말라 하고. 잘 모르겠어. 난 지리가 외울 게 많으니까 한지를 버리고 싶은데.

공부도 못하면서 너무 공부 얘기만 했지? 항상 이런 편지라 미안해. 다 읽는지는 모르겠지만 읽기 힘들 거라는 거 알아. 사실 쓰면서도 네가 읽어 줬으면 좋겠단 생각이랑 읽지 않았으면 좋겠단 생각이랑 동시에 해. 작년에는 그냥 어떻게 해서든 네가 읽으면 좋겠다고만 생각했는데 이제는 아닌 거 같아. 그냥 아무것도 못 해 주면서 말만 많은 것도 미안하고. 너에 대해 아무것도 모르면서 괴롭혔던 거 같고, 네가 같이 다니지 말자던 것도 그래선 거 같고. 그러면서 눈치도 없고 반성도 못 해서 미안해.

그래서 다음 학기부터는 편지 안 쓰려고. 그냥 그렇게 생각하고 있어.

거기까지 쓰고 펜을 멈췄다. 지난번 편지를 쓰던 밤에 엄마랑 누나가 했던 '아저씨' 얘기가 머리에서 떠나지 않았다. 식탁에 같이 앉아 있을 땐 별 얘길 듣지 못했지만, 내가 방에 들어간 후에 이어진 얘기들이 문제였다. 아니, 문 너머인데도 확실히 들릴 정도로 방음이 안 되는 방문이 문제였다.

엄마와 누나는 내가 방에 들어간 뒤에도 한참이나 유현이네 집에서 벌어졌던 일들을 하나하나 늘어놓으며 그 아저씨가 얼마나 나쁜 놈인지 떠들었다. 결혼 생활 초창기부터 이어졌던 습관적인 외도, 꾸준히 이혼을 요구한 이모와 벌인 큰 싸움들. 그 바람에 이모가 쫓겨나듯 우리 집으로 피신 온 적도 많았다는 이야기. 그리고 그런 중에 벌어졌다는 '그 일'.

거기까지 떠올리자 숨이 막힐 거 같았다. 어떻게든 듣지 않은 얘기로 해 두고 싶다. 편지에 집중할 수 없었다. 최대한 아무렇지 않은 척하며 의젓하게 쓰고 싶은데 종이 위의 내 글씨들은 멍청하기 짝이 없었다. 그렇다고 고쳐 쓰거나 이어 쓸 자신도 없어서 편지지를 일단 문제집 사이에 넣었다.

어깨가 뻐근해서 고개를 들자 칠판 한구석에 적혀 있는 디데이 숫자가 보였다. 머릿속을 채우고 있는 유현이 얘기, 그 엄청난 일들에 비하면 아무것도 아닌 숫자. 그래도 당장 내 인생을 좌우하는 건 유현이가 아니라 수능인데 긴박하다는 느낌은 전혀 들지 않았다. 언젠가 디데이가 두 자릿수로 바뀌게 되면 그때는 기분이 좀 달라질까. 나도 반 아이들과 으르렁거리고 창밖으로 밀어 버릴 기세로 경쟁하게 될까.

5, 8, 6, 7, 6, 8.

뭐라도 풀어 볼까 하고 얼굴을 내린 순간, 책상에 붙어 있는 내 성적이 바로 눈에 들어왔다. 며칠 전, 담임은 모두의 책상에다 6월 모의고사 등급을 붙여 두게 했다. 계속 의식하면서 공부하라는 뜻이었다. 옆자리의 성적표는 1, 2, 1, 1, 2, 1. 날씬한 1들을 보고 있자니 내가 받은 등급들은 죄다 쓸데없이 자리만 차지하고 있는 것처럼 느껴졌다. 어차피 반 애들끼리 성적은 다 알고 있지만 내가 보기 민망해서 문제집으로 가려 버렸다. 다음번에는 더 큰 문제집을 사야겠다.

수학 시간은 언젠가부터 비공식적으로 자습 시간처럼 쓰이고 있다. 주변을 둘러보아도 보이는 건 외국어나 사탐 문제집에 코를 박고 있는 애들뿐. 따로 수학 수업을 하는 것도 아니니 당연한 풍경이다. 선생님은 교탁 앞에 앉아서 가끔씩 떠드는 애들에게 주의를 주는 게 다였다. 교실은 수업을 할 때보다도 조용했다. 그때 뒷문이 덜컹거리며 흔들렸다. 갑작스러운 소음에 모두가 뒤를 돌아보았다.

"대박, 대박. 홍석 상 못 받았대!"

당장이라도 빠질 듯 요동치는 문 사이로 뛰어 들어온 최정진이 던진 소식에 교실이 들썩였다. 그 뒤를 따라온 이한홍이 옆으로 넘어가려는 문을 붙잡으며 한마디 덧붙였다.

"아예 순위권에도 없대. 교무실 난리 났어, 지금."

갑작스러운 소란에 선생님이 조용히 하라고 외쳤지만 아이들은 전혀 개의치 않고 최정진 주변으로 몰려갔다. 확실히 빅뉴스기는 하다. 다른 애도 아니고 이홍석의 소식이니까.

이홍석은 입학 이래 한 번도 1등을 놓치지 않은 걸로 유명하다. 고등학교에서만이 아니라 초등학교 때부터 쭉 그랬다고 하고, 학생회 활동도 많이 하는 등 아무튼 여러 방면에서 잘 알려져 있었다. 물론 나에게는 그런 것들보다 유현이와 같이 다니는 애로 기억되지만.

2학년 때부터였을 것이다. 학교가 끝나고 버스를 타러 가다 보면 둘이 함께 정류장에 서 있는 게 눈에 띄었다. 예전에 나와 다녔을 때나 박이수, 이진석 때처럼 맨날은 아니었고 어쩌다 한 번씩 같이 가는 것 같았다.

"근데 홍석 2차도 잘 봤다고 했잖아."

"맞아. 2차도 실험 점수는 만점이랬어. 면접을 못 봤나? 걔 좀 내성적이잖아."

이홍석은 얼마 전에 어떤 대학이 주최하는 실험 경시대회에서 우승했다. 그것만으로도 엄청난 일이라 교문에 현수막이 달릴 정도였는데, 2차 대회에서까지 상을 받으면 그 대학에 그냥 들어갈 수 있다고 해서 요 몇 주간 학교 전체가 들썩들썩했다. 그런데 거기서 떨어졌다고 하니 지금 이 소란이 벌어질 수밖에 없었다.

유현이에게 편지로밖에 다가갈 수 없는 내 입장에서야 이홍석이 좋게만 보일 리 없었다. 하지만 이홍석에게는 따로 좋아하는 애가 있고, 매번 차이면서도 계속 고백하는 걸로 유명했다.

"내성적이긴 개뿔. 걔 맨날 배다정한테 들이대는 걸 봐라."

"그리고 홍석이 면접 대비 안 했겠냐. 걔 엄마 알잖아. 돈 엄청 들였을걸."

"그럼 뭐지? 2차 잘 봤다는 게 뻥인가?"

아이들은 이제 머리를 맞대고 이홍석의 불합격 요인에 대해 토론하고 있었다. 그때 이한홍이 새로운 얘기를 꺼냈다.

"사실은 아까 교무실에서 들은 건데, 비리가 있대. 2차 우승자가 누군지 알아?"

"누군데?"

"김찬우."

김찬우? 어디서 들었는데. 툭 하고 튀어나온 낯선 이름이 아이들의 웅성거림 속에서 윤곽을 잡아 갔다. 아마 1학년 때 우리 반이었던 그 김찬우 얘기인 듯했다. 첫 중간고사 때 전교 2등을 하고 맘에 안 든다며 옆의 사립으로 가 버린 애였다. 반장까지 되어 놓고 전학을 가겠다고 한 바람에 담임이 엄청 욕을 했었다.

"김찬우 그 새끼 전학 가서도 1등은 못 했잖아. 내신은 홍석이 훨씬 나은데."

"내신은 상관없대. 대회 성적도. 김찬우 걔 1차에서 꼴찌였대."

"그런데 걔가 어떻게 1등을 해?"

"생각해 봐. 걔네 학교는 완전 좋은 데잖아. 근데 우리는 존나—."

"다들 자리로 돌아가."

이한홍이 한껏 목소리를 낮추고 교무실에서 들은 얘기를 털어놓으려는 순간, 갑자기 끼어든 선생님의 목소리가 모든 대화를 끊었다. 이한홍에게 집중하고 있던 애들이 깜짝 놀라서 파도타기 하듯 차례로 몸을 움찔거렸다.

"자습 시간은 공부하라고 준 시간이지 떠들라고 준 게 아니다. 그리고 지금 니들이 하는 얘기도 성적이 웬만큼 나온 다음에 신경 쓸 일이지. 니들은 성적부터가 인생의 불이익 그 자체니까 관심들 끄셔."

선생님은 이한홍을 둘러싸고 서 있던 애들의 어깨를 하나하나 툭툭 치며 자리로 돌려보내고 마지막으로 이한홍의 머리를 콩 쥐어박았다.

"그리고 이한홍, 너는 선생님 앞에서 존나가 뭐냐, 존나가. 입 관리 좀 해라."

"예예, 존나 잘 알겠습니다."

이한홍은 전혀 기죽은 기색 없이 씩 웃으며 대답했다. 선생님이 인상을 쓰며 교탁 앞으로 돌아갔다. 교실은 다시 조용해졌다.

To. 유현

지난번 편지가 좀 이상했지. 미안해. 갑자기 그런 소리나 하고. 너무 더워서 잠깐 머리가 이상해졌나 봐. 원래는 쓰다 만 거라 보내면 안 되는데 깜빡했어.

아무튼 이번에도 쓰게 됐네. 어제 들으니까 너도 여름 보충 듣기로 했다며? 날 더운데 너무 무리하는 건 아니지? 나도 보충은 들을 거야. 이제 와서 학원 새로 찾는 것도 어렵고 단과만 해도 돈이 너무 들어서. 그래서 그냥 보충으로 때우려고. 근데 아직도 사탐을 뭘 할지 못 정해서 문제야. 사문 때문에 계속 고민 중이거든. 누나가 풀었던 문제집을 보니까 쉬워 보이긴 하던데 너무 쉬워서 망할 거 같기도 하고.

이번 편지는 좀 짧게 쓸게. 할 말은 많은데 또 이상한 소릴 써 버릴 거 같아서 더 못 쓰겠어. 미안해.

우체국에서 다녀간 후인지 거의 모든 집의 우편함이 빼곡하게 차 있었다. 밖으로 잔뜩 튀어나와 있는 봉투들을 피해 유현이네 우편함에 오늘 쓴 편지를 집어넣었다. 들어오자마자 자신 있게 넣은 것치고는 참 마음에 안 드는 내용이었다. 언제나 하고 싶은 말은 쓰지 못했지만 오늘은 더 그랬다. 기세 좋게 넣어 놓고서 도로 꺼낼까 말까 미련이 남아 쉽게 자리를 뜰 수 없었다.

"안녕."

그렇게 우편함 앞을 계속 서성이고 있는데 뒤에서 유현이 목소리가 들렸다. 반사적으로 몸을 돌리면서도 잘못 들은 게 분명하다고 의심했다. 하지만 정말로 유현이가 현관 앞에 서서 날 보고 있었다. 편지를 어쩔까 고민하면서 우편함 앞을 왔다 갔다 한 바람에 자동문이 계속 열려 있었나. 인기척을 전혀 못 느꼈다. 유현이는 이제 막 학교에서 돌아온 것 같았다. 용기 내어 나도 인사를 해 보았다.

"안녕."

"편지 넣은 거야?"

나는 진짜 기절할 만큼 놀랐는데 유현이는 늘 똑같았다는 듯이 아무렇지 않게 우편함을 열고 있었다.

"미안해. 원래는 빨리 넣어 두고 가는데."

유현이는 내 말에 대꾸도 않고 우편함 속에서 봉투들을 꺼내더니 내가 방금 넣어 둔 편지만 골라 들었다. 그리고 나머지 봉투들은 그대로 우편함에 다시 넣은 다음 내 편지를 펼쳐서 읽기 시작했다.

"사탐은 내신 잘 나오는 걸로 골라. 괜히 지금 새로운 거 시도하지 말고."

앞뒤 없이 툭 튀어나온 유현이의 말. 어떻게 반응해야 할지 몰라서 가만히 있는데 유현이는 나를 지나쳐서 엘리베이터 쪽으로 걸어갔다. 엘리베이터는 15층에서 내려오는 중이었다.

"미안해."

유현이는 내 사과를 듣고도 아무 말이 없었다. 엘리베이터는 이제 10층을 지나고 있었다. 나를 재촉하듯 하나씩 작아지는 숫자들. 오늘 말고는 기회가 없을 것 같아서 하고 싶던 말들을 마구잡이로 쏟아 냈다.

"미안해, 진짜 미안해. 다시는 아는 척도 하지 말랬는데 자꾸 보러 가고 인사해서 미안해. 그리고 편지도 진짜진짜 미안해. 글씨도 이상하고 내용도 이상하고."

"진짜야. 엄마가 너 글씨 정말 못 쓴다고 비웃더라."

"이모랑 같이 본 거야?"

마침내 1층에 도착한 엘리베이터에서 어떤 아저씨가 내렸다. 바로 엘리베이터에 올라탈 줄 알았는데, 유현이는 꼼짝 않고 서서 문이 닫히는 걸 지켜만 보았다. 여전히 내게서 등을 돌린 채였다.

"우편함에 두니까 엄마가 자꾸 보잖아. 다음부터는 전처럼 책상에 넣어 놔."

"응, 알았어. 미안해."

"그리고 미안하단 말 좀 그만해."

"미안."

하지 말라는 말을 들어 놓고 또. 일부러 그런 게 아니라고 변명하려 해도 또 미안하단 말이 따라붙을 것 같아서 쉽게 입을 열 수 없었다. 유현이가 한숨을 내쉬었다. 내가 한심하겠지. 같이 다니지 않은 지도 이 년이 넘었는데 그 사이 변한 거 하나 없이 바보니까. 그때 유현이가 몸을 돌려서 내 앞으로 다가왔다.

"내가 왜 너한테 아는 척하지 말라고 했는지 알아?"

당장 작년에 이진석에게서 들었던 충격적인 얘기가 생각났다. 그걸 해명해 보겠다고 이 엉망진창 편지들을 쓰기 시작했다. 얼마 전까지만 해도 편지를 쓸 때마다 마음 한구석에서는 내내 그 얘기를 의식하고 있었다. 하지만 언젠가부터 이진석에 대한 건 잊어버렸다.

아마도 유현이가 다섯 살 때 당했다는 '그 일'을 알게 된 뒤로 그랬던 것 같다. 방 밖에서 엄마와 누나가 나누던 그 얘기들, 못 들은 걸로 해 두고 싶은 이야기가 다시 떠올랐다.

언제나 폭력으로 이어지던 부부 싸움, 친정이 먼 이모는 집에서 쫓겨날 때마다 근처에 살던 우리 엄마를 찾았다. 자기 몸 하나 챙기기도 벅찼던 이모는 유현이를 집에 두고 도망 올 때가 많았다. 그래도 자기 대신 유현이가 맞기라도 할까 봐 꼬박꼬박 방문 잠그는 법을 알려 주었다고 했다. 유현이는 아주 어린 날부터 아빠를 피해 문 뒤로 숨어야만 했다. 그런다고 해서 아저씨의 분노를 전부 피할 수도 없었다.

사건은 여느 때처럼 이모가 유현이를 방에 들여보내고 우리 집으로 달려왔던 어느 날에 벌어졌다. 늘 반복되는 이모의 도망에 화가 머리끝까지 오른 아저씨는 유현이가 숨어 있던 방문을 억지로 열고 들어갔다. 그리고 '그 일'을 저질렀다.

아저씨는 유현이의 방 안에 있던 이불과 옷가지들을 전부 다 뺏어 버렸다. 그리고 유현이에게 술을 먹였다. 나중에 구조대원이 들어갔을 때는 방에 빈 소주병이 여러 개 뒹굴고 있었다고 한다. 당연히 유현이는 정신을 잃었고, 아저씨는 문을 밖에서 막아 둔 채 집을 나가 버렸다. 유현이는 그렇게 꼬박 하루 동안 홀로 방치되어 있었다. 이제 좀 조용해졌겠지 하고 집에 돌아간 이모의 눈에 가장 먼저 들어온 건 유현이의 방문 위로 단단하게 못질이 된 판자들이었다. 이모는 당장 구조대를 불렀고 유현이는 그제서야 바깥으로 나올 수 있었다.

엄마와 누나는 목소리를 낮추어 얘기하면서도 유현이가 무슨 일을 당했는지 아무도 모른다는 둥 술 때문에 유현이 귀가 이상해진 거라는 둥 억측을 늘어놓았다. 나는 방 안에서 듣기 싫은 그 얘기를 들어야만 했다.

"왜 네가 날 밀어냈는지…… 모르겠어."

한참 만에야 나온 내 답에 유현이는 실망한 듯 눈썹을 일그러뜨렸다. 사실은 알지만, 왜 내가 유현이 곁에 다가갈 수 없는지 이젠 알 것 같지만 나는 또다시 뒷걸음치고 있었다.

유현이의 옛날 일을 들은 후로 자주 유현이네 집을 생각했다. 언제나 유현이랑 놀 기대에 들떠서 제대로 보지 못했던 그 집의 구석구석을, 그리고 왜 이런 걸 달아 두느냐 한 번도 묻지 않았던 유현이 방의 자물쇠들에 대해 뒤늦게 생각해 보았다. 내 앞에서 거리낌 없이 짐승만도 못한 놈이라고 했던 엄마와 누나의 태도를 돌이켜 보면, 두 사람은 나도 그 일을 알고 있다고 착각한 모양이다. 하지만 나는 전혀 몰랐다. 관련된 기억은 한 조각도 없다. 다섯 살 때의 기억이라곤 유현이가 바로 앞의 아파트로 이사 와서 기뻤다는 것밖에 없다. 졸졸 따라다녔으면서, 늘 같이 있고 싶어 했으면서 아무것도 몰랐다. 한 번이라도 더 웃게 하고 싶어서 무작정 집에 찾아갔을 때도, 얻어맞을 걸 알면서 유현이를 괴롭히는 아이 앞을 막아섰을 때도, 그리고 온갖 방법으로 죽으려 하는 유현이에게 제발 그런 무서운 짓 좀 하지 말라며 울어 댔을 때도, 그 긴 시간 동안 나는 한 번도 유현이에게 괜찮으냐고 물어보지 않았다. 무슨 일인지 말해 보라고 하지 않았다. 제대로 지켜 주지 못했다.

"왜 그래? 화났어? 내가 뭐 잘못한 거야? 이상한 애들이랑만 다니고. 왜 그러는 거야?"

그린 주제에 이 년 전의 수학여행에서는 네가 어떻게 나한테 이럴 수 있느냐는 식으로 따져 물었다. 그저 모든 게 이진석 때문이라고 철석같이 믿고 있었다. 유현이가 혼자 변해 버린 거라고 제멋대로 오해했다. 해 준 것도 없으면서 어떻게 그렇게 당당했을까. 바보처럼 제일 하고 싶은 말은 편지에 쓰지도 못하듯이, 나는 가장 가까운 자리에 있으면서 엉뚱한 곳만 바라보고 있었다. 모든 기억들이 우리의 지난 과거가 텅 빈 것이었음을 보여 주었다. 구체적인 이유가 무엇이든 간에, 유현이가 날 밀어낸 것은 내 탓이었다.

"조심해서 가."

그 말만 남긴 채 유현이는 엘리베이터 버튼을 눌렀다. 더 기다려 봐야 새로운 답이 나올 리 없다는 걸 알았겠지. 아까부터 1층에 멈춰 있던 엘리베이터가 활짝 문을 열고 유현이를 빛으로 감쌌다. 잠깐 눈을 뗀 사이 엘리베이터는 벌써 9층까지 올라가 있었다.

To. 유현

안녕, 오늘부터는 학교에다 편지를 갖다 놓기로 했지. 저번 주에 잠깐이었지만 말 걸어 줘서 고마웠어.

얼마 전부터 계속 편지 내용이 이상했지. 미안해. 아, 안 하기로 해 놓고 또 미안하다고 했네.

난 내가 엄청 대단한 사람인 줄 알았나 봐. 사실은 머리도 나쁘고 소심하고 그저 그런 놈이라는 거 알고 있는데 말이야. 내심 과대평가했던 거 같아. 특히 너에 대한 부분에서 말이야. 무슨 말인지 모르겠지? 나도 잘 모르겠어. 오늘은 하고 싶은 말 다 정리해서 멋있고 깔끔하게 쓸 수 있을 거라 생각했는데, 그 생각도 과대평가였나 봐.

쓰면 쓸수록 엉망이고 지난번 편지들보다도 이상해지니까 일단 여기서 마무리할게. 아무래도 계속 고민했던 대로 그만둘 때가 됐나 봐. 계속 이렇게 말도 안 되는 소리만 쓸 거면 그만 쓰는 게 낫겠지. 이 말 하지 말랬지만 미안했어. 그래도 난 네가 내 편지 받아 줘서, 그리고 읽어 줘서 정말 좋았어. 고마워, 유현아.

마지막 문장까지 쓰고 펜을 내려놓았다. 이걸로 유현이한테 쓰는 편지도 정말 끝이다. 처음부터 그런 맘을 먹고 쓰기 시작했던 건 아니지만 쓰다 보니 이제 진짜 끝내야 할 것 같단 생각이 들었다. 더는 유현이를 괴롭힐 수 없으니까.

원래대로라면 한국 지리 수업을 하고 있어야 했지만 선생님은 갑자기 급한 회의가 생겼다며 교실에 들어오자마자 우리더러 알아서 자습하고 있으라고 했다. 처음에는 다들 거짓말이라 생각했고, 그냥 귀찮아서 땡땡이치는 거 아니냐고 의심하는 애도 있었다. 그런데 정말이기는 한 듯 복도를 둘러보고 온 애의 말에 의하면 모든 교실이 자습 중이라고 했다. 예전 같으면 이럴 때 복도에서 축구라도 했을 텐데 수능 백 일 전이 코앞이라 그런지 시끄럽게 구는 애들은 한 명도 없었다.

문제집에 끼워 놓았던 봉투에다 방금 다 쓴 편지를 넣었다. 어차피 선생님이 오려면 아직 먼 것 같고, 여자 문과반은 보충 신청자가 적은 탓에 별관에 모여서 수업을 듣는댔으니까 유현이네 교실에 편지를 가져다 놓는 데는 지금이 딱 좋았다.

봉투를 주머니에 넣고 일어서는데 옆자리의 정기범이 내 손목을 잡았다. 방심하고 있던 탓에 편지를 놓쳐 버렸다. 뒷자리에 앉아 있던 이한홍과 최정진이 잽싸게 달려와서는 내 손이 닿기 전에 먼저 편지를 낚아챘다. 읽으면 안 되는데. 손을 뻗으며 달려들었지만 혼자서 셋을 상대할 수 있을 리가 없었다.

"헐, 김게운! 러브레터? 오, 누구야. 어떤 놈이야."

"설마 난 아니지? 미리 말해 두는데 난 한홍이가 타입이야."

"진짜? 난 기범이가 취향인데. 우리 삼각관계네."

도저히 대항할 방법이 없어서 무작정 날 가로막고 있는 정기범의 멱살을 잡았다. 교실 뒤로 도망간 이한홍이 봉투를 열고 편지를 꺼내려 했다. 나도 모르게 손에 힘이 들어갔다. 처음에는 네까짓게 잡아 봐야 하는 식으로 가소롭게 날 내려다보고 있던 정기범의 얼굴이 점점 붉어졌다.

"야, 야, 잠깐만!"

정기범은 팔을 휘두르며 날 밀어내려 했지만 포기할 수 없었다. 유현이에게 아무것도 못 해 준 내가 큰맘 먹고 마지막으로 쓴 편지인데 절대 뺏길 수 없었다. 나를 떨치려고 용쓰는 정기범의 손을 콱 물어 버렸다.

"야, 돌려줘. 그냥 주라고!"

정기범이 간단히 그렇게 말하며 온몸을 버둥거렸다. 무슨 일이 벌어지고 있는지도 모르는 채 편지를 읽고 있던 이한홍과 최정진이 정기범의 목소리가 심상치 않다는 걸 깨닫고는 이쪽으로 달려왔다. 최정진이 이한홍의 손에서 편지를 뺏어 내 주머니에 넣었다. 바로 정기범을 놔주었다.

"미친. 야, 사람을 무냐."

"호모 새끼, 대박. 별것도 아닌 거 가지고."

제대로 편지를 돌려준 게 맞는지 확인하고 바로 복도로 나왔다.

등 뒤에서 조용하던 교실이 단체로 입을 모아 내 욕을 하는 게 들렸다. "게운이 오늘 그날이냐?"부터 시작해서 "저 새끼 아직도 정유현 타령한다." 하는 소리까지 들려왔다. 마지막 말은 편지를 다 읽은 이한홍이 한 게 분명하다.

예상대로 유현이네 9반은 비어 있었다. 그래도 자리마다 가방은 제대로 놓여 있어서 유현이 자리가 어딘지는 금세 알 수 있었다. 학교에서 편지를 주는 건 정말 오랜만이다. 작년 가을에 박이수한테 들킨 뒤로 쭉 집에다 갖다 놨으니까 거의 반년 만인가. 편지는 한바탕 난리를 겪은 탓에 조금 구겨져 있었다. 손바닥으로 쫙쫙 펴봤지만 원상태로 돌아올 것 같지 않았다. 그렇다고 다시 쓸 수도 없었다. 다시 쓰게 되면 아까의 결심을 다 잊고, 아무 일도 없었다는 양 평범한 일상 얘기를 몇 장이나 써 버릴지도 모르니까. 그냥 넣고 가기로 마음을 굳혔다. 편지를 유현이 책상 서랍에 넣는 순간이었다.

"거기, 너! 뭐 하는 거야!"

고개를 돌리자 전혀 모르는 선생님이 앞문에 서서 날 노려보고 있었다. 무슨 일이지. 도망가야 할 것 같다는 생각을 하면서도 온몸이 굳어 움직일 수 없었다. 멍하니 서 있자 선생님이 빠른 걸음으로 다가와 내 귀를 붙잡았다. 예상치 못한 공격에 순간 눈물이 나왔다. 왼쪽 귀가 찌릿하니 아팠다.

"너 이 자식. 딱 걸렸다."

뭐든 설명을 하려고 했다. 잠깐 나왔을 뿐 딴짓하는 거 절대 아니라고. 하지만 귀가 잡힌 채 5층에서 2층 교무실까지 내려가며 무언가 제대로 된 말을 하는 건 불가능했다. 결국 한마디도 변명하지 못한 채 교무실까지 끌려왔다. 선생님은 문을 열자마자 나를 거의 던지듯 밀어 넣고는 큰 소리로 외쳤다.

"드디어 도둑 새끼를 잡았…… 어럽쇼?"

도둑? 그런 죄목인 줄은 몰랐다. 깜짝 놀라서 날 여기까지 끌고 온 선생님을 돌아보는데, 선생님은 기세 좋게 외치던 말끝을 흐리며 나보다 놀란 표정을 짓고 있었다. 그러다 내 팔을 세게 붙들고는 문을 열었을 때처럼 갑자기 확 앞으로 밀었다. 나를 둘러싼 상황이 파악된 건 귀의 통증과 팔의 얼얼함이 조금 가시고 나서였다. 낯이 익지 않은 선생님들이 둥그렇게 나를 둘러싸고 있었다. 그리고 내 옆에는 이진석이 서 있었다.

"얜 또 뭐예요?"

"현장에서 잡은 놈요."

"뭐? 우리도 방금 현장에서 이 새끼 잡아 온 건데."

고개를 돌릴 수 없지만 이진석이 날 빤히 쳐다보고 있는 게 느껴졌다. 아까 선생님과 마주쳤을 때보다도 몸이 딱딱하게 굳어 갔다. 누군지 모를 여자 선생님이 출석부인지 서류철인지 아무튼 단단한 무언가로 우리 둘의 머리를 한 대씩 내리쳤다.

"이것들이 쌍으로!"

그저 얼떨떨하기만 했다. 스무 명도 넘는 선생님들 사이에 서 있자니 다리가 절로 덜덜 떨렸다. 얼굴을 들 자신도 없어서 바닥만 보았다. 눈에 들어오는 거라고는 오로지 삐뚜름히 선 이진석의 다리뿐이었다. 체육 선생님의 목소리가 들렸다.

"이진석이 이 자식, 또 너냐?"

"반가워요? 그렇다고 또 뛰어오냐. 나 너무 좋아하지 마요."

"잠깐, 잠깐만요!"

익숙한 목소리에 고개를 돌려 보니 저쪽 구석에서 우리 담임이 달려오고 있었다. 담임의 뒤에는 몇몇 선생님이 더 있었다. 전부 문과 선생님들이라 눈에 익은 얼굴들이었다. 그제야 지금 날 둘러싸고 있는 선생님들은 이과 담당이고, 그 탓에 낯설었다는 걸 깨달았다. 담임은 선생님들 틈을 비집고 다가와선 내 어깨를 감싸며 모두에게 말했다.

"재운이는 그럴 애 아닙니다. 우리 반 애예요."

다른 문과 선생님들도 나를 감싸 주었다.

"도둑맞은 건 이과라며. 문과가 이과 거를 왜 훔쳐."

"그러니까요. 생각해 보니까 웃기네. 이과끼리 해결할 문제를 왜 우리까지 동원해서 순찰을 시켜요."

아무래도 아까 급히 회의가 생겼다는 게 교과서 도둑을 잡으려고 선생님들끼리 짠 작전인 모양이었다. 그때 나를 잡아 온 선생님이 한 발 앞으로 나왔다.

"난 얘 문과반에서 잡았는데? 여자 문과반에서. 문과도 도둑 키우고 있던 거 아냐?"

옆에서 이진석이 나를 비웃는 소리가 들렸다. 아주 작은 소리였지만 '또 정유현 보러 갔냐?'라고 묻는 것만 같았다. 선생님들은 서로 목청을 높이며 싸우기 시작했다.

"그게 무슨 말씀이세요. 도난 문제 심각한 건 이과 쪽이면서."

"전에 배다정도 교과서 털렸다고 했잖아. 문과에 도둑 없다고 자신할 수 있어?"

"그럼 뭐 확정이네. 이놈들, 이과 한 명, 문과 한 명씩 맡아서 훔치고 다닌 거야?"

한참 설전을 벌이던 체육 선생님이 고개를 획 돌리고 나와 이진석을 번갈아 노려봤다. 이진석은 어이가 없다는 듯 혀를 차며 고개를 들었다.

"나 이런 찌질이랑 같이 안 다니거든요?"

"그럼 단독범이네."

수학 선생님이 중얼거렸다. 체육이 다시 핏대를 세웠다. 이번에는 이진석한테만.

"빨랑 불어, 이 새끼야. 왜 훔쳤어, 엉?"

"하도 오랜만이라 잊으셨나 본데 나도 일단은 문과거든요? 왜 나는 이 새끼처럼 안 감싸요?"

"네놈이 지금 문과, 이과 따지고 감싸 달라 할 학번이야! 이런 짓 할 놈이 너밖에 더 있냐!"

그 말에 이진석은 잠시 쿡쿡거리며 웃더니 여태까지 중 가장 큰 소리로 당당하게 외쳤다.

"그래요, 그럼 맞다고 해요! 내가 훔쳤어요! 이제 공부나 해 보게요. 고3인데 대학 좀 가야지. 그래서 방학인데도 이렇게 나왔잖아!"

"봉사 벌받으러 나온 새끼가 무슨 헛소리야."

포커스는 이제 완전히 이진석에게 집중되어 있었다. 이진석은 온몸을 꿈틀거리며 웃어 댔다.

"진짜들 웃기시네. 아니라고 할 때는 왜 훔쳤냐고 볼라 하고, 훔쳤다고 해 드리니까 훔칠 이유가 없다고 하고, 나보고 어쩌라고!"

아까 머리를 내리쳤던 게 출석부가 맞았나 보다. 여태 출석부를 들고 있던 여자 선생님이 다시 이진석 머리를 휘갈겼다. 이진석은 잠깐 비틀거리기는 했지만 고개를 똑바로 치켜들고 버텼다. 누군가가 또 이진석에게 소리를 질렀다.

"그래, 백번 양보해서 네가 공부하는 데 훔쳤다고 치자! 근데 왜 문과 새끼가 이과 거를 훔쳐?"

"아, 그러니까요. 내 말이 그거잖아. 쓸데없이 상황은 꼬아 놓고 아주 제멋대로네."

"이 새끼가!"

"아, 알았어요. 알았어. 뭐가 좋지……. 아, 그래. 훔쳐서 이홍석

갖다 주려고 그랬어요. 우와, 말 되네. 됐죠?"

"뺑치지 마, 새끼야. 오늘 네가 잡힌 데가 이홍석 자리잖아."

체육은 여자 선생님 손에서 출석부를 뺏더니 이진석의 얼굴을 두 번 연속 후려쳤다. 투둑 하는 소리와 함께 바닥에 핏방울이 떨어졌다. 입술이라도 터진 건가. 이진석은 손을 들어 피를 닦고는 뒤로 넘어갈 듯 웃으며 말했다.

"그럼 내가 다른 새끼들 거 훔쳐다가 이홍석한테 갖다 주는 중이었던 걸로 해요. 왜요? 상 못 받았다고 그렇게 갈구더니 이제 와서 우리 형이 안쓰러워요? 이홍석은 참 좋겠네. 만인한테 사랑받아서."

잠깐만. 형? 나도 모르게 여태 푹 숙이고 있던 고개를 들고 이진석의 얼굴을 빤히 쳐다봤다. 이홍석이 이진석 형이라고? 선생님들이 또 단체로 한마디씩 하기 시작했다.

"부끄러운 줄 알아야지. 어디서 당당히 형이래. 야, 이 새끼야. 넌 쓰레기야, 쓰레기."

"안되겠다. 부모님 불러, 당장. 자퇴서 써!"

"자퇴?" 이진석이 피식 웃으며 그 말을 따라 했지만 그 소리를 들은 건 나뿐이었다. 선생님들은 정말 당장이라도 이진석을 학교에서 쫓아낼 듯이 서류를 가져오고 사방에서 아우성이었다.

"너 같은 새끼, 더 이상 학교에 놔둘 필요 없어. 이걸로 끝내자, 어? 빨리 부모님 불러!"

"대체 끝까지 학교에 다니려는 이유가 뭐냐, 엉? 때 되면 꼬박꼬박 출석 일수 채우러 얼굴 디미는 이유가 뭐냐고. 수업도 안 들어오면서 왜 와, 대체."

"먼저 들어오지 말라던 게 누군데!"

이진석이 버럭 소리를 질렀다. 체육 선생님이 다시 손을 올렸지만 이진석이 더 빨랐다. 출석부는 그새 이진석의 손에 들려 있었다. 선생님들이 달려들어 제압하려 했지만 소용없었다. 이진석은 팔을 길게 뻗어서 출석부를 마구 휘둘렀다. 누군가가 제대로 맞은 듯 바닥에 아까보다 많은 피가 튀었다. 모두가 비명을 지르고 달아나고 또 달려왔다.

"잡아, 잡아! 잡으라고!"

"성 선생님! 괜찮으세요?"

"저거 완전 미친놈이야. 백 선생, 얼른 잡아!"

우당탕탕. 책상이 엎어지고 책장이 쓰러졌다. 화분과 유리창도 깨졌다. 이진석은 출석부를 던져 버리고는 손에 잡히는 대로 다 쓰러뜨렸다.

"재운아, 너는 나랑 잠깐 얘기 좀 하자."

담임이 얼른 나를 끌고 도망가 주지 않았더라면 나도 제대로 한 대 맞았을지 모른다. 이과 선생님들은 이진석을 잡느라 정신이 없어서 우리가 빠져나가는 데에는 눈길조차 주지 않았다.

이진석은 마지막으로 교훈이 붙어 있던 액자를 골프채로 깨 버리고 교무실 밖으로 달아났다. 담임과 몇몇 문과 선생님들을 제외한 거의 모든 선생님들이 그 뒤를 쫓아 교무실에서 빠져나갔다.

너무 압도적인 광경이라 눈을 뗄 수 없었다. 그런데 우리 담임은 별 관심이 없는지 묵묵히 나를 자기 자리로 끌고 가려고 했다. 아까 이과 선생님한테 잡혔던 팔을 또 잡혀서 조금 아팠다. 날 끌고 가던 담임이 갑자기 말했다.

"무슨 일이야?"

"네? 뭐가요?"

건성으로 대꾸하며 그제야 고개를 돌렸다. 그런데 선생님은 내가 아닌 다른 사람을 보고 있었다.

"재운이는 도둑 아니에요."

오늘은 도둑으로 오해받은 것도 그렇고, 이진석이랑 이홍석이 형제라는 걸 알게 된 것도 그렇고 여러모로 놀란 날이었는데. 아직도 놀랄 게 남아 있었나. 담임 앞에는 유현이가 서 있었다.

"그래, 재운이랑은 이제부터 얘기해 보려—."

담임이 채 말을 마치기도 전에 유현이는 들고 온 파일을 열어서 담임의 책상 위에 뭔가를 우르르 쏟았다. 몇십 개 정도 되는 작은 봉투들. 전부 내가 쓴 편지들이다.

"재운이는 매주 저한테 편지를 써요. 오늘도 편지 갖다 놓으려고 우리 반에 왔던 거예요."

그 말을 들은 담임이 나를 보며 실실 웃었다. 굳이 누가 말해 주지 않아도 지금 내 얼굴이 빨개져 있다는 건 알겠다. 책상 위에 펼쳐 놨던 편지들을 도로 파일 속에 집어넣은 유현이가 나한테 다가와서 내 손을 잡았다.

"이제 얘 데려가도 되죠?"

담임은 아까보다 노골적으로 웃으며 그러라고 했다. 여기저기서 킄킄대는 소리가 들려왔다. 분명 내일부터 다들 놀려 대겠지. 선생님들이 그렇게 놀리면 애들도 같이 놀릴 테고. 괜히 또 유현이를 불편하게 한 것 같아 걱정되었다. 유현이는 내 팔을 잡아끌면서 담임과 주변에 앉아 있던 선생님들에게 말했다.

"노트 훔친 거 이진석 아니에요. 최지희예요."

"최지희라고?"

"네, 이과반 여자애요. 도서관에서 다른 애들 노트 쌓아 놓고 공부하던 거 봤어요."

선생님들은 유현이가 던진 정보에 웅성거리기 시작했다. 이과 코를 납작하게 눌러 줄 때가 왔다느니, 우리 의심하던 거 다 갚아 주자느니 하는 소리가 나왔다. 담임은 조금 얼떨떨한 표정으로 내게 나가도 된다고 손짓하고 그 대화에 끼어들었다. 교무실 밖으로 나오자마자 잊고 있던 더위가 다시 한 번 나를 휘감았다. 식었던 땀이 새어 나오기 시작했다. 조금 끈적였는지 유현이도 손을 놓았다. 우물쭈물하다가 입을 여는데 유현이가 내 말을 가로막고 먼저 말했다.

"미안하다고 할 거지, 또?"

유현이는 들고 왔던 파일을 뒤지더니 내가 아까 교실에 가져다 둔 편지를 들고 흔들었다. 아무렇지 않게 그냥 기뻐하고 싶은데. 왠지 모르게 눈물이 날 것 같아 주먹을 쥐었다.

"너 과대평가 같은 거 안 했어. 항상 과소평가만 했지. 네가 쓸데없이 과대평가한 건 나야. 나는 네가 그렇게 매달릴 정도로 대단하지 않아. 전혀 중요하지도 않고. 솔직히 다른 애들이 말하는 것처럼 나, 기분 나쁜 애 맞잖아."

"아니야."

엄마와 누나가 했던 이야기가 떠올랐다. 얼굴도 모르는 유현이네 아빠가 생각났다. 내가 모르던 이야기들, 이제는 모른 척할 수 없는 그 이야기들이 전부 떠올랐다. 그렇다 해도 아니다. 유현이가 내게 중요하다는 사실은, 아무리 생각해도 변하지 않았다. 멍청하게 편지도 제대로 쓸 수 없는 나이지만 그것 하나만은 확신할 수 있다. 머리를 세차게 흔들자 땀방울이 여기저기로 흩어졌다. 유현이가 또 입을 열었다.

"전에 그랬지. 해 준 거 없이 말만 많아서 미안하다고. 아무것도 모르면서 괴롭혔다고. 근데 나는 그런 게 좋았어. 네가 우리 집에 놀러 오고, 문 앞에서 기다리고, 계속 따라다니고. 그러면서 자꾸자꾸 말 걸어 주는 게 좋았어. 그런 널 좋아했어."

유현이는 차분한 목소리로 그렇게 말했다. 믿을 수가 없어서 주먹을 꽉 쥐고 있는 손으로 입을 막았다. 입술에 닿은 손등이 아까보다 볼썽사납게 떨렸다.

"넌 모르더라고. 네가 얼마나 대단한지, 나한테 뭘 해 줬는지. 항상 미안해만 했어. 난 너한테 고맙단 말도 제대로 못 했는데. 넌 자꾸만 그런 나 때문에 울고 힘들어했어. 그게 싫었어. 그래서 같이 다니지 말자고 했던 거야."

"좋아해."

드디어 말했다. 참으려 했는데, 터져 나온 눈물이 양쪽 볼로 흘러내렸다. 한번 열린 입술은 닫힐 줄 모르고 계속 좋아한단 말만 반복했다. 유현이가 웃음을 터뜨리며 내 머리를 안았다.

"울보야, 내가 이래서 먼저 철이 들었다니까."

유현이는 내 머리 위에 자신의 턱을 올려놓고 날 토닥여 주었다. 좋아한다는 것 외에도 하고 싶은 말이 많았는데 눈물 때문에 아무 말도 할 수 없었다. 그래도 좋다. 유현이가 지금 나랑 같이 있으니까.

같은 복도에 서 있는 것, 같은 학교에 다닌다는 것, 같은 동네에 있다는 것, 같은 시간과 공간에서 숨을 쉰다는 것. 함께 살아 있다는 것. 그걸로 충분하다. 아니 넘친다. 그것 말고는 아무것도 필요하지 않다.

유현이가 턱을 숙이고 내 이마에 살짝 입을 맞추었다. 순간 몸이 휘청일 정도로 세게 유현이를 끌어안았다. 유현이의 팔에 들려 있던 파일이 바닥으로 툭 떨어졌다. 편지 몇 개가 튀어나왔지만 상관없었다. 편지는 이제 중요치 않았다. 지금까지 지켜 주지 못했던 만큼, 이제부터는 내가 지켜 줄게. 정말로 하고 싶었던 말을 마음속으로 크게 외치며 유현이를 더 꼭 안았다.

여름이 빛났다. 반짝반짝 빛났다. 세상의 모든 희망이 새로 태어나는 것 같았다.

눈이 오지 않아도

유현의 이야기

수능이 끝났다. 바로 하루 전인데 마치 아주 옛날 일처럼 벌써 아득해진 기억. 이제 다른 학교의 누군가가 내 책상에서 시험을 봤다는 흔적 말고는 남은 것이 하나도 없었다. 아무도 그러라고 시키지 않았는데 아이들은 시험 대열로 뒤엉켜 있던 책상을 원래대로 돌려놓고 얌전히 앉아 있었다. 하나같이 어깨를 아래로 축 늘어뜨리고 노인처럼 굴었다. 담임 선생님은 평소와 다른 교실 분위기에 잠시 당황한 것 같았다. 하지만 이내 태연한 표정으로 돌아와 담담하게 조회를 시작했다.

"그럼 이제부터 개별 상담 날짜랑 시간 말해 줄게. 다들 잘 적어 둬. 다음 주는 기말고사니까 학교 오는 거 잊지 말고."

내 상담 날짜는 다다음 주 화요일이었다. 선생님은 이제 집에 가도 좋다고 했다. 교실에 도착한 지 삼십 분 만에 다시 나오는 걸음. 운동장은 서로 간격을 널찍이 벌리고 걷는 아이들로 가득했다. 우리 반만 일찍 끝내 준 게 아닌지 다른 반 애들도 많이 보였다. 터덜터덜, 질질 끄는 발소리가 끊이지 않았다. 흙먼지가 모두의 발끝에서 뽀얗게 일어났다. 교문 밖으로 나가서 쉬지 않고 걸었다. 걸어서 집에 가는 길은 잘 모르면서 버스 정류장을 지나쳤다. 찬 바람이 괴상한 소리를 내며 날 스쳤다. 눈이 오지 않는데도 하늘은 하얗기만 했다.

결국 집에 도착한 건 점심때가 다 지나서였다. 난생처음 동네 길을 여기저기 구석구석까지 다 돌아보며 걸었다. 다리가 아팠지만 그보다 아픈 건 아까부터 속없이 꼬르륵거리는 배였다. 스스로가 생각해도 우스운 짓을 했다 싶어 우리 아파트가 보이자마자 서둘러 달려갔다. 우편함에는 아무것도 없었다. 엘리베이터는 내가 미련을 가지지 못하게 하려는 듯 빠르게 9층까지 올라갔다.

"늦게 끝났어?"

당연히 엄마가 열어 줄 거라 생각하고 벨을 눌렀는데. 대문을 활짝 열고 나를 반기는 사람은 재운이였다. 몇 주 만에 제대로 마주하는 얼굴. 어떻게 왔느냐고 언제부터 와 있던 거냐고 묻기 전에 재운이가 손을 잡았다.

"오늘은 그동안 참았던 거 몰아서 보는 날이야."

재운이는 거실 가득 펼쳐 둔 만화책들을 가리키며 그렇게 말했다. 신발을 벗고 집 안으로 들어가서 재운이의 가방 옆에 내 가방을 던져두었다. 그리고 아무 만화책이나 골라 들고 페이지를 넘겼다. 사실 무슨 내용인지는 관심도 없다. 재운이는 만화책을 보면서도 일 초도 쉬지 않고 떠들었다. 역시 사문은 안 보길 잘했다, 쉽다고 만만하게 보던 애들 다 망했다더라, 네 말대로 원래 하던 걸 끝까지 고집하길 잘한 것 같다, 그렇다고 잘 본 건 아니지만 예상보단 덜 틀렸다 등등. 어제 일이라는 걸 믿을 수 없을 정도로 희미해졌던 수능의 기억이 재운이의 말 한마디 한마디에 생생히 되살아났다. 그리고 그 얘기들은 꼭 예전에 주던 편지들처럼 나를 신 나게 했다.

"그만둔다더니 정말 한 통도 안 주더라."

몇 달 내내 하고 싶었던 말을 아무렇지 않은 척 던져 보았다. 재운이는 내 말을 못 알아듣다가 한참 후에야 편지 얘기라는 걸 알고 또 이런저런 변명을 했다. 물론 그런 답을 듣고 싶어서 한 말은 아니다.

우리는 여름 방학 때부터 다시 말을 하게 되었다. 그렇다고 모든 걸 예전처럼 되돌릴 수는 없었다. 함께 버스를 타고 학교에 갈 수 있는 아침도 있었지만 그럴 수 없는 날이 더 많았다. 저녁은 더했다. 나는 정규 수업이 끝나면 바로 집에 가야 했고 재운이는 보충이나 야자나 독서실로 바빴기 때문이다. 편지도 그랬다. 재운이는 더 이상 편지를 쓰지 않았다. 전부터 2학기에는 안 쓰겠다고 하기도 했고, 수능 준비 때문에 바쁜 걸 다 봤기에 편지를 쓸 여유가 없다는 건 잘 알았다. 재운이의 변명도 자연스레 그런 방향으로 향하고 있었다.

"이렇게 말하면 좀 웃기지만 정신이 없었어. 학원에 안 가니까 뭘 해도 그저 불안하고. 엄마는 옆에서 자꾸 들들 볶고. 편지를 쓰고 싶어도 답지 않게 공부 때문에 힘들다고 징징대는 소리만 쓸 것 같아서. 그리고 계속 학교에 있으니까. 학교 애들이 내가 뭘 하든 너한테 주려는 거냐고 자꾸 놀려 댔거든. 안 그래도 선생님들이 놀려서 피곤한 거 다 아는데 너 더 불편해지면 안 되잖아."

"상관없어. 넌 나 불편하게 해도 돼. 그러라고 너랑 같이 다니는 거니까."

더 예쁘게, 다정하게 말해 줄 수 있을 텐데. 퉁명스레 나가 버린 말에도 재운이는 눈을 둥글게 하며 웃었다. 내 말투를 제대로 이해하는 사람은 역시 재운이밖에 없다.

"너도 나 불편하게 해도 돼."

재운이는 그렇게 말하며 들고 있던 만화책을 덮고 내 손을 잡았다. 한참 동안 손을 마주 잡고 서로의 눈만 바라보았다. 재운이는 쑥스러워하면서도 내 눈을 피하지 않았다. 아주 오래전부터 봐 온 얼굴인데 오랜만에 마주 보는 기분이었다.

새삼 재운이의 턱에 남겨진 흉터를 의식했다. 갈고리처럼 진하게 새겨진 흔적. 이걸 남긴 게 누군지는 안다. 재운이가 숨긴다 해도 이진석 말고 떠오르는 얼굴이 없었다. 2학년 때 같은 반이기도 했고, 괴롭히거나 놀리다가도 적당한 선에서 멈출 줄 아는 다른 애들과 달리 이진석은 끝을 모르는 성격이니까. 재운이는 내가 또 흉터에 대해 물을 줄 알았는지 허둥지둥 무언가 변명을 늘어놓으려 했다. 그 말들이 이어지기 전에 먼저 흉터에 입술을 갖다 댔다.

"몇 년 지나면 없어질 거야."

얼굴을 떼어 내며 전혀 근거도 없는 말을 해 보았다. 그런데 재운이는 진심으로 믿는지 열심히 고개를 끄덕였다. 그 흉터를 쓰다듬으며 이진석을 떠올렸다. 지금쯤 그 얼굴에는 더 많은 흉터가, 재운이에게 남긴 것과 달리 다신 돌이킬 수 없는 흔적이 잔뜩 남아 있겠지.

이진석은 여름 방학 때 나와 재운이와 선생님들의 눈앞에서 사라진 이후로 다시는 학교에 나오지 않았다. 당연히 수많은 소문이 돌았다. 차에 치여 죽었다느니, 집을 나가 자취를 감췄다느니 하는 이야기들이 돌았다. 그중에는 간혹 집에 불을 지르고 화상을 입었다는, 진실에 가까운 괴담도 있었지만 그게 진짜인지는 아무도 몰랐다. 이홍석은 이진석에 대해 얘기하지 않았다. 누군가가 소문의 진위를 물으면 그냥 믿고 싶은 대로 믿으라고 했다. 대신 내게는 모든 걸 이야기해 주었다.

2학기가 시작되고 일주일 정도 지났을 때였다. 재운이가 보충 때문에 바쁘대서 혼자 집에 가던 중에 이홍석과 우연히 만났다. 그런데 이홍석은 할 이야기가 있어서 나를 기다렸다는 듯이 조금만 같이 걸어 달라고 했다. 그리고 덤덤한 얼굴로 이진석의 이야기를 털어놓았다.

이진석은 자퇴 후 한동안 집에 얌전히 있었다. 특별히 시끄럽게 굴지는 않았지만 둘이 한공간에 있는 것 자체가 이홍석으로서는 견딜 수 없을 정도로 불편했다고 한다. 그래서 학원과 독서실을 전전했는데 언젠가부터 집에서 이진석이 보이지 않았다. 이홍석은 그냥 어디 놀러 간 거겠지, 하고 가볍게 생각했다. 부모님도 별말 없었다. 그런데 개학 날에 문자가 왔다.

"모르는 번호였어. 이상한 사진 한 장이랑 '이제 됐지?' 하는 한 줄. 그게 전부였지. 처음에는 그게 무슨 사진인지도 몰랐어. 징그러운데도 자꾸 눈이 가서, 그래서 계속 보니까 진석이 얼굴이라는 걸 알겠는 거야. 집에 가자마자 엄마 아빠한테 그 문자를 보여 줬어. 이게 뭐냐, 무슨 일이냐 물어봤더니 그제야 말해 주더라. 진석이가 얼굴에 불을 질러서 화상을 입었다고."

이홍석은 당장 병원으로 달려가 이진석에게 화를 내려 했다. 네가 사고 쳐 놓고 왜 나한테 문자를 보내느냐, "이제 됐지?" 하는 말은 대체 뭐냐, 그렇게 따지고 싶었다. 그런데 부모님의 다음 말이 모든 걸 바꿔 버렸다. 입시에 방해되지 않게 잘 처리하겠다고, 적당히 회복되면 어디로든 보낼 테니 걱정 말라고. 이홍석은 '이 두 사람, 미친 거 아닐까?' 하는 의문이 가장 먼저 들었다고 했다.

"전 같았으면 그냥 '네, 감사합니다.' 하고 말았을 거야. 그런데 그날은 그 말이 안 나왔어. 할 수가 없었어. 뭔가가 잘못됐다는 생각만 들더라고. 이런 미친 소리를 여태 따라온 내가 미친 게 아니었을까? 그런 생각도 들고. 그 길로 바로 진석이에게 달려갔어. 근데 진석이가 날 보더니 웃는 거야. 내가 누구 때문에 울고 있는데. 이제 얼굴 다 뭉개져서 표정이 제대로 보이지도 않는데."

이진석은 조금 그을린 것 말고는 멀쩡한 손으로 그림을 그리고 글씨를 쓰며 이홍석에게 이런저런 이야기를 해 주었다. 어릴 때부터 부모님의 관심이 이홍석에게 가도록 노력했다는 말들, 틈날 때마다 방에 들어가고 학교 책상을 뒤지며 어떻게든 놓치지 않으려 애썼던 형과의 접점들. 그 바람에 퇴학을 당하게 되었다는 이야기. 그리고 평생 이진석의 휴대폰 번호를 알려고 하지 않았던 이홍석과 달리 언제나 형의 번호를 외우고 다니던 자신의 이야기를 전부 들려주었다.

"다 알았대. 알고 있었대. 내가 자기 싫어하는 거. 아예 인생에서 지워 버리고 싶어 하던 거. 전부 알았대. 그러면서 이런 말을 하는 거야. 같은 얼굴이라 미안했다고. 이제는 서로 자기 길 가도 된다고. 바보 같은 새끼가 그딴 소리나 하면서 또 웃는 거야."

이홍석에게서 새끼라는 말을 들은 건 그날이 처음이었다. 이진석은 화상 치료 때문에 한동안 병원에 있어야 한다고 했다. 이홍석과는 그 이후로 만나지 못했다.

내가 턱의 흉터를 바라보며 이홍석과 이진석을 떠올리는 동안, 재운이는 내 손목을 쓰다듬고 있었다. 재운이의 엄지손가락 끝이 가장 최근에 새겨진 흉터에 닿았다. 작년 겨울에 아빠의 전화를 받고 칼로 그은 자리다. 내 마지막 자살 시도.

"아팠어?"

재운이가 물은 말은 그게 다였다. 그런데 왠지 눈물이 날 것 같았다. 우는 법은 잘 모르는데. 당장이라도 울음이 터질 것 같은 기분이었다. 재운이는 고개를 숙여 내 손목에 입을 맞췄다. 흉내 내기는. 울음을 참고 재운이의 머리를 헝클어뜨렸다.

"이젠 안 아파."

내 대답을 들은 재운이는 내 어깨에 자신의 얼굴을 묻었다. 보지 않아도 뜨거운 느낌이 재운이가 울고 있다는 걸 알려 주었다. 몇 년 만에 드디어 세상 밖으로 나오려던 눈물이 쏙 들어갔다. 재운이는 오늘도 나 대신에 울어 주고 있다. 이 눈물이 2학기 내내 기다려 왔던 수십 통의 편지보다 반갑다. 내내 위로를 받던 손을 올려 재운이의 작은 등을 꼭 안았다.

그저 형식적인 것에 불과한 상담을 마치고 학교 밖으로 나왔다.

담임 선생님은 내 가채점표를 보고 모의고사보다 훨씬 못 나왔다며 안타까워하기만 했다. 어느 학교 무슨 과가 얼마나 좋은지 나쁜지 하나도 모르기 때문에 담임의 손가락이 배치표 위를 바삐 오가는 것만 구경했다.

하늘은 오늘도 하얗게 빛났다. 날이 점점 추워졌다. 들어오는 숨도 나가는 숨도 전부 차가웠다. 며칠 만에 다시 만난 학교는 고요 속에 빠져 있었다. 지난주에 기말고사가 끝나고 그 뒤로는 모두 자기 상담 날에만 얼굴을 비추게 되었으니 당연했다. 늘 소리로 꽉 차 있던 기억이 거짓처럼 느껴졌다. 운동장 양 끝의 축구 골대도, 조회대도, 언제나 자리 쟁탈전이 벌어지던 벤치도, 아이들 머리 위로 송충이를 툭툭 떨어뜨리던 무심한 나무도, 걸어도 걸어도 끝이 없을 것 같던 계단과 복도도, 칠판도 사물함도 책상도 의자도 전부 똑같았다. 달라진 선 수능이라는 경계선을 넘은 나뿐인데, 주변의 모든 풍경은 뿌연 막에 가려진 양 전부 희미했다.

"유현아."

골목을 돌아설 때쯤 익숙한 목소리가 나를 붙잡았다. 뒤를 돌아보자 이홍석이 손을 흔들며 달려오고 있었다. 그대로 나란히 버스 정류장까지 걸었다.

"너도 오늘 상담이었어?"

텅 빈 정류장 앞에서 발을 멈추며 물어보았다. 이홍석은 슬쩍 웃으면서 수시에 붙었다는 소식을 들려주었다. 진즉에 붙어서 수능도 안 보고 최근에는 학교에도 안 나왔다고 했다. 그래서 한동안 안 보였던 건가. 우선 축하한다고 말해 보았다. 이홍석은 고개를 가로저었다.

"축하 안 해 줘도 돼."

"왜?"

"축하하면 안 되니까."

무슨 말인지 이해가 안 되어 가만히 있었더니 이홍석이 말을 이었다.

"나 전문대 갔어. 이름도 처음 들어 본 데로."

믿을 수 없는 소식이라 아무 말도 할 수 없었다. 이홍석은 이런 내 반응을 예상했다는 듯 웃었다.

"학교 애들 아직 다 몰라. 소문나려면 좀 걸릴 거야. 애들한테 안 좋은 영향 미친다고 선생님들이 쉬쉬하거든. 아무튼 난 좋아. 서울에 남을 수 있으니까. 진석이랑 있을 수 있으니까."

버스는 아직 오지 않았고 정류장은 여전히 텅 비어 있었다. 겨울 하늘만이 무겁게 우리의 어깨를 눌러 댔다. 이홍석은 웃음을 거두고 처음 이진석 얘기를 들려줬던 날보다도 덤덤한 목소리로 이야기를 풀어 놓았다.

"엄마 아빠는 날 지방으로 보내고 싶어 해. 내가 진석이 퇴원하면 무조건 집에 데려오라고, 어디 보낼 생각은 하지도 말라고 했더니 한집에 계속 있으면 진석이가 내 인생에 방해가 될 거니까 나

보고 지방에 가라더라고."

그날부터 부모님과의 줄다리기가 시작되었다고 했다. 국립대라면 지방에 가도 괜찮다며 추천하는 족족 다 밀쳐 냈고, 그럼 백번 양보할 테니 서울에 있는 대학에 가는 대신 자취하거나 주소를 지방으로 바꿔서 기숙사에 들어가라는 제안도 전부 거절했다.

"어떤 걸 고르든 내가 두 사람 말을 들으면 또 안심하고 자기들 맘대로 할 거야. 재수를 시키려 들 수도 있고, 유학을 보내 버릴 수도 있겠지. 아니면 날 속이고 진석이를 어디로 빼돌릴지도 모르고. 그런 거 꿈도 꾸지 말라고 엄마 아빠가 꿈에도 상상 못 하던 학교에 원서를 넣었어. 수능을 망쳐 버리는 것도 한 가지 방법이었겠지만 11월까지 기다리기 싫더라고. 입시 다 끝날 때까지 질질 끌고 싶지 않았어. 대학 가지고 싸우는 것도 지긋지긋해서 빨리 내 결심을 보여 주고 싶었어. 난 진석이 곁에 남을 거라고 말이야. 더 이상 나한테 아무 기대도 하지 말라고. 그래서 선수를 쳤어."

이야기를 하는 이홍석의 표정은 참 아파 보였지만 후련한 느낌도 들었다. 적당한 말이 떠오르지 않아서 어깨를 한 번 툭 치자, 이홍석은 그제야 다시 얼굴에 웃음을 띠며 투덜거렸다.

"근데 담임은 아직도 미련이 남았는지 자꾸 재수하래. 그래서 오늘 최종 통보하고 오는 길이야. 난 그냥 그 학교 갈 거라고. 그랬더니 졸업식에 오지 말라는 말만 하더라. 대학 잘 갔으면 졸업생 연설 맡겼을 텐데 지 복을 지가 찼대. 난 그런 거 욕심냈던 적 한 번도 없는데, 바보 같지."

"이진석은 뭐래?"

"걘 아무것도 몰라. 다음 주에 퇴원하고 집에 오면 말해 줄 거야. 아마 미친놈이라면서 엄마 아빠보다 날뛰고 화낼 거 같기도 해. 근데 그날이 기다려지는 게 더 이상하지. 아직은 제대로 말할 수 없지만 얼른 나한테 큰 소리로 화도 내고 욕도 하고 때리기도 하는 날이 오면 좋겠어."

거기까지 말한 이홍석은 더 환하게 웃었다. 내가 본 표정 중에 가장 밝은 웃음이었다. 이홍석은 아직도 오지 않는 버스를 찾는 듯 고개를 두리번거리다가 내게 화제를 돌렸다.

"내가 너무 칙칙한 얘기만 했지. 넌 어때? 학교 어디 쓸 거야?"

"모르겠어. 저번 주에 논술 보고 왔는데 거긴 떨어질 거 같아. 백지 냈거든."

붙을 리가 없다는 건 지난 토요일에 논술 시험지를 받자마자 알았다. 그래도 몇 줄은 쓸 수 있을 거라 생각했는데. 내 손은 정말로 한 글자도 쓰지 못했다. 문제를 이해할 수조차 없었다. 원서를 넣은 과는 분명히 영문과가 아니었는데 논술 문제는 죄다 영어였고 답도 영어로 써야만 했다. 그런데 주변에 앉아 있던 애들은 일 초도 멈추지 않고 종이 위로 손을 움직이면서 텅 비어 있던 답안지를 채워 나갔다. 그때 깨달았다. 대학은 내가 갈 만한 곳이 아니라는 것을. 그건 입시 제도가 이상하니까 다른 길을 가겠다든지, 내 스스로 시험을 거부해 주겠다든지 하는 거창한 발상이 아니었다. 시험지에 매달리고 손바닥 가득 차오르는 땀을 닦아 가며 열심히 글씨를 쓰고 있는 아이들이 어리석어 보였던 것도 아니었다. 그냥 나는 아직 저렇게 치열하게 살 준비가 되어 있지 않다는 걸 느꼈을 뿐이다. 다른 아이들은 내가 할 수 없는 일을 해내고 있었다. 나는 시도조차 한 번도 하지 않았는데.

"근데 그 다정이는 어떻게 됐어?"

이홍석이 들려줬던 얘기보다도 칙칙한 내 기억을 알기에 다시 이야기를 돌려 보았다. 이홍석은 아직도 다정이라는 이름이 나오면 얼굴을 붉혔다.

"다정이는 미국으로 간대. 거기서 대학 가려고 준비 중인가 봐. 걘 진짜 대단해. 앞으로 쑥쑥 나간다니까."

"고백은 지금도 하고 있어?"

"아니, 이제는 못 하지. 다정이를 붙잡기에는 내가 너무 모자라니까."

그렇지 않다는 말을 해 주고 싶었다. 아마 내가 이홍석에 대해 조금 더 잘 안다면 그럴 수도 있겠지. 네가 이진석을 위해 놓은 것들과 포기한 것들, 그리고 그간 노력해 왔던 걸 보면 너는 절대 모자란 사람이 아니라고. 너는 참 큰사람이라고. 그렇게 말할 수도 있을 텐데.

"왔다."

모퉁이를 돌아 우리 쪽으로 다가오는 버스가 눈에 들어왔다. 여전히 정류장에는 우리 둘뿐이었다. 문득 입학식 날에 재운이랑 집 앞 정류장에서 서 있던 게 생각났다. 아무런 상관도 없는데, 재운이가 보고 싶어졌다.

버스에 올라타서도 이홍석에게 해 줄 말은 여전히 찾을 수 없었다. 그냥 가만히 앉아 있는 것, 어깨를 나란히 두고 창밖을 내다보는 것, 이따금씩 웃거나 한숨을 내쉬는 것 말고는 아무것도 할 수 없었다. 버스는 하늘만큼이나 텅 빈 도로를 마음껏 달리며 평소보다 빠르게 이홍석네 집 앞에 도착했다.

"잘 가. 집 가까우니까 가끔 보자."

이홍석은 끝까지 웃음을 잃지 않고 내게 인사했다. 이유는 알 수 없지만 이게 마지막 인사라는 느낌이 들었다. 손을 흔들어 주자 이홍석은 가벼운 걸음으로 버스에서 뛰어내렸다. 그리고 바로 몸을 돌려서 정류장 바로 옆의 아파트 단지를 향해 걸어갔다. 이홍석의 뒷모습에서 망설임 따위는 느껴지지 않았다.

그다음 정류장은 우리 집이다. 나도 이홍석처럼 당당하게 걷고 싶지만 내려다본 내 발은 형편없이 비틀대며 겨우겨우 앞으로 나아가고 있을 뿐이었다. 그렇게 기어가듯이 집 앞까지 도착해서 벨을 눌렀다. 오늘도 재운이가 와 있을까 아주 조금 기대하면서. 하지만 문은 열리지 않았다. 대문 너머에서는 인기척이 느껴지지 않았다. 다시 한 번 벨을 눌렀지만 결과는 똑같았다. 재운이가 와 있지 않을 뿐만 아니라 엄마도 집을 비운 듯했다. 조금 더 기다리다가 직접 문을 열고 들어갔다.

"엄마?"

없다는 걸 알면서도 엄마를 불러 보았다. 집 안은 조용했다. 거실도 부엌도 화장실도 엄마 방도 다 문이 활짝 열린 채 비어 있었다. 집에서 문이 닫혀 있는 곳은 내 방과 엄마의 작업실뿐이었다. 그럴 리 없다는 걸 알면서도 혹시나 하는 마음에 작업실 앞까지 다가가 보았다. 내 방만큼이나 굳게 닫혀 있는 문 너머에서는 역시 아무런 소리도 들려오지 않았다.

식탁 위에 접시가 하나 있었다. 접시를 덮은 뚜껑을 들어 올리자 그 아래에는 아직 온기가 남아 있는 핫케이크와 함께 "재운이네랑 장 보고 올게."라는 짧은 메모가 놓여 있었다. 그대로 방에 가져가서 먹으려다 왠지 그러면 안 될 것 같다는 생각이 들었다. 펜을 가져와서 엄마의 메모 아래 한 줄 답을 적었다. "잘 먹었어. 고마워." 마치 한글을 처음 배운 꼬마처럼 힘주어 쓴 일곱 글자. 엄마가 내게 이런 메모를 남기는 건 자주 있는 일이지만 답을 쓴 건 처음이다. 한 입 베어 물었던 핫케이크를 내려놓고 엄마의 작업실 문을 밀어 보았다.

방에 들어서자마자 가장 먼저 눈에 들어온 것은 책상이었다. 바닥에 밀려날 정도로 여기저기 쌓여 있는 일거리들, 책장이 따로 없어서 어지럽게 자리를 차지하고 있는 책들. 메모지를 어디다 놔야 잘 보일지 모르겠어서 여기 두었다 저기 놓았다를 반복했다. 그런데 어디에 놔도 눈에 띄지 않을 듯했다. 그냥 원래대로 식탁에 놓는 게 나을 거 같아서 몸을 돌렸다. 그때 문 옆의 벽이 보였다.

벽에는 수십 장의 사진이 붙어 있었다. 모두 날 찍은 것들이다. 갓 태어났을 때의 사진, 보행기에 탄 채 웃고 있는 사진, 장난감을 마구 흔들고 있는 사진, 걸음마를 하고 있는 사진, 자전거를 타다 넘어져 울고 있는 사진, 재운이와 함께 꽃다발을 들고 유치원 정문 앞에서 포즈를 취하고 있는 사진, 엉망진창인 그림을 들고 입을 잔뜩 벌려 웃고 있는 사진. 한 장도 빠짐없이 다 내 얼굴이었다. 한 살, 두 살, 세 살…… 눈을 옮길 때마다 사진 속의 내가 조금씩 자라고 있는 게 보였다. 그리고 다섯 살 때 유치원 소풍을 가서 찍은 사진을 끝으로 모든 게 멈췄다. 다섯 살. 이제는 그 나이가 뭔지 안다. 나도 모르게 손목의 흉터를 내려다보았다.

작년 연말에 갑자기 걸려 왔던 전화는 내가 잊고 있던 것들이 뭔지 알려 주었다. 그날 엄마는 집에 없었다. 혼자 방에 '갇혀' 있었는데 전화벨이 울렸다. 내버려 둬도 소용없었다. 일곱 번쯤 다시 걸려 왔을 때 결국 수화기를 집어 들었다. 남자의 목소리가 엄마를 찾았다. 네가 뭔데 내 부모의 집을 팔아 버리느냐는 말이 가장 먼저 들렸다. 정신 병력으로 이혼 소송하면 누가 질 거 같으냐는 말도 했다. 내용은 중요한 게 아니었다. 악몽 속에서, 머릿속에서, 방 안에서 날 괴롭히던 목소리가 거기에 있었다. 아빠의 목소리였다. 수화기를 던졌는데도 귀에서 사라지지 않았다. 덩달아 하나씩 되살아나려 하는 기억들이 괴로워 손목을 그었다. 피가 바닥으로 쏟아졌다. 그런데도 기억은 멈추지 않았다.

아빠가 내 입을 억지로 벌리고 부어 넣던 뭔지 모를 액체. 먹고 잠들라고, 아무것도 기억하지 말라고 속삭이던 목소리. 싫다고 몸부림칠 때마다 방구석으로 마구 밀치던 손. 정신을 차린 후에는 사라지고 없던 아빠. 꽁꽁 닫혀 있던 문. 무서워서 문을 두드리며 열어 달라고 울부짖다 다시 쓰러진 순간. 누군가가 문을 부수고 날 구해 주기 전까지 계속 갇혀만 있던 그날. 쉬지 않고 떠오르는 기억들과 함께 나는 죽음으로 달려갔다.

하지만 죽는 건 역시 쉽지 않았다. 평소보다 늦긴 했지만 그날도 엄마는 나를 들쳐 업고 병원으로 달려가서 내가 죽지 못하게 했다. 지금껏 해 왔던 수많은 시도와 무언가 다르다는 건, 굳이 말하지 않아도 아는 듯했다. 병원에서 나오자마자 엄마는 날 외할머니 집에 데려다 놓았다. 그러고는 홀로 서울로 돌아가 아빠와 남은 일을 처리했다. 이혼이라든지 재산이라든지 분명 여러 일들이 있었을 텐데 엄마는 나에게 딱 한마디만 했다. 이제 아빠 같은 건 존재하지 않는다고 생각해도 된다고.

내 사진들 사이에는 조금 커다란 종이가 붙어 있었다. 새하얀 종이 위에 까만색으로 또박또박 쓰인 엄마의 글씨.

"올해의 목표—유현이랑 끝까지 오래오래 살자."

종이는 한 장이 아니었다. 맨 위의 종이를 들추자 그 뒤로도 똑같은 말이 적힌 종이들이 주르륵 붙어 있었다. 종이는 모두 열네 장이었다. 그리고 전부 연도가 적혀 있었다. 가장 앞 장부터 맨 마지막 장까지. 올해에서 시작한 연도는 한 장 한 장 넘길수록 내가 여섯 살이었던 해를 향해 거슬러 올라갔다.

모든 시간이 여기에 있다. 내가 방에 들어가지 않았던 시간과 방에 틀어박힌 후의 시간. 그리고 집 안에 머무르기로 한 뒤로 멈춰 버린 엄마의 시간. 작업실의 벽은 나와 엄마의 모든 시간을 끌어안고 있었다.

단지 그것뿐인데. 평범한 앨범과 다를 것 없는 사진들과 종이 몇 장일 뿐인데. 눈물이 났다. 아니, 울음이 터져 버렸다. 입술을 꽉 깨물어도, 눈을 비벼 보아도, 엉엉하고 터져 나오는 울음을 멈출 수 없었다. 죽지 말고 오래오래 살자. 엄마랑 같이 끝까지 살아 보자. 죽으려 할 때마다 나를 안고 중얼대던 엄마의 목소리가 자꾸만 머릿속을 채웠다. 한 번도 귀 기울여 듣지 않았던 엄마의 소원을 기억해 냈다.

언제나 나 홀로 모든 일을 버티고 있다고 생각했다. 아무리 돌아보아도 아귀가 맞지 않았던 기억들과 무의식중에 옥죄어 오던 아빠의 목소리. 아무것도 하지 않고서는 잠시도 견딜 수 없던 시간들. 그런 것들을 오롯이 혼자서만 끌어안은 채 살아왔다고 생각했다. 그리고 그런 나를 알아줄 사람은 이 세상에 아무도 없다며 마음속의 문을 굳게 닫고 있었다.

그러면서도 엄마와 재운이에게 손을 내밀었다. 죽으려 할 때마다 내심 두 사람이 날 구하러 올 거라 믿고 있었다. 정말 죽어 버리고 싶었다면 집이나 학교가 아니라, 날 아는 사람이 아무도 없는 곳에서 뛰어내렸을 것이다. 사실은 살고 싶었다. 이 세상 어느 누구보다도, 살고 싶었다.

외할머니 집에 있는 동안 매일매일 우편함을 열어 봤다. 주소를 가르쳐 주지 않았으니 재운이가 편지를 보낼 리 없단 걸 알면서도 날이 밝으면 하루도 빠짐없이 우편함으로 달려갔다. 그건 이번 학기에도 마찬가지였다. 집에 올 때마다 엘리베이터를 기다리면서도 계속 뒤를 돌아봤다. 혹시 재운이가 오지 않을까. 내가 우편함을 제대로 찾아서 확인한 게 맞나.

난 혼자인 게 어울린다고 생각했지만 사실 혼자였던 적은 한 번도 없었다. 재운이는 늘 나를 웃게 해 주었다. 엄마는 항상 나를 살게 해 주었다. 아주 작은 공간이지만 그 안에서라도 자유롭길 바라며, 엉망이 된 나를 위해 방을 만들어 주고 자신의 모든 것을 포기했다. 망가진 채로 멈춰 있다 생각했던 내 삶은 언제나 앞으로 나아가고 있었다. 엄마의 시간을 정지시켜 놓은 채 나만 앞으로 가고 있었다.

이제는 이진석을 위해 모든 것을 내놓은 이홍석의 기분을 알 것 같다. 이홍석을 위해 자신의 얼굴에 불을 지른 이진석의 기분도 알 것 같다. 나를 위해 계속 편지를 썼던 재운이의 마음과 매년 새해 목표를 적은 엄마의 마음을 알게 되었다. 펜을 들고 방금 전 남긴 메모의 뒷부분에 세 글자를 더했다.

"잘 먹었어. 고마워. 미안해."

새로 덧붙인 세 글자를 보니 재운이의 편지들이 떠올랐다. 편지지 한 장에도 몇 번이나 등장하던 미안하다는 말. 정말 듣고 싶은 말은 그런 게 아니었는데. 나중에 재운이는 하고 싶은 말이 그 말밖에 없었다고 했다. 그리고 지금 나도 그렇다. 엄마에게 미안하다는 마음밖에 들지 않았다. 하지만 엄마가 나에게서 듣고 싶어 할 말은 이런 게 아닐 것이다.

다시 펜을 세우고 "미안해."라는 글자 위에 가로선을 그었다. 그 바람에 공간이 조금 비좁아졌지만 새로운 세 글자를 쓸 만큼의 자리는 있었다.

"잘 먹었어. 고마워. ~~미안해.~~ 사랑해."

볼 위로 눈물이 계속 흘러내렸다. 십사 년간 내내 찌꺽거리던 눈알이 이제야 편하게 움직였다. 메모지를 엄마의 올해의 목표 위에 붙여 두고 나왔다. 내 방의 문은 활짝 열려 있었다. 앞으로는 닫히지 않을 것이다. 오늘 엄마가 집에 오면 당장 자물쇠를 떼어 달라고 할 거니까. 소리도 걱정 말라고. 그동안은 소리를 찾아 헤맸지만, 엄마가 날 마지막으로 죽음에서 구해 준 후로 고요까지도 받아들일 수 있게 되었다. 여태 말 못 해서 미안했다. 하고 싶은 말들이 자꾸자꾸 생각났다. 눈물로 엉망이 된 와중에도 웃음이 나왔다.

매일매일 다니면서도 알아차리지 못했던 것들이 이제 학교에 갈 때마다 눈에 들어왔다. 근 두 달 만에 발을 들여놓은 교실. 칠판에는 아침 일찍 온 아이들이 남겨 둔 낙서가 가득하고, 바닥 여기저기에는 벌써부터 꽃잎이 몇 장 떨어져 있었다. 반 아이들은 가방만 두고 전부 강당으로 간 듯했다.

"이제 곧 졸업식 행사가 시작됩니다. 아직 본관에 남아 계신 졸업생 및 가족 여러분께서는 강당으로 이동해 주시기 바랍니다."

안 그래도 나가려 했는데 마침 등 뒤에서 방송이 들렸다. 쭉 이어진 회색 복도를 따라 강당 쪽으로 걸음을 옮겼다. 본관에는 나처럼 뒤늦게 온 애들밖에 없었다. 나를 지나쳐 달려가는 뒷모습들을 바라보며 천천히 계단을 내려갔다.

강당 문은 바람 때문에 닫혀 있었다. 두꺼운 손잡이를 잡아당겨서 안으로 들어갔다. 어두운 복도에서 건조한 곰팡내가 났다. 계단에는 교실에서 본 것보다 많은 꽃잎들이 떨어져 있었다. 아마 졸업생 중엔 내가 제일 마지막 아닐까. 그런 생각을 하며 계단 위로 발을 올린 순간, 등 뒤에서 누군가가 나를 불렀다.

"유현아."

고개를 돌리자 뒷문 창 너머에서 내게 손을 흔들고 있는 이수가 보였다. 바로 몸을 돌려 뒷문을 잡아당겼지만 잠겨 있는지 덜컹거리기만 하고 열리지 않았다. 들어왔던 길을 그대로 되돌아서 이수가 기다리는 강당 뒤로 달려갔다.

1학년 때 자주 찾던 층계참은 변함없이 지저분했다. 거의 삼 년 만에 마주한 이수는 내 기억보다 훨씬 예뻐져 있었다. 아니, 분위기가 바뀌었다는 표현이 맞을 것 같았다. 언제나 어깨 끝에서 흔들리던 머리는 이제 허리에 닿을 만큼 길었다. 이수는 내가 달려오자 조금 놀란 눈치였다.

오랜만에 만난 거라 무슨 말부터 해야 할지 몰랐다. 새삼스레 잘 지냈느냐고 안부를 묻는 것도 웃길 듯했다. 고민하고 있는데 이수가 내게 작은 쇼핑백을 내밀었다.

"이게 뭐야?"

"밸런타인데이잖아."

그러고 보니 오늘은 2월 14일이다. 슬쩍 쇼핑백 안을 들여다보았다. 반투명 포장지에 하나씩 들어 있는 작은 초콜릿들, 그리고 그걸 꽉 끌어안은 리본들이 귀여웠다. 옆에서 이수가 전부 다 직접 만든 거라고 했다.

"이걸 만들었다고?"

그 말을 듣고 바로 하나 꺼내서 입에 넣어 보았다. 적당하게 단맛이 혀 위로 살살 녹아들었다. 예전에 우리가 늘 앉던 자리에 엉

덩이를 붙였다. 나를 따라 옆에 앉는 이수에게 초콜릿 하나를 내밀었다.

"맛있지?"

조심스레 리본을 풀어내고 초콜릿을 이로 무는 이수에게 말도 안 되는 물음을 던졌다. 내가 만든 것도 아닌데. 너무 바보 같아서 웃음이 절로 흘러나왔다. 이수도 내 말이 웃겼는지 얼굴에 미소가 가득했다.

"마지막 안내 방송입니다. 이제 곧 졸업식 행사가 시작됩니다. 아직 본관에 남아 계신 졸업생 및 가족 여러분께서는 강당으로 이동해 주시기 바랍니다."

"졸업식에 안 들어가?"

방송을 듣고 물어본 말에 이수는 고개를 저었다. 자기는 들어갈 수 없다고 했다. 다시 보니 이수는 교복을 입고 있지 않았다.

"나 전학 갔어. 몰랐지?"

"전학? 언제? 왜?"

나도 모르게 연달아 질문들을 쏟아 냈다. 이수는 아까 내가 준 초콜릿을 절반만 먹은 채 아직도 손바닥 위에 올려 두고 있었다. 초콜릿은 이수의 손바닥 위에 조금씩 흔적을 남기며 녹아 갔다.

"2학년 끝나고 갔어. 사고를 제대로 쳤거든. 학교는 아니고 학원에서 그런 거였는데. 학원이 그 일로 문 닫고 나니까 나한테 화내고 싶어 하는 사람들이 학교로 몰려왔거든. 안되겠다 싶어서 아예

딴 동네로 가 버렸어. 거기 학교는 어제 졸업했고."

이수는 요새 요리를 배우고 있다고 했다. 초콜릿도 학원에서 만들었다고. 그렇게 말한 이수는 작은 선물 상자를 들고 흔들었다.

"그리고 다른 친구 졸업도 축하해 주려고."

순간 이진석의 얼굴이 떠올랐다. 이수가 말하는 친구가 이진석일 리 없단 건 알지만 그래도 생각났다. 늘 여기서 함께 놀았던 건 나와 이수와 이진석이었으니까. 문득 이수에게 이진석의 소식을 말해 주고 싶었다. 하지만 이수는 나를 더 붙잡아 둘 생각은 없는지 반쯤 녹은 초콜릿을 한입에 넣고 자리에서 일어났다.

"졸업 축하해. 오늘 초콜릿 줄 수 있어서 좋았어."

이수가 내민 손을 잡고 악수했다. 내 손바닥으로 초콜릿 자국이 옮겨 왔다. 우리는 층계참을 뒤로하고 강당 정문 쪽으로 돌아갔다. 아주 짧았던 우리 셋의 추억과 인사했다. 그리고 이수에게 인사했다. 강당 앞에서 서로에게 손을 흔들 때까지, 나는 손바닥 위의 초콜릿 자국을 지우지 않았다.

졸업식장으로 들어갔을 때는 이미 앞의 순서들이 꽤 지난 후였다. 우리 반 아이들을 찾아서 맨 뒤에 섰다. 교장 선생님의 이야기가 끝나고 이제는 학생 대표들이 연설할 순서였다.

"졸업생 대표 3학년 8반 배다정, 앞으로."

바로 옆 반에서 한 여자애가 단상 앞으로 나아갔다. 익숙한 이름. 자연스레 이홍석이 떠올랐다. 배다정은 모두의 앞에 서서 한

번 인사를 하고 입을 열었다.

"안녕하세요. 배다정입니다. 뜬금없죠? 이런 인사로 시작하는 거. 그것도 누구누구 선생님 감사합니다, 모두의 졸업을 축하합니다, 이런 말도 아니고 평범한 인사말부터 하는 거요. 저 나름대로 다른 사람들은 어떻게 연설했나 찾아보기는 했는데, 워낙 갑작스럽게 졸업생 대표가 되어서 준비를 제대로 할 수 없었습니다. 죄송합니다."

배다정은 거기까지 말하고 잠시 단상 옆으로 몸을 빼더니 모두에게 허리 숙여 인사했다. 연설에 별 관심을 보이지 않고 떠들던 아이들이 평범하지 않은 배다정의 말과 행동에 놀라 모두 앞을 바라보았다.

"그래도 어제 찾아보니까 다른 사람들은 대부분 멋있는 고사성어나 위인의 일화로 연설을 시작하더군요. 그럼 난 뭘 밀힐까, 하고 고민하다가 갑자기 사계절의 순서가 궁금해졌습니다. 우리는 왜 사계절을 말해 보라 하면 한 명도 빠짐없이 봄부터 시작해서 여름, 가을 그리고 겨울 순서로 말할까요. 봄에는 새싹이 움트며 모든 생명이 시작되고 겨울에는 모든 게 잠든 듯 조용해지니까, 하고 답하는 사람이 아마 대부분이겠죠. 그러니까 봄은 모든 것의 시작이고 겨울은 끝인 셈입니다. 그때 우리의 입학식이 생각났습니다. 3월이니까 봄은 봄이지만 사실 겨울만큼 추운 날이었죠. 입학식 내내 난방도 안 되는 이 강당에서 빨리 나가고 싶다는 생각만 했던 것 같습니다."

여기저기서 아이들이 고개를 끄덕이는 게 보였다. 나에게 입학식이란 조금 다른 방식으로 기억되는 날이지만. 무의식중에 고개를 들고 2층과 3층 난간을 올려다보았다. 대체 아래에서 무슨 일이 벌어지는 건가 궁금해하며 앞으로 몸을 잔뜩 내밀고 있는 사람들, 그리고 나와 이진석이 가방을 던졌던 난간이 눈에 들어왔다.

"봄에 시작된 줄 알았던 우리의 고등학교 생활은, 사실 겨울에 시작된 걸지도 모르겠다는 생각을 어제 처음으로 해 보았습니다. 단지 날이 추웠다고 이런 말을 하는 게 아닙니다. 아마 다들 아직도 우리의 입학식이 그리 평범하지 못했다는 걸 기억하고 있을 것입니다. 돌이켜 보면 제대로 출발을 못 한 셈이었죠. 삼 년 내내 그런 느낌을 많이 받았습니다. 우리는 이곳에서 포기하는 법, 좌절하는 법, 실망하는 법을 배웠습니다. 그렇다고 거창한 것만 포기했던 건 아니지요. 정말 사소한 일마저도 포기한 사람이 많을 겁니다. 제 주변에는 선생님들한테서 오늘 강당에 들어오면 혼날 줄 알라는 말을 들은 사람이 둘이나 있습니다. 한 명은 어차피 본인도 올 맘이 없다고 했지만, 한 명은 오고 싶어 합니다. 그 아이는 저와 서로 유일하게 친구로 인정한 사이인데, 오늘 우리는 함께 졸업할 수 없습니다. 한 번도 우리와 같이 학교를 다니지 않았던 어머님들도 다 들어올 수 있는데, 저에게 가장 중요한 친구로 기억될 그 아이는 여기에 발을 들여놓는 것조차 허락받지 못했습니다. 저도 포기한 게 많습니다. 꿈을 향해 한 걸음 나아가려 할 때마다 학교와 부딪쳤습니다. 지금이야 무슨 일로 혼났는지, 왜 울어야만 했는지는 다 기억하지 못하지만 그때마다 느꼈던 좌절감은 아직도 생생합니다. 그리고 그런 걸 떠올릴 때마다 삼 년 동안 달라진 게 하나도 없다는 생각이 들기도 합니다. 그러다 깨달았습니다. 달라진 게 있기는 있다는 걸요. 바로 제가 서 있는 자리입니다. 지금 제가 단상 앞에 있다고 하는 말이 아닙니다. 아까 아래에 줄 서 있었을 때의 자리를 말하는 겁니다. 삼 년 전, 정확하지 않지만 아마 지금 이과 반이 있는 저쪽에 서 있었던 것 같습니다. 다들 그렇지 않나요? 여러분 중에 지금, 입학식 때랑 같은 자리에 서 있는 사람 있나요?"

배다정은 모두에게 물으며 강당을 둘러보았다. 그러자 여기저기서 웅성거리는 소리가 터져 나왔다. 아이들은 각자 삼 년 전에 자기가 어디에 서 있었는지를 떠올리려고 주변의 친구들과 이야기를 나눴다. 배다정은 그 웅성거림이 조금 잦아들기를 기다렸다가 다시 입을 열었다.

"앞으로도 수없이 무언가를 포기하고 좌절하고 실망해야겠지요. 하지만 멈추지 않을 것입니다. 왜냐하면 단 한시도 멈춘 적이 없었으니까요. 삼 년간 달라진 게 없다고 생각했지만 우린 이렇게 처음과 다른 자리에서 고등학교 생활을 끝내려 하고 있습니다. 우리는 늘 알게 모르게 오늘을 위해 달려왔던 겁니다. 오늘 각자의 자리에 서서 바라보는 이 모든 광경이, 비로소 모두의 삶을 출발시켜 줄 것입니다. 오늘 이 자리에서 끝나는 건 학교에서 쌓았던 추억들뿐입니다. 우리는 끝나지 않았습니다. 모든 겨울을 통과한 우리는 이제 코앞까지 다가온 봄을 기다리고 있습니다. 각자의 눈앞에 있는 건 서로 다른 모양의 봄입니다. 무엇을 하든, 어디로 가든 앞으로 나아갈 수 있습니다. 이제 막 시작되었으니까, 우리는 어디에서든 여기에서보다 크게 자라날 겁니다. 그러지 못할 것 같을 때에는 오늘 이 자리를 기억하세요. 그리고 그때마다 자신이 얼마나 움직였는지 돌아보세요. 앞으로 갔든 뒤로 갔든 제자리걸음은 아닐 겁니다. 조금 이따 이 강당에서 나가는 순간부터 우리의 봄이 시작되는 거니까요. 그래서 저는 오늘 모든 졸업생 여러분에게, 졸업을 축하한다는 말보다 인생으로의 입학을 축하한다고 말하고 싶습니다. 이곳에서 총 세 번의 겨울을 함께 지낸 모든 친구들에게 고맙다는 말을 하고 싶습니다. 우리 모두의 미래를 언제나 기대하고 있겠습니다. 감사합니다."

연설은 끝났다. 아이들이 박수를 쏟아 냈다. 나도 몇 번 박수를 치다가 지난번에 만났을 때 졸업생 대표 얘기를 하던 이홍석을 생각했다. 저 자리에 배다정이 아니라 이홍석이 섰다면 어땠을까. 상상이 되지 않았다. 졸업생 대표가 되기에 이홍석이 모자라다는 건 아니다. 그냥 어울리는 자리가 아니라는 생각만 들었다.

"지금부터는 학급별로 졸업식 행사를 진행하게 됩니다. 강당에 계신 졸업생 및 가족 여러분께서는 각 학급으로 이동해 주시기 바랍니다.”

졸업식은 재학생 대표의 답사와 교가 제창을 마지막으로 끝났다. 배다정의 연설이 워낙에 인상적이었던지라 재학생 대표인 2학년 아이의 평범한 인사말에 귀를 기울이는 사람은 아무도 없었다. 교실로 돌아가는 동안 아이들은 모두 배다정 이야기만 했다.

교실에 돌아오자마자 졸업식 내내 들고 있던 이수의 초콜릿을 가방에 넣었다. 그러고 고개를 들었는데 복도 쪽 창문에 붙어 서서 나를 보고 있는 엄마와 눈이 마주쳤다. 가볍게 손을 흔들자 엄마가 웃었다.

“자, 이제 졸업장 나눠 줄 테니까 번호순대로 한 명씩 나와.”

교실에서의 졸업식은 정말 금방 끝났다. 졸업장을 모두 나눠 준 담임은 할 일도 없는데 교실에 남아 있기 민망했는지 바로 교무실로 도망갔다. 아마 ‘선생님, 같이 사진 찍어요.’ 같은 말을 하며 다가올 애가 한 명도 없다는 걸 스스로도 잘 알고 있는 모양이다. 그런 처지에 놓인 건 나도 마찬가지다. 선생님이 나가자마자 여기저기서 터지는 플래시 세례를 피해 짐을 챙겨 들고 교실 밖으로 나갔다.

엄마는 내가 복도로 나오자마자 어깨에 팔을 둘렀다. 처음에는 주변에 사람이 너무 많아서 잃어버릴까 봐 그러는 줄 알았다. 그런데 엄마는 손등에 힘줄이 설 정도로 힘을 꽉 주며 나를 붙들었다. 다시는 놓아주지 않겠다는 양 살짝 떨기까지 하면서. 5층에서 1층까지 내려와 운동장 구석에 세워 둔 우리 차를 향해 걸어가는 동안 엄마는 계속 나를 놓아주지 않았다.

엄마는 바로 집에 갈 생각인 것 같았다. 아니면 며칠 전에 졸업식 끝나면 둘이서 맛있는 걸 먹으러 가자고 했으니까 어디 밥을 먹으러 가려는 걸지도. 엄마가 문을 열어 주는 대로 차에 타서 짐을 무릎에 내려놓다가 가방 속에 넣어 둔 초콜릿을 떠올렸다.

"엄마, 먼저 가."

아무래도 재운이를 보지 않고 이대로 가는 게 맘에 걸려서 그렇게 말하고 차에서 내렸다. 운전석에 올라타려던 엄마는 내 말에 깜짝 놀란 것 같았다. 차 안으로 반쯤 들어가 있던 엄마의 몸이 순식간에 내 앞까지 다가왔다.

"어딜 가려고."

"재운이랑 놀다 갈게."

엄마가 얼굴을 잔뜩 굳히고 내 손을 잡았다. 아까 어깨를 잡았을 때처럼 단단한 손힘.

"나 이제 도망 안 가."

웃으며 말했는데 엄마는 울음을 터뜨렸다. 엄마는 오늘 하루 종일 중학교 졸업식 때의 일을 떠올렸겠지. 계속 내가 도망갈까 봐 겁내고 있었겠지.

"재운이랑 놀다 들어갈 거야. 금방 갈게."

몇 번이나 반복해서 말했다. 엄마는 그래도 눈물을 멈추지 않았다. 요새 들어 전보다 자주 우는 것 같다. 몇 달 전, 문에 달아 두었던 다섯 개의 자물쇠를 떼어 낼 때도 엄마는 바닥에 눈물이 고일 만큼 울었다. 내가 사랑한다고, 고맙다고 말했던 때도 울었다. 내가 문을 활짝 열어 두고 자고 있는 걸 보면서도 울었다.

십사 년 동안 멈춰 있던 엄마의 시간이 그렇게 간단히 다시 움직일 리 없단 건 알고 있다. 그렇지만 나는 믿는다. 언젠가 엄마의 시간을 다시 움직이게 할 수 있을 거라고. 그 일을 내 손으로 직접 해낼 거라고. 지금 엄마의 기억을 가득 채우고 있는 나를 지워 버리고, 어릴 때처럼 밝게 웃는 나를 받아들이게 만들 거라고.

끝까지 나를 놓지 않으려 하는 엄마의 손을 억지로 떼어 냈다. 내가 고등학교를 졸업했으니까 이제는 엄마가 졸업할 차례다. 더 이상 도망치지 않는 나와 함께 살아갈 준비를 해야 할 차례다. 몸을 돌리고 학교 건물을 향해 달렸다. 엄마가 나를 따라오는 게 느껴졌지만 멈추지 않고 계속 달렸다. 복도 끝 3학년 1반 교실에 도착할 때까지 발을 멈추지 않았다. 중학교 때 그랬던 것보다 빨리, 더 빨리. 앞으로 뛰었다. 턱 끝까지 숨이 차올랐다. 심장 박동이 몸을 흔들었다.

"김재운!"

재운이는 가족들과 함께 사진을 찍고 있었다. 다들 나를 보고 같이 사진을 찍자며 손짓했다. 당장 재운이 앞으로 달려갔다. 그리고 손을 뻗었다. 두 팔 가득 재운이를 안았다.

"으악."

너무 세차게 부딪쳤는지 재운이가 외마디 비명을 지르며 품에 들어왔다. 그러면서도 자연스레 내 등을 끌어안는 재운이의 손. 아까 엄마를 안았던 것보다도 세게 재운이를 안았다. 나를 따라 5층까지 올라온 엄마가 숨을 헉헉거리는 소리가 들렸다. 그 옆에서 갑작스러운 포옹에 재운이네 엄마와 누나가 어머어머 하는 것도 들려왔다. 아직 교실에 남아 있던 아이들이 우리를 손으로 가리키며 구경하고 있었다. 그래서 보란 듯이 재운이에게 입을 맞추었다.

"와우, 김게운 소원 성취했네!"

누군가가 외치는 소리가 들렸다. 재운이네 가족들은 너무 놀라 아무 말도 못 하고 있는 것 같았다. 놀란 건 재운이도 마찬가지였지만 맞닿은 입술을 밀어내지는 않았다.

한참 후 고개를 떼어 내고 바로 뒤를 돌아보았다. 모두가 우리를 보고 있었다. 하지만 그사이 엄마는 사라지고 없었다. 창밖을 내려다보지 않아도, 엄마가 우리 차를 향해 걸어가고 있을 거라고 짐작할 수 있었다.

어쩌면 엄마는 아까보다 심하게 울고 있을지도 모른다. 그래도 나는 오늘이 엄마와 함께 앞으로 나아갈 계기가 될 거라는 걸 믿는다. 졸업식 연설 속에 등장했던 몇몇 문장들을 떠올리면서 그렇게 희망을 품었다.

이제 정말로 끝났다. 고등학교 졸업식이 끝났다. 발끝에 붙은 모래를 털어 내며 아직도 우리의 첫 키스에 멍한 얼굴로 서 있는 재운이를 다시 안았다.

재운이와 학교에서 빠져나온 건 결국 졸업식이 끝나고도 몇 시간이나 지나 하늘이 어둑어둑해질 때쯤이었다. 별다른 볼일이 있었던 것은 아니다. 그냥 학교 여기저기를 눈에 담아 두는 데 그렇게 시간이 걸렸다. 우리가 함께하지 않았던 시간 동안 각자 어디에서 뭘 하고 지냈는지 알기 위해, 텅 비어 있던 둘의 추억을 채우기 위해, 우리는 계속 학교 안을 돌아다녔다.

교문 밖으로 나와서는 무작정 걸었다. 어디로 가는지는 생각도 하지 않았다. 목적지가 없어도 우리는 헤매지 않고 함께 걸어갈 수 있었다.

저 멀리 잘 모르는 역이 보였다. 계속 걷는 것도 지치고 추우니까 지하철을 타고 멀리 놀러 가자고 했다. 그랬는데 불쑥 전에 재운이가 했던 말이 생각났다.

"입학식 날도 그렇고 오늘도 같이 못 찍었네, 사진."

"아, 맞다."

아쉬워하는 재운이에게 전 같았으면 상상도 못 할 제안을 했다.

"역 들어가서 같이 찍자. 밥도 먹고 그때 못 한 거 다 하자. 그리고 옷 구경도 다녀 줄게. 넌 이제 대학생인데 옷 사야지."

"옷 구경? 네가 골라 주는 거야?"

"그건 못 하겠고 그냥 같이 다니기만."

그게 뭐냐고 재운이가 웃음을 터뜨렸다. 횡단보도 신호에 걸려 잠시 멈춰 섰다. 멍하니 길 건너의 신호등을 바라보고 있는데 재운이가 갑자기 손을 내밀어 보라고 했다. 손바닥을 펴고 기다리자 작은 선물 상자가 얹혔다. 아주 작고, 아주 귀여운 상자. 조심스레 열어 보자 그 안에는 초콜릿이 들어 있었다.

"감동받았지?"

확실히 감동은 받았다. 재운이한테 생일 선물 말고 이런 걸 받는 건 처음이었다. 웬일이냐고 묻자 재운이는 "밸런타인데이잖아." 하고만 말했다. 가방을 열고 이수에게 받은 쇼핑백 안에 상자를 넣었다. 재운이가 물었다.

"그건 뭐야?"

"초콜릿."

"나 주려고?"

"아니, 받은 건데."

그새 신호등이 초록불로 바뀌었다. 먼저 길을 건너자 재운이가 뒤를 따랐다. 누구한테서 받은 거냐, 왜 받은 거냐 추궁하는 모습이 웃겨서 나도 똑같은 말을 돌려주었다.

"밸런타인데이잖아."

"그런 게 어디 있어. 뭐야, 누군데. 누구야? 넌 왜 안 줘?"

"내년부터는 내가 줄 테니까 넌 사탕이나 준비해."

이따가 어디 들어가면 나눠 먹어야지 생각하면서 일부러 무뚝뚝하게 말했다. 달그락달그락, 부스럭부스럭. 걸음을 내디딜 때마다 가방 속에서 두 개의 초콜릿이 서로 부딪치며 화음을 냈다. 자꾸자꾸 듣고 싶어서 더 빠르게 걸었다.

뒤따라 달려온 재운이가 내 손가락 사이로 자신의 손가락을 밀어 넣었다. 두 손이 완벽하게 서로를 붙잡았다. 손가락 사이사이에서 느껴지는 온기가 기분 좋았다. 재운이와 보조를 맞춰 걸음을 조금 늦췄다. 그래도 가방에서는 초콜릿 소리가 끊이지 않았다.

| 작가의 말 |

이 이야기는 어떤 겨울에 시작되었습니다. 학교를 배경으로 한 이야기를 써 보자 마음먹은 그날, 친구를 만나서 이것저것 물었습니다.

"소재로 쓸까 하는데 우리 학교 때 어땠는지 기억나?"

저의 짧은 질문에 친구는 많은 이야기를 들려주었습니다. 같은 고등학교에서 삼 년 중 이 년은 같은 반, 일 년은 바로 옆 반, 친구로 지낸 사이라 그 이야기들 속에는 알고 있던 추억담도 많았고 제가 직접 등장하는 경우도 있었습니다.

"정말? 내가 그랬어? 그랬나?"

입 밖으로 몇 번이나 튀어 나가던 말. 친구의 입에서 이제는 기억나지 않는 일화가 흘러나올 때마다, 또 제가 알던 것과는 전혀 다른 말들이 나올 때마다 그렇게 되물었습니다.

친구가 들려준 수많은 추억들을 되새기며 집으로 돌아오던 길, 이상하단 생각이 들었습니다. 서로의 기억이 다른 게 당연하다는 사실을 알면서 나는 왜 그렇게 친구의 말들에 놀랐던 걸까, 어쩐지 모순 같았습니다.

문득 어떤 말을 떠올렸습니다. "○○는 다 그래."라든지 "○○들이 다 그렇지." 혹은 "○○는 원래 그러잖아."라는 말들. 각자의 삶이 다르다는 걸 머리로는 알고 있으면서도, 너무나도 아무렇지 않게 툭툭 내뱉어 버렸던 말들. 아줌마나 아저씨, 남자들 혹은 여자들, 노인들 아니면 애들 등등 참 많은 사람들을 뭉뚱그려 버린 말들. 친구와 기억이 다른 것에 신기해하던 것 또한 결국 일종의 뭉뚱그림이 아니었을까 싶었습니다. '너도 나도 똑같이 학생이었는데 다르게 생각할 리가 없지.' 같은, 그런 오만함에서 나오는 낯선 느낌요.

어딘가 모순 같다는 인상은 바로 거기에 있었습니다. '학생들은'이라든지 '애들은'이라며 쉽게 생각했던 일들. 다른 성별이나 직업 등, 평생을 살아도 겪어 볼 수 없는 삶에 대해 일반화하는 것도 어리석은 일인데 왜 나는 내 과거마저도 뭉뚱그려 평가하고 있었을까. 불쑥 떠오른 생각에 참 많이 반성하고 또 반성했습니다.

"나라면 어떻게 생각할까? 쟤라면 어땠을까?"

글을 쓰며 스스로에게 계속 물었습니다. 눈에 보이는 것과 보이지 않는 것에 대한 이야기를 쓰고 싶었습니다. 좋았든 싫었든 재미있었든 지루했든 머무르고 싶었든 도망가고 싶었든. 본인 또한 겪었으면서, 스스로를 어른이라 칭하게 된 후로는 보려고 하지 않았던 아이들의 이야기를 담고 싶었습니다.

여섯 아이들의 이야기를 쓰며 많은 것을 배웠습니다. 나아갈 길이 더 멀지만 좋은 방향으로 이끌어 주신 창비청소년문학상에 감사드립니다. 많은 추억과 생각을 안겨 준 친구에게도 고맙다고 다시 한 번 인사하고 싶습니다. 그리고 그 누구보다도 지금 이 부분까지 읽어 주신 모든 분들께 감사드립니다. 모두 제가 앞으로 나아가야 할 길에 소중한 분들입니다.

어떻게 마무리를 지어야 할지 모르겠지만, 계속 떠오르는 건 겨울에 구상하기 시작한 이 이야기가 드디어 봄을 맞이한 것 같아 기쁘단 생각뿐입니다. 많은 사람들에게 새로운 자극을 남기는 이야기로 기억되면 좋겠습니다.

2014년 3월

강윤화

창비청소년문학 60
어쨌든 밸런타인

초판 1쇄 발행 • 2014년 3월 14일
초판 10쇄 발행 • 2024년 12월 26일

지은이 • 강윤화
펴낸이 • 염종선
책임편집 • 김효근
펴낸곳 • (주)창비
등록 • 1986년 8월 5일 제85호
주소 • 10881 경기도 파주시 회동길 184
전화 • 031-955-3333
팩시밀리 • 영업 031-955-3399 편집 031-955-3400
홈페이지 • www.changbi.com
전자우편 • ya@changbi.com

ISBN 978-89-364-5660-3 43810

* 책값은 뒤표지에 표시되어 있습니다.